Sneeuwengelen

Stewart O'Nan

—

Sneeuwengelen

Roman

Vertaling
Paul van der Lecq

Cossee
Amsterdam

De vertaler ontving voor deze vertaling een werkbeurs van het
Fonds voor de Letteren

Oorspronkelijke titel *Snow Angels*
© 2008 Stewart O'Nan / Picador
Nederlandse vertaling © 2008 Paul van der Lecq
en Uitgeverij Cossee BV, Amsterdam
De dichtregels op pagina 166 zijn geciteerd uit
Dr. Seuss, *Visje een, visje twee, visje visje in de zee*,
uit het Engels vertaald door Katja en Kees Stip,
Het Goede Boek, Huizen 1975
Boekillustratie Corbis
Boekomslag Marry van Baar
Foto auteur privébezit
Zetwerk binnenwerk Cédilles, Amsterdam
Druk Hooiberg Salland, Deventer

ISBN 978 90 5936 221 5 | NUR 302

Voor mijn moeder, mijn vader en John

Niets is doodser dan deze kleinsteedse hoofdstraat
waar de eerbiedwaardige iep verziekt en verhardt
door het asfaltbeton, waar geen blad
ontkiemt, of valt, of de winter haalt.

Maar van vroeger ken ik nog de vruchtbaarheid,
hoe alles volop tot bloei kwam
in het uur van lichtgelovigheid
en voorzomer, toen deze straat
al ietsje overschaduwd werd
en ik hier op het altaar van de overgave
jou vond,
de dood van de dorst in mijn vluchtig lijf.

ROBERT LOWELL

EEN

In de herfst dat mijn vader vertrok, speelde ik in de fanfare, in het midden van de tweede rij trombones, want ik zat nog in de eerste klas. Op dinsdag en woensdag oefenden we in het muzieklokaal, maar op vrijdag nam meneer Chervenick ons mee naar buiten, met onze donzen jacks, onze petjes van de Pittsburgh Steelers en onze zware laarzen; en dan namen we de voetbrug over de snelweg naar het sportveld van de *middle school*, waar we net als het footballteam in rechte bochten en haarspeldbochten liepen, en daar oefenden we ook een manoeuvre die meneer Chervenick een 'binnenwaartse draai' noemde, want ter afsluiting van elke pauzeshow beschreven we – met honderdtweeëntwintig man – een trechtervormige draaikolk, bedoeld als verwijzing naar de bijnaam van onze school, 'de gouden tornado's'. We kregen het nooit helemaal onder de knie, maar elke vrijdag probeerde meneer Chervenick ons ertoe aan te zetten; met zijn chocoladebruine leren jasje, zijn zachtleren handschoenen en zijn glanzende leren schoeisel draafde hij over het glibberige, bevroren gras en dwong ons allemaal in formatie, totdat hij het spuugzat was en een weerspannige hoboïst niet meer gewoon in lijn bracht met de rest, maar hem of haar bij de schouders pakte, met als gevolg dat de hele blazerssectie tot stilstand kwam, en daarna het koper en het slagwerk, en dan konden we weer helemaal opnieuw beginnen.

Half december op een late vrijdagmiddag waren we aan het oefenen voor de tornado. Het begon al te schemeren en er viel sneeuw, maar die zaterdag was onze laatste thuiswedstrijd en meneer Chervenick had de conciërge ertoe overgehaald om de lampen aan te steken. Er was die dag al meer dan twee centimeter gevallen en het was onmogelijk de lijnen te zien. 'Fout, fout, fout!' riep meneer Chervenick. Het meisje dat met de xylofoon zeulde, gleed uit en verstuikte haar enkel, en daarna blies hij drie keer op zijn fluitje, wat inhield dat we moesten aantreden voor een laatste aanmoedigende preek, waarna we konden gaan. Chervenick beklom de drie treden van zijn kleine verhoging op wieltjes en liet ons daar een minuut lang in stilte staan, zodat maar goed tot ons zou doordringen hoe teleurgesteld hij in ons was. De sneeuw hoopte zich op in onze haren. Achter de vlokkenzee die door het licht van de hoge lampen omlaag dwarrelde, klonken de dreinende, ratelende sneeuwkettingen van een truck met oplegger die over de snelweg reed. In het dal, weggemoffeld onder het wolkendek, lag het gloeiende wegennet van Butler, met zijn donkere rivier en draaiende molens.

'We hebben dit jaar allemaal heel erg ons best gedaan,' zei hij, waarna hij even pauzeerde en rook uitblies, alsof hij een heel stadion toesprak en wachtte tot zijn woorden waren rondgegaan. Naast me stond Warren Hardesty, die iets mompelde – een grap, een weerwoord – en daarna hoorden we iets wat ik meteen herkende (van mijn eigen .22, van de Mossberg van mijn vader, van het nieuws op tv over Vietnam) als geweerschoten. Een aantal knallen, kort achter elkaar. Het leek wel knetterend vuurwerk en het klonk boven de kale bomen uit, aan de andere kant van de snelweg. Dat was vlakbij. Het hele fanfareorkest draaide zich als één man die kant op, iets wat meneer Chervenick nog nooit voor elkaar had gekregen.

Het hertenseizoen was net geopend en we wisten allemaal dat het elektriciteitsbedrijf daar achter de watertoren een pad door het bos had aangelegd en er ook een paar overwoekerde velden in beheer had, waar de bomen waren gekapt; maar iedereen van ons die een wapen had, wist dat er gesurveilleerd werd en dat het te dicht bij de weg lag, en te dicht bij de school. Bovendien was dit geen moment van de dag om te gaan jagen; het werd donker. We keken elkaar aan, als om onze verbazing bevestigd te zien.

Meneer Chervenick leek het ook te beseffen, al was hij geen jagerstype. Hij sprak zijn waardering uit voor onze inzet, hield ons niet langer op en in plaats van ons voor te gaan over de voetbrug, liep hij over het lege parkeerterrein naar de verlichte entree van de middle school, waar hij net zolang op het raam tikte tot de conciërge opendeed.

Wat we gehoord hadden, was het geluid van iemand die vermoord werd, iemand die de meesten van ons kenden, al was het vaag. Haar naam was Annie Marchand, maar ik kende haar – van jaren geleden – alleen maar als Annie de babysitter. Ze heette toen nog Annie van Dorn. In die tijd woonde ze bij haar ouders, in het huis verderop langs de weg. Buren kon je ons eigenlijk niet noemen; tussen onze moderne *hi-ranch* en hun rechthoekige woning in neoclassicistische stijl strekte zich een veld uit van anderhalve kilometer breed, dat meneer Van Dorn verpacht had aan een oude boer die Carlsen heette. Maar altijd als mijn vader en moeder besloten om ertussenuit te knijpen voor een etentje of een film, verscheen de bestelwagen van meneer Van Dorn onder aan de oprit en dook Annie daaruit op met haar tasje en haar schoolboeken, klaar om mij te verslaan met een spelletje Candyland en om mijn zus Astrid te leren hoe ze eyeliner moest gebruiken.

Ik vermoed eigenlijk dat Astrid in het begin gekker op haar was dan ik. Annie was dertien, maar langer dan mijn moeder en opvallend mager. Haar rode haar reikte tot aan haar middel; haar vingers waren bezaaid met ringen van bewonderaars. Ze rook naar de petroleumkachel bij haar thuis, naar Secret-deodorant en Juicy Fruit-kauwgom; ze maakte pizza, zong 'Ruby Tuesday' en voor mij 'Mr. Big Stuff'. Ik moet bekennen dat we weleens fantaseerden dat ze onze moeder was. We hadden ooit een hele avond ruzie met haar gemaakt over het woord 'melk' dat wij – zoals de meeste mensen bij ons in de buurt – uitspraken als 'melluk', maar we waren hoe dan ook verzot op haar. Dat ging jarenlang zo door, als een heftige liefdesaffaire. Ze liet ons pas in de steek toen mijn zus oud genoeg was om op mij te passen, en tegen die tijd was Annie ook al van school en werkte ze, en voor de vrijdagavond kon mijn moeder haar ook niet altijd meer krijgen. We zagen haar weleens langsrijden in de Maverick van haar broer Raymond, of bij haar vriendje achter op de Honda, maar dat was zelden. Omdat ze dicht in de buurt bleef, maar niet meer bij ons langskwam, had ze een paar jaar lang iets afstandelijks en mysterieus. Mijn slaapkamer had uitzicht over het veld, en 's avonds zag ik de gele ogen van haar huis en stelde me voor dat ze vanuit haar onverlichte kamer naar mij terugkeek.

Vervolgens was ze net als haar broers uit huis vertrokken; ze was getrouwd en had zelf een dochtertje gekregen, maar daarna was er het een en ander misgelopen. In het voorjaar was ze van haar man gescheiden. Mevrouw Van Dorn was inmiddels weduwe en woonde alleen in het oude huis. Mijn moeder nam elke dag na werktijd even een kijkje bij haar, en die herfst kwam ze Annie daar regelmatig tegen, in de keuken, waar ze samen bij de koffie zaten te kniezen. Ze moesten hebben gedacht dat ze het ergste nu wel achter de rug hadden.

Volgens mijn moeder wilde mevrouw Van Dorn dat Annie weer bij haar introk. Annie en haar dochtertje woonden op zichzelf, aan de noordkant van het stadje, in de buurt van de middelbare school. Ze had het enige huis op Turkey Hill Road, een lommerrijke doodlopende weg die stopte aan de voet van de regionale watertoren. Vroeger kruiste die weg de oude Route 2, maar toen de snelweg werd aangelegd, had de overheid alle huizen aan weerszijden opgekocht en gebarricadeerd. Er was een gestreepte vangrail geplaatst en daarachter verdween het gebarsten asfalt tussen de dwergplanten. Die andere, minder fortuinlijke huizen stonden er nog steeds, overgroeid en met bemoste dakpannen; er was een tijd dat we daar weleens een feestje bouwden. Mevrouw Van Dorn maakte zich zorgen of Annie daar wel veilig was, maar zij en Annie konden (nog steeds volgens mijn moeder) niet goed genoeg met elkaar opschieten om samen te wonen, en Annie bleef waar ze was.

Clare Hardesty, haar dichtstbijzijnde buurvrouw, vertelde op de hoorzitting dat ze de schoten gehoord had en naar het raam was gelopen. De weg was uitgestorven en de verlichte watertoren ging half verscholen achter de sneeuw. Het licht was aan bij Annie en er was een boom waar een snoer van gekleurde lampjes omheen was gedrapeerd. Clare zag geen auto's die er niet hoorden, waarmee ze bedoelde, zei ze, dat de auto van haar vriend er niet stond. Het stel was nog maar net uit elkaar, dus dat zou haar zijn opgevallen. Ze belde, maar niemand nam op, en dus trok ze haar laarzen aan, sloeg een sjaal om en wandelde de weg af. Het licht viel door de openstaande voordeur naar buiten, op de sneeuw. (Waarna haar gevraagd werd naar voetafdrukken, een gebroken dakpan, glas op het badkamertapijt, maar daar wist ze niets, niets van.) Er was niemand thuis, maar daarbinnen was wel iets gebeurd. Ze probeerde eerst de telefoon en holde toen terug naar haar eigen huis om de politie te bellen.

En weet u nog, staat er in het zittingsverslag, of op dat moment de achterdeur openstond?

Dat kan ik me niet herinneren, luidde het antwoord van Clare Hardesty.

Maar net als al degenen met wie ik ben opgegroeid weet ik dat de achterdeur wel degelijk openstond en dat er twee voetsporen door de achtertuin liepen, het bos in. We volgden ze eerst in onze verbeelding, in de besneeuwde nachten dat we alleen in bed lagen (hun ademhaling, haar wegzinkende blote voeten), en toen de dapperen eenmaal op bedevaart geweest waren, trokken we in de lunchpauze onze laarzen aan, staken we de snelweg over en lieten we ons van de heuvel glijden, tot aan de plek die we met zijn allen hadden uitgekozen, vlak naast de houten brug over het afvoerkanaal van Marsden's Pond. Zowel de waterplas als het beekje was bevroren; alleen het afvoerkanaal maakte geluid. De meest romantische van de stoere meisjes plaatsten rozen in een vaas van sneeuw, elke dag een verse roos, te midden van de doden. Iemand had in de grond een kruis uitgestampt, en in januari stond er al een keurig rijtje bierblikjes omheen. Terzijde daarvan, als een offerande, lag een hoopje verbrande lucifers en met lippenstift bevlekte sigarettenpeuken. We stonden erbij, alleen of in groepjes, en we keken terug over de wirwar van kale bomen waarachter de watertoren verrees, met daarachter, onzichtbaar, haar huis. We lieten een joint rondgaan of een hasjpijpje, en we zeiden tegen elkaar dat ze daar nog altijd rondhing, bij de bomen en het beekje, want de ziel gaat nooit verloren. Er had altijd wel iemand kauwgom bij zich, en ik weet nog dat ik stond te kauwen en mijn kaken stram voelde worden, omdat ik dacht dat het waar was, dat ik Annies aanwezigheid daar kon voelen. Maar andere keren was er niets, dan voelde ik me alleen maar flauw en misselijk van de hasj, waar ik me achteraf weer voor schaamde.

In maart, tijdens een spijbeluurtje, volgden Warren Hardesty en ik haar laatste voetsporen terug, helemaal van daar naar de rand van haar achtertuin. Het was verder dan we dachten, en omdat ik nog een stickie bewaard had, moesten we even halt houden om daar de brand in te steken. Warren had nog wat bramenlikeur bij zich, in een plastic veldfles van de *girlscouts*. Het was maandag, om en nabij het derde lesuur. Het huis stond te koop, maar niemand had belangstelling. De verf bladderde af en de veranda stond nog vol met troep van haar: tuinstoelen, konijnenhokken, leeggelopen ballen. Warren daagde me uit het gras over te steken en het huis met mijn vingers aan te raken.

'Doe jij maar,' zei ik.

'Shit, ik woon hier vlakbij.'

'Nou en?' vroeg ik.

We gingen samen en lieten twee paar laarsafdrukken achter in de maagdelijke sneeuw. Allebei legden we een gehand-schoende hand op de verandadeur. Door een openslaand raam zag ik een hoekje van een vloerkleed en een stoel, en er scheen licht tussen de blauwe gordijnen van het voorraam.

'Laten we naar binnen gaan,' zei Warren.

'Flikker toch op,' zei ik.

'Schijtlaars,' zei hij, alsof er een derde bij was om ons te beoor-delen.

Ik legde mijn handschoen op de deurkruk.

'Ik kom vlak achter je aan,' beloofde Warren.

De deurveer protesteerde, maakte een geluid alsof er op ge-tokkeld werd. Ik stak mijn hoofd naar binnen. Onder een ver-sleten chaise longue lag een tuinslang die wel een echte slang leek; daarboven hingen twee waslijnen waaraan zich nog een paar grijs geworden wasknijpers vastklampten. Ik dacht aan An-nie met een mand vol kleren en ik vroeg me af of ze een droger had, of zelfs maar een wasmachine, want in ons oude huis hadden wij, dat wil zeggen mijn moeder had die allebei gehad, en tegenwoordig hadden we geen van beide meer.

Warren gaf me een duw en ik viel over het bankje van een picknicktafel, zodat er een stapel dozen omviel. Een daarvan viel open en daaruit kwam een gele brievenbus van de *Butler Eagle* gerold. Ik schreeuwde alsof het een hoofd was. Warren rende hard terug naar het bos, stikkend van de lach. Ik krabbel-de overeind, vloog hem achterna en riep: 'Klootzak!'

Later keerden we terug, eerst om een feestje te bouwen aan de picknicktafel en daarna, toen we ons wat meer op ons gemak voelden, in het huis zelf. We zaten op de bank in de koude woon-kamer, gaven de veldfles aan elkaar door en dronken op Annie. We namen nooit anderen mee en we ruimden altijd onze eigen troep op. We beloofden elkaar plechtig dat we nooit iets zou-den meenemen of verplaatsen. Het Grondbeginsel, noemde Warren dat.

Zo deed ik dat op mijn veertiende en ik ben er niet trots op hoe we met haar huis omgingen, maar achteraf gezien denk ik dat ik daar kwam omdat ik zelfs toen al besefte dat ik Annie beter kende dan al die meisjes met hun rozen en degenen die op haar begrafenis kwamen. We deelden een verleden. Als ik stoned was, probeerde ik me voor te stellen hoe ze daar gewoond had, en hoe ze dood was gegaan, hoewel ik daar toen onmogelijk een duidelijk beeld van kon hebben. Het zal mijn manier zijn geweest om afscheid van haar te nemen. Het huis is sindsdien niet veel veranderd. Uiteindelijk brak er iemand in die heel wat minder respect toonde en er een brandje stookte, waarna de politie het dichtspijkerde. Het huis staat er nog altijd, compleet met verkoolde meubels. Ik ben wezen kijken.

Mijn moeder en ik hebben nooit echt met elkaar gesproken over het gebeurde. We waren geschokt, we wisselden een paar troostende woorden uit en er hing een verdrietige sfeer in huis, maar hoewel de kranten volstonden met verhalen, spraken we nooit over de moord zelf, over hoe en waarom het zo gekomen was. Ik besef nu dat zij (en dat gold ook voor mij, hoewel ik dat niet voor mezelf wilde erkennen) haar eigen sluipende tragedie doormaakte en haar verdriet reserveerde voor zichzelf en mij. Ze belde nog altijd mijn vader om er zeker van te zijn dat hij me elke andere zaterdag kwam ophalen, maar ze spraken alleen over geld en het halen en brengen.

We gingen alle drie naar dezelfde psychiater die verbonden was aan de kerk, maar ieder voor zich, op verschillende dagen van de week. Ik herinner me dat dokter Brady en ik vooral over ijshockey spraken, maar hij vroeg ook altijd zonder omwegen hoe het ermee ging, thuis, op school, bij de fanfare, met mijn moeder en mijn vader.

'Het gaat goed,' zei ik.

Als mijn moeder me kwam ophalen, vroeg ze altijd: 'Denk je dat je er iets aan hebt?'

'Het lijkt er wel op,' zei ik.

Astrid zat bij de luchtmacht in Bad Tennstedt, West-Duitsland, en belde een keer per maand om te vragen hoe het met ons ging en hoe haar banksaldo ervoor stond. Haar eskader deed aan verkenningsexpedities; 'duistere bezigheden' noemde ze die, hoewel we allemaal wisten dat ze alleen maar op grote hoogte boven Rusland vlogen om foto's te maken. Ze zette de helft van haar inkomen opzij en maakte dat telegrafisch over naar de Mellon Bank in Butler, een filiaal waar we langskwamen als mijn moeder me met de auto naar dokter Brady bracht, zodat ik dan altijd aan het geld van Astrid dacht, dat er warmpjes bijlag en langzaam aangroeide. Uit wanhoop dacht ik dat we na haar terugkeer misschien samen in het stadje konden gaan wonen, boven de Woolworth, waar ik een baantje zou vinden op de afdeling grammofoonplaten. Aan de telefoon spraken we alsof ik een gegijzelde was. Ze stelde lange, onmogelijke vragen ('Waarom denk je dat ze niet met elkaar praten, maar wel hulp zoeken bij dezelfde kerel, en waarom ga jij dan in je eentje?') die ik onder de waakzame glimlach van mijn moeder alleen maar kon beantwoorden met: 'Weet ik niet.' Mijn moeder wachtte tot na de kerst om haar over Annie te vertellen, en tegen de tijd dat ik aan de lijn kwam, was Astrid boos en huilde ze, alsof ik het had moeten voorkomen.

'Alles gaat daar naar de klote, of niet soms?'

'Weet ik niet,' zei ik. 'Het lijkt er wel op.'

Het enige wat mijn vader over de moord kwijt wilde, was dat het een slechte zaak was, hoe je het ook wendde of keerde. Annies vroegere man Glenn was ooit een collega van hem geweest, zij het kort. Ik zag mijn vader niet veel die winter, en als ik hem zag, kozen we onze woorden voorzichtig, als overlevenden. Over Glenn Marchand wilde hij zich niet uitlaten, positief noch negatief. Zoals mijn vader het zag, was er meer aan de hand dan we het recht hadden om te weten. Het ging ons verder niets aan. Voor mij klonk dat al bijna als een bekentenis dat hij het hele verhaal kende. Ik wilde dat hij mij alles vertelde, want mijn moeder zei niets en ik moest het weten. Ik kende alleen de geruchten en wat ik uit de krant had begrepen, terwijl hij de twee betrokken partijen gekend had. Hij wilde zich er niet over uitlaten en nu ben ik daar blij om, want als hij me toen had laten weten hoe hij tegen de zaak aankeek, zou ik daar waarschijnlijk niets van hebben begrepen, net zomin als ik begreep waarom hij weg was bij mijn moeder.

Eén keer per jaar, met Kerstmis, keer ik terug naar West-Pennsylvania. Dit jaar hebben Astrid en ik een vlucht naar Pittsburgh geboekt om daar een auto te huren en met zijn tweeën naar Butler te rijden, en nu sjezen we in onze grote Century door het sneeuwwitte landschap. Ik ben comfortabel gescheiden en zij is ongetrouwd. Dat brengen we geen van beiden te berde. Eenmaal thuis zullen we daar nog genoeg over te horen krijgen. Door de jaren heen is het voor mij een soort ritueel geworden om langs het oude huis te rijden, daar even te stoppen en in gedachten te verzinken. Het is een manier om tijd te rekken, om mijn borst nat te maken voor datgene wat ons te wachten staat.

'Vind je het goed?' vraag ik.

Astrid zegt niets, maar laat met tegenzin het gaspedaal los en zet de auto op de verharde berm. We hebben de hele herfst telefonisch contact gehouden, en ze beseft dat ze me dit moment maar even moet gunnen.

We zitten in de warme auto met de radio uit. De heesters die eromheen staan zijn groot en dicht geworden, maar het huis zelf is weinig veranderd. Behalve de gevelplaten, volgens Astrid. Op het dak staat een verbleekte kerstman te zwaaien. Het gaat de nieuwe bewoners voor de wind. In het afgelopen jaar hebben ze er een bovengronds zwembad bij gezet, nu afgedekt met een blauw zeildoek. Ik heb hun zoontje weleens op de oprit zien basketballen, en ooit zag ik een dochter in de grond spitten. Maar binnen, zou het daar nu anders zijn? De kerstboom, de kalkoenlucht die er de hele middag hing, de televisie die twee footballwedstrijden achter elkaar vertoonde? We zitten in de auto en in gedachten zie ik mijn vader in het souterrain, hoe hij in de hobbykamer op de bank ligt met een Afghaanse deken over zich heen, en met zijn asbak op het geknoopte tapijt. Ik hoor het geschetter van een reclameboodschap voor scheermesjes en het getik van de elektrische wandkacheltjes. The Steelers zijn aan de winnende hand, maar hij slaapt, en onze moeder jaagt ons de trap op.

'Genoeg gezien?' vraagt Astrid, en als ik geen antwoord geef, zet ze het pookje in zijn vooruit. Ik zal altijd het kleine broertje blijven; zij neemt alle beslissingen.

Het veld van Carlson is een modderige stoppelakker. Elk jaar met kerst verbaast hun moeder zich erover dat hij nog leeft en zijn ploeg over het veld trekt, gezeten in de glazen cabine van zijn Deere-tractor. Anderhalve kilometer verderop verrijst het huis van de familie Van Dorn.

Het is hier, op het tussenstuk, als we op hun huis af rijden, dat het verleden me inhaalt. Aan weerszijden zijn alleen velden, volgesneeuwde greppels, telefoonpalen. Het huis wordt rondom tegen de wind beschermd door wuivende oude eiken. Astrid rijdt gewoon door, ook al draai ik mijn hoofd opzij. Tegenwoordig woont hier hun tweede zoon, Dennis; het zijerf staat vol met alles waaraan hij sleutelt. Naast twee kleine schoolbussen ziet hij een camper op B2-blokken, daarnaast een sneeuwmobiel en een flinke stapel tractorbanden. Achterin bevindt zich een scheefgezakte kleine schuur zonder deur en daaruit steekt de neus van een auto naar buiten, als een muis die op de loer ligt: de oude Maverick van Raymond. Aan het huis is weinig te zien, net als bij ons, maar het is net in de verf gezet en ook het tinnen dak en de vreemde, ouderwetse kanten gordijntjes zijn nieuw. Ondanks het seizoen hangt er een regenboogkleurige windzak in de vorm van een vis aan de veranda. Iets om te onthouden. En dan zijn we er voorbij en razen we tussen de velden met sneeuwbanken door. Ik draai me om in mijn autogordel en zie het huis kleiner worden, en Astrid slaakt een zucht.

'Gaan we dit nu weer allemaal oprakelen?' vraagt ze.

'Nee,' zeg ik. 'Ik ben er klaar mee.'

Ze kijkt me aan alsof ze wil zeggen dat ze er niets van gelooft, en daarna richt ze haar aandacht weer op de weg.

'Dus je vindt dat ik het gewoon moet vergeten.' We voeren deze discussie al jaren.

'Nee, ik zeg niet dat je het moet vergeten,' zegt Astrid, 'maar pieker er niet langer over. Laat het nu eens rusten. Voor dit ene jaar.'

'Oké,' zeg ik. 'Dit is het laatste jaar. Ik beloof het.'

Ze snuift en schudt haar hoofd; ze geeft het op. Ik zeg dat elk jaar, maar als het dit jaar nu eens waar is?

De twee huizen achter ons zijn vlekjes in de spiegel, stipjes aan de horizon, en terwijl we de lege velden voorbijrazen, worden ze meegenomen in het slinkende perspectief en komen ze op één lijn te liggen, vallen ze samen als in het vizier van een geweer.

Als we vandaag onze moeder gedag hebben gezegd en we zijn gaan zitten, zal ze vragen of een van ons nog even een boodschap wil doen, en voordat Astrid de sleutels aan mij afgeeft, zal ze me aankijken met een blik van: ik weet waar jij naartoe gaat. Terwijl de sneeuw valt, zal ik een paar minuten onder de watertoren gaan zitten, en na afloop zeg ik dan tegen mijn moeder dat ik helemaal de stad in moest.

Ik vind het niet fijn om thuis te komen. Dat weerhoudt me ervan om nostalgisch te zijn, hoewel ik dat in aanleg wel ben. Zelfs voordat het vliegtuig de afdaling inzet, hik ik al aan tegen de onbeantwoorde vragen uit mijn jeugd. Annie. Mijn ouders. Mijn eigen vervlogen jaren. Als we landen, weet ik dat ik niet langer in staat zal zijn tot helder denken, en dat elke Pizza Hut en Body Shop van vroeger, elk stukje weg dat ik vanbuiten ken, mij als de liefde zal overweldigen.

Mijn vliegtuig vliegt recht over Butler. Op tachtig kilometer afstand van Pittsburgh duikt de piloot door de wolken omlaag en zie ik het stadje liggen. Het stelt weinig voor: het centrum dat samenklontert rond de hoofdstraat – die deel uitmaakt van de doorgaande Route 8 – en daarna de brug, de treinsporen die voortslingeren langs het riviertje de Connoquenessing, de grote blauwe betonblokken van de Armco-staalfabriek. Auto's die over de lange helling omhoog kruipen. Ik ben op zoek naar de blauw gespikkelde watertoren, maar het is altijd een ander herkenningspunt dat eruit springt. Het winkelcentrum, ooit zo nieuw. Het postdistributiecentrum, waar de jeeps netjes op een rij staan. Het Tehuis voor Gehandicapte Kinderen, tegenwoordig een revalidatiecentrum waar mijn moeder nog altijd werkt. Wegen die elkaar kruisen en zich met elkaar verenigen; bomen die netjes uiteengaan om de elektriciteitsleidingen door te laten. Vanaf deze hoogte heb ik het gevoel dat de plaats waar ik ben opgegroeid helemaal niet zo raadselachtig is. Als ik neerkijk op de boerderijen en de velden, de twee scholen aan weerszijden van de snelweg, de zwarte knikker van Marsden's Pond, heb ik het idee dat ik me alleen maar op de details hoef te concentreren, en dan doorzie ik als vanzelf het geheel, net als mijn zus die stukje bij beetje heel Rusland bij elkaar puzzelde, en dan begrijp ik eindelijk wat er toen allemaal gebeurd is, hoewel ik weet dat het onmogelijk is.

TWEE

Glenn Marchand geeft zichzelf een klap in het gezicht en ziet in de spiegel dat de snee zich met bloed vult. Hij had zich vandaag al een keer eerder geschoren, voor de kerk, en hij draagt nog steeds zijn mooie schoenen en zijn beste zwarte broek. Zijn mooie witte overhemd en de kastanjebruine wollen das die Annie hem vorig jaar met kerst cadeau had gegeven, hangen aan de kruk van badkamerdeur, buiten het bereik van het scheerschuim en het opspattende warme water. Ook de Hai Karate was een cadeautje van haar, voor zijn verjaardag, hij weet niet meer welk jaar, maar hij wil op safe spelen, ze vindt het een lekker luchtje. Het prikt als een gek in de wond. Dat krijg je als je het heertje wil zijn, denkt Glenn. Hij scheurt een hoekje van een velletje wc-papier om het bloeden te stelpen.

'Je komt nog te laat,' roept zijn vader vanuit de deuropening van de slaapkamer. Glenn kijkt hem aan in de spiegel en maakt een gebaar over zijn schouder.

Frank Marchand staat tegen de deurstijl en ziet hoe zijn zoon zich met geopende mond over de gootsteen buigt en het kleine driehoekje met de vingers op zijn plaats probeert te krijgen. Glenn woont nu drie maanden thuis, en hij heeft geen werk. Bij brandalarm is hij present, maar verder heeft Frank geen idee wat hij de hele dag uitspookt. Een beetje toeren door de omgeving. Drinken met zijn maatje Rafe. Slapen. Het is een zooi op zijn kamer, alsof hij een klein kind is: de hardhouten vloer ligt bezaaid met overhemden, schoenen en 8-sporencassettes, en ook met de kluiven en de afgebeten stukjes speelgoed van Bomber, waar altijd hondenhaar aan kleeft. De hele kamer ruikt naar Bomber, die nu buiten is, in zijn nieuwe hok; hij is daarnaar verbannen sinds die ochtend, toen hij in een vlaag van dankbaarheid Olive tegen de keukentafel sloeg en ieders sinaasappelsap omverstootte. Frank loopt naar het raam. Bomber lijkt het zich gemakkelijk te hebben gemaakt; hij heeft zijn voorpoten gekruist en zijn poolhondensnuit is gespleten in zijn eeuwige grijns. Uit de bomen druipt een koude oktoberregen en het licht schildert de lakens van het onopgemaakte bed grijs. Op het nachtkastje ligt een opengeslagen bijbel met rood onderstreepte passages. Op een stoel in een donkere hoek staat een pluche konijn dat Glenn voor Tara heeft gekocht, met een rood lint om zijn hals en zijn voorpoten gespreid, klaar om iemand te omhelzen. Het is bijna net zo groot als Tara en Frank moet er niet aan denken wat het gekost heeft.

Om de andere zondag speelt zich hetzelfde tafereel af. Frank is niet Glenns biologische vader, maar dat neemt niet weg dat het hem pijn doet. Tara is hun enige kleinkind dat in Pennsylvania woont en Glenn is hun jongste. Olive noemt hem nog steeds 'ons kindje', en het is waar, Glenn is nooit echt de wijde wereld ingetrokken, zoals Richard en Patty. Hij heeft er een talent voor om allerlei baantjes te vinden en de laatste tijd ook om ze weer te verliezen. Dat komt deels door zijn charme en het geweldige optimisme dat hij uitstraalt. Hij weet snel bij anderen in de gunst te komen, net als zijn biologische vader, denkt Frank, een vriendelijke, onschuldig ogende man van wie ze als laatste hadden gehoord dat hij vijf tot vijftien jaar vastzat in Minnesota, omdat hij bejaarde echtparen het pensioengeld uit hun zakken geklopt had. Frank had geprobeerd Glenn te helpen door hem in contact te brengen met mensen die hij kende. In eerste instantie mochten ze Glenn allemaal graag, maar daarna begon hij te laat op zijn werk te komen of meldde hij zich ziek, en als hij wel kwam, gooide hij er met de pet naar; Frank had dat allemaal teruggehoord. Het is onbegrijpelijk: Frank weet dat hij hard kan werken. Die knul heeft het gewoon moeilijk, zeggen zijn vrienden bij de Elks Club, je moet hem even de tijd gunnen. Olive denkt dat Glenn een natuurtalent is voor de verkoop; kleren staan hem goed, hij is slim en hij houdt van mensen. Het klopt dat hij van mensen houdt, denkt Frank, maar Glenn heeft hem altijd eerder bijdehand dan slim geleken, en wat zijn uiterlijk betreft, dat kan Frank als man niet beoordelen. Wat hij leuk vond aan Glenn toen hij jong was, ergert hem nu: zijn onverstoorbaarheid, zijn onwankelbare geloof dat alles wel op zijn pootjes terecht zal komen. Dat is allemaal onzin gebleken, een wassen neus. Het komt niet alleen door de scheiding dat Frank hem de laatste tijd de brandslang laat hanteren en hem niet meer op redding uitstuurt. Als Glenn in het nauw zit, wordt hij onzeker, en dat kan mensenlevens kosten. Frank begrijpt niet hoe dat komt, waarom deze zoon van hem bij de minste of geringste tegenslag instort. Hij wil best geloven dat het deels zijn schuld is, maar niet helemaal; het heeft ook te maken met de nieuwe kerk die Glenn sinds zijn zelfmoordpoging bezoekt, de Lakeview New Life Assembly. Die is ondergebracht in een geprefabriceerd pand met daarop een drie meter hoge houten torenspits, vastgezet met metaaldraad, en het lijkt soms wel een sekte, iets van de pinkstergemeente. Frank begrijpt dat niet; hij en Olive hebben al hun kinderen opgevoed als rechtgeaarde presbyterianen. Olive zegt dat het niet uitmaakt, dit is het enige in zijn leven wat deugt, het enige wat hem nog op de been houdt. Zij wijt het allemaal aan Annie. Frank wil daar wel in meegaan, maar ergens verzet hij zich; hij heeft Annie altijd graag gemogen. Als er iets deugde in Glenns leven, was zij het.

Glenn heeft de föhn in de hoogste stand gezet. Van onderaan de trap roept Olive: 'Kwart over een!'

'Het is kwart over een,' blèrt Frank.

Glenn gaat nog een minuutje door met föhnen alsof hij niets gehoord heeft, om daarna zijn overhemd dicht te knopen.

Frank baant zich een weg door de rommel en zoekt steun bij de badkamerdeur. 'Heb je genoeg geld bij je?'

'Het kan ermee door,' zeg Glenn, maar hij stopt met dichtknopen.

Frank trekt zijn portefeuille, maakt een vinger nat en telt zijn biljetten. 'Trakteer haar maar eens uit naam van haar opa.' Hij geeft Glenn een briefje van twintig, in de wetenschap dat hij het wisselgeld zal houden.

'Bedankt,' zegt Glenn. Hij kijkt op zijn horloge en draait zich om naar de spiegel om zijn das te knopen. Frank wijst hem op een restje scheerschuim op zijn bakkebaard en Glenn veegt het weg.

'Waar wil je met haar naartoe vandaag?'

'Het meer. En misschien naar het winkelcentrum. Dit weekend kun je er foto's laten maken.'

'Nou, maak er iets moois van.'

'Als altijd,' zegt Glenn, en dat klinkt zo monter dat Frank hem op een stoel wil zetten om te zeggen dat het goed is, dat niemand hem iets kwalijk neemt over wat er gebeurd is.

Glenn kan zijn das maar niet op de juiste lengte krijgen en hij zou willen dat zijn vader eens ophield met loeren. Hij begrijpt dat Frank zich zorgen maakt, maar gisteren sprak Glenn met Gary Sullivan van de schroothandel, en die had hem al bijna een baantje toegezegd. Toen Glenn net thuis woonde, begonnen zijn moeder en vader er steeds weer over dat hij geen werk had, maar nu zijn ze gestopt met vragen stellen. Doordeweeks hebben ze nauwelijks aandacht voor hem, maar op zondag doen ze ineens alsof hij genomineerd is voor de een of andere prijs. Bij het avondeten horen ze hem uit, en daarna gaan ze teleurgesteld *Columbo* kijken en doen ze de hele avond geen mond meer open. Die baan krijgt hij en hij zal hem houden, dat voelt hij. Het gaat nu beter met hem. Hij is er klaar voor.

Eindelijk zit zijn dasje goed en hij knoopt zijn boordje dicht. Hij trekt het stukje papier van zijn kin. Het zou beter kunnen, maar zo moet het maar; hij is al laat. Zijn vader loopt achter hem aan de trap af, als een lijfwacht.

Zijn jasje hangt aan de binnenkant van de keukendeur. Bijna halftwee. Annie zal er de pest in hebben; ze moet nog wat boodschappen doen voor haar moeder.

Glenns moeder loopt weg van de footballwedstrijd om hem uit te zwaaien. Ze strijkt de mouwen van zijn jasje glad, plukt er een paar pluisjes af. 'Doe de groeten van ons.'

'Doe ik,' zegt Glenn, die met zijn sleutels rammelt.

'Zeg maar tegen Tara dat ze de volgende keer haar oma en opa te zien krijgt.'

'Doe ik,' zegt Glenn, te hard, waar hij meteen spijt van heeft. Zijn vader houdt hem een paraplu voor, een oude Totes die ze jaren geleden van Glenn cadeau hadden gekregen, en Glenn neemt hem aan, schuldbewust. Zijn moeder wil een kus, en dus buigt hij zich voorover en houdt hij zijn wang voor haar broze mond. 'Ik moet gaan,' zegt hij.

'Ga dan maar,' zegt zijn vader, die de achterdeur openzet, zodat er een vochtige windvlaag opsteekt. 'Laat je niet langer ophouden door ons oudjes.'

Ze staan op de veranda en zien hem het erf oversteken naar het hok van Bomber. Glenn heeft een nieuwe blauwe halsdoek voor hem en Bomber rukt aan de ketting. De regen is iets afgenomen. Het erf is overdekt met een dikke laag natte bladeren. Olive weet dat Glenn doodongelukkig thuis zal komen, en hoewel hij het alleen maar aan zichzelf te wijten heeft dat hij niet inziet wat zijn vrouw in werkelijkheid is, had ze het toch graag anders gezien. Ze denkt aan de foto die Richard stuurde van zijn nieuwe huis in Tucson, Debbie en Becky naast hem op de oprit, met hun lachende, gebruinde gezichten. Ze hebben een zwembad achter het huis. Richard heeft hun twee vliegtickets gestuurd voor de kerst, en hoewel ze van plan zijn te gaan, vindt Olive het maar niets dat ze Glenn alleen moeten thuislaten.

'Ik weet niet wat ik voor hem kan doen,' zegt ze, terwijl ze haar armen over elkaar slaat tegen de kou.

'Niets,' zegt Frank. 'Hij is geen kind meer.'

'Weet ik,' zegt ze.

Hij slaat een arm om haar heen en Bomber, die is losgelaten, springt in de laadbak van Glenns bestelwagen. De bodem is bezaaid met blikjes en Bomber trapt ze in het rond. Glenn zwaait en stapt in de cabine. Ze zwaaien terug alsof hij voorgoed weggaat.

Hij start de motor en Olive schudt de arm van Frank van zich af.

'Het is koud,' zegt ze, en ze loopt naar binnen, zodat Frank hem in zijn eentje ziet vertrekken. Er ontsnappen witte wolkjes aan de uitlaat. De bomen druipen en Bomber springt in het rond. Glenn rijdt weg en op hetzelfde moment denkt Frank aan het cadeau op zijn kamer.

'Het konijn!' roept Frank, die brede armgebaren maakt om hem te doen stoppen. 'Je vergeet het konijn!', maar zijn zoon is laat en denkt dat hij zwaait om hem het beste te wensen.

Pas op de snelweg, als hij de afrit voor de high school nadert, dringt het tot Glenn door. Hij geeft een klap op het dashboard en schudt zijn hoofd. 'Idioot.'

De dag is voor hem verpest. Hij zou niet weten waarom hij er nog mee door moest gaan. Het is belangrijk dat alles perfect verloopt en hij krijgt zelfs de eenvoudige dingen al niet voor elkaar. Alsjeblieft, denkt hij, voor één keer. Zijn droom – hoewel hij er niet langer in gelooft – is dat Annie hem aan het eind van een van die zondagse bezoekjes vraagt te blijven eten en misschien wat tv te kijken, iets te drinken, en van het een komt dan het ander, en wie weet, misschien kan hij een nachtje blijven slapen, en de nacht erna, en die daarna, en dan is alles weer zoals vroeger. Ze zijn nu bijna acht maanden uit elkaar, en het is niet één keer gebeurd. Ze zijn samen met Tara gaan picknicken, en die zomer gingen ze samen naar het peuterzwemmen bij het meer, en Annie heeft de laatste weken best aardig tegen hem gedaan, maar hij is onderhand niet anders gewend dan dat hij op zondag alleen naar huis rijdt, en hij is boos omdat hij zo'n hereniging zelfs maar overdenkt. De hele week heeft hij zich ingeprent dat hij zijn verlies moet erkennen, maar nog voor hij een voet over de drempel zet, schiet hij daar al in tekort, en dat is een ramp.

Als hij de afrit nadert, mindert hij vaart en draait Burdon Hollow Road op. Bomber, met wapperende vacht, grijnst in de achteruitkijkspiegel. Normaal gesproken laat Glenn hem altijd in de cabine zitten, maar dan kan hij zijn nette pak wel vergeten. Het is niet heel koud, alleen maar nat op de grond. Vanaf de brug ziet hij hoe de vallei zich vult met wolken die het uitgestrekte stadje deels verhullen. In de tijd dat ze met elkaar uitgingen, hadden hij en Annie de gewoonte om hun auto achter de middelbare school te parkeren en neer te kijken op de lichtjes. Tegenwoordig surveilleert de politie hier en trekken de jongeren naar het meer.

'Nog mooier ook daar,' moet hij toegeven.

Hij neemt de bocht naar Far Line en kijkt onwillekeurig of hij op de oprit van de middle school nog een verdekt opgestelde auto ziet. Het is vreemd hoe goed hij hier bekend is met het wegennet, terwijl hij in het duister tast over zijn oude huis, zijn vrouw, zijn kind. De bomen zien zwart van de regen. Hij inspecteert zijn kin in de spiegel: het kan ermee door. Annie was hem niet eens in het ziekenhuis komen opzoeken. De enige met wie hij echt over zijn poging gepraat heeft, is ouderling Francis, die zegt dat Glenn pas echt gered kon worden als hij zich overgaf aan een grotere genade. Dat was uiteindelijk ook gebeurd, maar eerst was hij gered door verpleegkundigen. Zijn vrienden van Spuit 3 hadden de deur van zijn appartement moeten inslaan. Zijn vader had toegekeken hoe ze hem tot leven brachten. Glenn zag hem boven de ineengedoken hoofden uit, hij wilde met hem praten, zijn excuses aanbieden, maar de Seconal begon al te werken en de ruimte tussen hen in werd vloeibaar en ondraaglijk zwaar, alsof hij van de bodem van een rivier naar boven keek. Toen hij zijn mond opende, waren er vingers die naar zijn tong grepen. Hij denkt daar niet graag aan terug, het is lang geleden, het was een domme streek.

Terwijl hij afremt voor Turkey Hill werpt hij een blik op het huis van Clare Hardesty, van wie hij verwacht dat ze aan het raam staat en hem opmerkt. De gordijnen zijn gesloten, maar dat zegt niets, dat is geen garantie dat ze niet naar hem staan te loeren. Voor de zekerheid zwaait hij toch maar.

En dan krijgt hij zijn oude huis te zien, klein en wit, moederziel alleen aan het einde van de weg. Het geboomte is zo donker dat de enige straatlantaarn is gaan branden. De watertoren tekent zich flauw af, blauw en reusachtig. Hij rijdt de oprit op, parkeert zijn wagen achter de Maverick van Annie en staat met een sprongetje buiten, zorgvuldig de modderplassen mijdend. Het regent hier nauwelijks. Ze heeft de versieringen voor Halloween al opgehangen: bordkartonnen katten en uitgeholde pompoenen zijn met plakband op het raam geplakt en voor de deur staat een vogelverschrikker met grote ogen. Bij haar thuis deden ze altijd veel aan de feestdagen. Hij moet weer aan het konijn denken en schudt zijn hoofd. Bomber, in de achterbak, is door het dolle heen en trapt de blikjes in het rond.

'Niet springen,' waarschuwt Glenn, en dan zegt hij: 'Eruit', waarna Bomber over de zijkant springt en op de deur afstormt, zodat zijn broek in het voorbijgaan met modder bespat wordt. Glenn probeert de vlekken met zijn hand weg te vegen en geeft het daarna op. Voordat hij aanklopt, bedenkt hij dat hij de volgende keer bloemen zou moeten meenemen. Dan kan hij haar over zijn baan vertellen.

Hij heeft de hele week de tijd gehad, maar nu Annie de deur voor hem opendoet, merkt Glenn dat hij daar niet op voorbereid is. Hij voelt zich overvallen door haar lengte, de kleur van haar haar, alsof hij alleen vage herinneringen aan haar heeft, als op een oude foto die haar geen recht doet. Ze heeft een verbleekte spijkerbroek aan en een thermisch onderhemd, en ze draagt haar nieuwe bril. Haar gezicht is een wirwar van rode lijnen – ze geeft toe dat ze op de bank lag te slapen; ze zijn allebei ziek geweest – maar als ze glimlacht naar Bomber, is Glenn weerloos en zo aangedaan dat hij boos wordt op zichzelf en – om andere redenen – op haar.

'Je bent laat,' zegt ze plagerig, maar ze wacht wel op een verklaring.

'De kerk.'

'Tara,' roept ze, 'je vader is hier,' en in de minuut die verstrijkt voordat ze uit de slaapkamer komt gelopen, blijven ze daar staan. Glenn herstelt zich. Hij bestudeert de meubels, pikt de signalen op van de halfgelezen *Mademoiselle* die op de bank ligt, de kleurpotloden die als dode takken op een stapeltje liggen. Op tv is een derderangs film bezig, mensen die achterna worden gezeten door de donkere gangen van een ziekenhuis.

'Hoe is met je ouwelui?' vraagt Annie.

'Kunnen me niet meer luchten of zien. En jouw moeder?'

'Goed.'

'Mooi.'

Tara komt tevoorschijn, zodat ze een excuus hebben om niet met elkaar te praten. Ze houdt een knuffel tegen de borst geklemd, Winnie de Poeh. Bomber loopt haar bijna omver; Glenn klapt één keer en hij blijft zitten, twee keer en hij gaat liggen. Tara draagt een tuinbroek die Glenn nog nooit gezien heeft, van rood ribfluweel en met een kangoeroe op het borstzakje. Hij zakt op zijn knieën, spreekt zijn bewondering uit en krijgt een knuffel. Ze ruikt naar hoestsiroop met druivensmaak.

'Heeft mammie genaaid,' zegt ze.

'Staat je heel mooi,' zegt Glenn. 'Waar wil je vandaag heen met je ouwe vader? Wil je naar het winkelcentrum om op de foto te gaan?'

'Nee.'

'Oké, maar wat dan wel? Het meer?'

'Je moet haar dat niet vragen,' zegt Annie. 'Je moet het gewoon zeggen. En neem laarzen mee als je naar buiten gaat.'

'Ik wil oma gaan,' zegt Tara.

'Nee, schatje,' zegt Annie, 'jij en papa gaan naar het winkelcentrum. Mama moet boodschappen doen voor oma.'

'Ik wil boodschappen doen,' zegt Tara boos.

'Maar wij gaan naar het winkelcentrum,' zegt Glenn, die opgewekt probeert te klinken. 'Daar heb je het paard en het ruimteschip.' Hij pakt haar hand, maar ze trekt die meteen weer terug.

'Ik wil niet pappie. Ik wil mammie.'

'Je moet haar gewoon meeslepen,' zegt Annie, die haar schoenen aantrekt. 'De eerste vijf minuten zal ze gillen en krijsen, en daarna is er geen wolkje meer aan de lucht. Ze vindt het prachtig als ze op de foto gezet wordt, of niet soms, schatje? Tuurlijk wel. Ze is alleen een beetje kribbig, vanwege haar ontstoken oor.' Ze hijst zich in haar jas. 'Gaat Winnie de Poeh mee?'

Glenn steekt zijn hand uit.

'Kom op, schatje,' moedigt Annie haar aan, en Tara pakt zijn hand, hoewel ze nog steeds boos kijkt.

Als ze buiten staan, zegt Glenn over de motorkap heen: 'Halfvijf.'

'Maak er maar vijf uur van, als je wilt,' zegt Annie. 'Ik heb van alles te doen.' Ze kruipt in de Maverick en rijdt weg, terwijl hij zijn best doet Winnie de Poeh bij Tara in de autogordel te wurmen. Om een of andere reden is het opgehouden met regenen. Ze gaan eerst maar naar het winkelcentrum en daarna, als het opklaart, naar het meer. Achter in de wagen stort Bomber zich op een blikje als een wolf die met een muis speelt.

Glenn start de motor, rijdt achteruit de weg op en denkt aan Annie, zoals ze de deur voor hem opende. Het eerste moment dat ze hem zag, glimlachte ze toen echt? Hij ziet voor zich hoe ze op haar knieën zakt om Bomber aan te halen, hoe een paar lokken haar op zijn vacht vallen. Even is zijn hoofd helemaal leeg, alsof er ruimte wordt vrijgemaakt voor die herinnering, ook al weet hij niet of hij dat wel wil. In de achteruitkijkspiegel groeit de watertoren. Tara zit naast hem met de gesp van de andere autogordel te spelen; ze drukt op het knopje alsof het een speelgoedpistool is en maakt schietgeluiden. Ze kijkt naar hem op en schiet.

'Is dat plezier maken met je papa of niet?' vraagt Glenn.

Annies moeder, May, wacht haar op met een boodschappenlijstje en genoeg geld, zegt ze, voor alles.

'En als je niet uitkomt,' zegt May in de deuropening, 'doe die koekjes dan maar niet, de Lorna Doones. Ik neem ze graag bij de koffie, in de middag, vooral in deze tijd van het jaar, maar ik kan ook wel zonder.'

'Dus geen Lorna Doones,' zegt Annie, en ze zet er een kruisje naast. Het is een spel dat ze spelen; desnoods koopt ze die zandkoekjes wel van haar eigen geld. Ze maakt zich zorgen om haar moeder, hier in haar eentje, vooral de laatste tijd. Het lijkt of ze vermagerd is, en als ze water heeft opgezet voor de koffie laat ze het gas weleens aanstaan.

'Hoe laat ben je terug?'

'Als ik klaar ben,' zegt Annie. 'Rond etenstijd. Ik moet nog naar het winkelcentrum om het een en ander te halen.'

'Hoe is het met Glenn?'

'Goed.'

'Doe hem de groeten, als je wilt.'

'Dat zal ik doen,' zegt Annie. 'Als altijd.'

'Ik zou willen...' begint May, en ze slaakt een zucht.

'Zet het nu maar uit je hoofd, mam,' zegt Annie.

'Ik zou willen dat jullie tweetjes gelukkig waren.'

'Ik ga nu. Je ziet me wel verschijnen.' Ze steekt de veranda over en neemt met één sprong de drie trapjes, wat May doet denken aan toen ze klein was. Zelfs toen was ze al niet voor rede vatbaar.

Ze stond erom bekend dat ze midden in een spelletje kon ophouden om iets voor zichzelf te gaan doen. Charles maakte zich
zorgen dat ze geen vrienden zou maken, dat ze vanwege haar
trots en haar driftbuien niemand meer zou overhouden. May
was blij dat hij het niet meer meemaakte om zijn voorspelling te
zien uitkomen.

'Lorna Doones,' roept May haar na.

'Lorna Doones,' zegt Annie, die het boodschappenlijstje in
de lucht steekt en ermee wappert, maar zonder nog om te kijken.

Alleen de melk is bederfelijk en het is zo koud buiten, hoopt Annie, dat ze die wel in de kofferbak kan laten staan. De akkers trekken voorbij, met hun dode, lijkbleke maïsstengels die wuiven
op de wind. Ze rijdt binnendoor via Renfrew, zodat ze niet langs
de Country Club hoeft. Niet dat Barb alleen maar haar Maverick hoeft te zien om te weten dat er iets gaande is tussen haar
en Brock, maar ze moeten wel voorzichtig zijn. De situatie is zo
al moeilijk genoeg. Annie ziet haar vanavond in de personeelskamer, bij de wisseling van de ploegendienst. Dan zitten ze tien
of vijftien minuten samen aan een tafeltje om een sigaretje te
roken en met elkaar te lachen, blij dat ten minste een van hen
zijn werkdag erop heeft zitten. Barb wil dat ze eens langskomt;
ze zien elkaar niet meer zo vaak, nu Barb de lunch doet in de
Rusty Nail. Annie stelt het steeds uit en zegt dat ze het druk heeft
met Tara. 'Neem haar dan mee,' zegt Barb. 'Ik moet nodig eens
met iemand praten. Echt.'

Annie blijft de omgeving afspeuren naar Barbs gele kever,
verwacht hem op elk kruispunt te zien staan. Ze is hier niet goed
in. Brock is nog maar haar tweede sinds Glenn de deur uit is.
De eerste was iemand van haar werk, een van de vakantiehulp-
jes, een jongen nog maar. Dat was voor één nacht, en het was
de moeite waard geweest. Iets om voor zichzelf te onderzoeken.
Nu was het anders, vreemd, onwerkelijk. Barb was haar bruids-

meisje geweest. Barb had haar een baantje bezorgd in de Country Club. Zij en Brock gaan nu drie weken met elkaar om, maar hun verhouding heeft hele brokstukken uit Annies verleden weggevaagd. Ze heeft het gevoel dat ze altijd al een onechte vriendin geweest is, een slet; welke straf Barb ook voor haar in petto heeft, het kan nooit erg genoeg zijn.

Maar intussen raast ze over het lege asfalt, luistert ze naar The Allman Brothers met het opzwepende slot van 'Ramblin' Man', en begint de zon achter de wolken vandaan te komen, en ze heeft zich in geen jaren zo gelukkig gevoeld.

De vorige keer dat ze met elkaar vreeën, was vorige week zondag in het appartement van Barb, die toen de brunch voor haar rekening nam in de Country Club. Brock wilde het bed gebruiken, maar Annie stond erop dat het leuker was in de badkamer. Het was een lolletje dat ze met elkaar deelden; de eerste keer dat ze het deden, hadden ze tegen de wastafel gestaan, op een feestje van hem en Barb. Het biervat stond in de badkuip en Annie had een donkerblauw pakje aan. Zij en Brock waren aan het kletsen en intussen vulden ze hun glazen bij, en ineens begonnen ze te kussen – in de spiegel zag ze zichzelf in zijn armen – waarna Brock de deur op slot draaide en haar op de natte formica rand hees. Het gekke was dat ze zich er niet druk om kon maken toen er mensen op de deur begonnen te bonzen, terwijl er vorige week maar een geluidje op de gang hoefde te klinken of ze greep al naar haar kleren. Toen Brock voorstelde af te spreken in een motel, dacht ze eerst dat hij een grapje maakte. En nu lijkt het haar nog steeds een grap, iets uit een film van vroeger, maar ze snapt het ook wel. Ze willen Barb geen pijn doen.

Het motel ligt helemaal in het zuiden van de regio, aan Route 8: Susan's Motel. Waterbedden, kleuren-tv. Er staat een huis voor dat bekroond wordt door een tv-antenne, zodat het vanaf de weg maar half zichtbaar is. Annie is er al ontelbare keren langs gereden en heeft haar moeder erover horen praten.

Ze moet eerst naar de middenbaan en daarna linksaf, en intussen voelt ze de ogen van de andere automobilisten op zich gericht. Het Mondje-Dicht-Motel. Ze weet net voor een truck met oplegger de weg over te steken, waarna ze over de afrit sjeest en wegduikt achter het motel, waar ze zich onbespied weet.

De parkeerplaats staat bijna vol, en dat op een zondag, denkt ze. Footballweduwes. Aan de zijkant zijn de parkeerplaatsen voor grote vrachtwagens. Alle auto's zijn op zo'n manier ingeparkeerd dat je hun nummerborden niet kunt lezen; Annie begint zich als vanzelf in te prenten welke merken het zijn. Het grote aantal heeft bijna iets geruststellends. De Charger van Brook staat ingeparkeerd voor kamer 9. Ze zet die van haar erachter, sluit hem af en stopt de sleutel in haar handtas.

Het eerste dat haar opvalt, is hoe leeg het hier is, hoe doods. Ze ziet geen tuinstoelen, geen Pepsi-frisdrankautomaten, alleen maar glasscherven op de stoep en onkruid tussen de spleten. De dakgoten zijn aan het roesten. De gordijnen zijn overal dichtgetrokken, behalve die van de receptie. Achter haar, aan de andere kant van het huis, klinkt het geraas van de snelweg. De deur van kamer 9 heeft een kijkgaatje en rond de deurknop zit een stalen plaat, vastgezet met klinknagels. Annie klopt aan. Een auto rijdt het parkeerterrein op en ineens zou ze willen dat ze een hoed had opgezet of een sjaal had omgedaan. Ze wil zich omdraaien om zich ervan te verzekeren het Barb niet is, dat ze zich aanstelt, maar ze durft niet. Er zitten deuken in de deur, alsof iemand geprobeerd heeft hem in te trappen. Wat voor iemand is zij aan het worden? De auto staat achter haar te ronken, op zoek naar een plekje. Ze klopt nog eens, harder, maar de deur gaat al open, het is Brock, alles is goed.

Ze hebben hun tweede fles wijn opengemaakt en Brock kan er maar niet over uit hoe goed de beeldkwaliteit hier is. Het sneeuwt in Bloomington, Minnesota, en Fran Tarkenton heeft het zwaar in de wedstrijd. De kachel brengt de gordijnen in beroering en een lichtkier dringt de verduisterde kamer binnen. Ze liggen boven op de lakens, naakt, voldaan, met allebei een glas uit de badkamer op hun borst. Haar lange lijf, de geur van haar shampoo. Op momenten als deze denkt Brock dat hij in staat is Barb te verlaten, dat hij het gaat doen, ook al weet hij dat het niet waar is. Hij heeft erover nagedacht hoe hij Annie moet vertellen dat het zo niet langer kan. Ze weten allebei dat ze het einde alleen maar voor zich uit schuiven.

Hij gelooft niet dat hij verliefd op haar is, maar weet hij dat wel zo zeker? Hij en Barb praten nog nauwelijks met elkaar. 's Avonds probeert hij het weleens, maar dan is ze moe, kan het niet tot morgenochtend wachten? Dan ligt hij maar te luisteren naar haar gesnurk, maar toch, in ieders ogen zal zij degene zijn die onrecht is aangedaan. Annie luistert naar hem, geeft hem de aandacht die hij nodig heeft. Het enige waar Barb belangstelling voor lijkt te hebben, is wanneer hij betaald krijgt. Het zou hem gemakkelijker vallen als hij niet wist dat Annie en Barb zulke goede vriendinnen waren. Brock weet dat Annie zelfs nu aan haar ligt te denken en als de roes van de liefde is weggezakt, zal ze vragen hoe het met hen gaat, alsof het haar voornaamste taak is om ze bij elkaar te houden.

'Wel goed,' zegt hij als ze ten slotte haar vraag stelt, maar hij kan zijn ergernis niet verbergen. Dit was bedoeld als tijd voor elkaar. Hij heeft er de hele week van gedroomd; zijn patiënten in het Overlook Home hebben gemerkt dat er iets gaande is en ze plagen hem ermee dat hij zo vrolijk is. Hij luistert naar hun verhalen over lang vervlogen liefdes, Parijs in de jaren twintig, de Spaanse Burgeroorlog. Zou zijn leven ooit zo opwindend worden?

'Ik maak me zorgen om haar,' zegt Annie.

'Ze komt er heus niet achter,' zegt hij ongeduldig, waar hij onmiddellijk spijt van heeft.

'Ik weet niet wat ik hier doe.'

'Gaan we hier weer helemaal opnieuw over beginnen?'

'Sorry. Terwijl het allemaal zo fijn was. Ik snap niet waarom ik het altijd moet verpesten.'

'Je hoeft geen sorry te zeggen,' zegt Brock. De Steelers onderscheppen de bal en terwijl hij naar de runback kijkt, hoort hij niet wat Annie zegt.

'Wat?' zegt hij.

'Laat maar.'

'Maar ik wil het weten.'

Ze staat op en loopt naar de badkamer, doet de deur achter zich dicht en draait de douchekraan open. Brock kijkt naar de deur, werpt een blik op de wedstrijd en slaakt een zucht. Hij drinkt zijn glas leeg, staat op om de tv te gaan uitzetten, ziet zichzelf voor een kort moment in de spiegel, waar zijn lichaam beschilderd wordt door de voortjagende kleuren van de wedstrijd, en vraagt zich af hoe hij hierin verzeild is geraakt. Hij moet denken aan Glenn Marchand – dat alleen een idioot haar zou laten gaan – en daarna pakt hij de fles uit de ijsemmer en zoekt haar op in de dampende badkamer.

De fotograaf zegt dat ze een mooi stel vormen. Voor die vijfendertig dollar, zegt Glenn, mag hij dat hopen. Tara maakt twee keer een ritje op de motor; hij wil daar geen ruzie om krijgen. Als ze buiten komen, is de lucht opgeklaard en besluiten ze naar de speeltuin te gaan. Bomber heeft geduldig zitten wachten.

'Vijftien minuten,' houdt Glenn hem voor.

Zowel Glenns vader als zijn echte vader zijn geboren op de bodem van het meer, en elke keer als hij er langsrijdt (of als hij in de kerk door het grote vensterraam achter het altaar zit te staren) denkt Glenn aan het stadje dat daar ligt, de straten, huizen en boerderijen die zijn opgekocht door de Park Service. Op sommige kaarten zie je het nog steeds vermeld: Gibbsville. Zijn vader heeft er een lijvig fotoalbum van. Glenn herinnert zich dat hij zijn hele gezin meenam naar de plek waar de oude weg onder het zachtjes klotsende water verdween, het deinen van de dubbele gele lijnen. Hij weet nog dat hij in de verte een kerktoren zag, of alleen de spits, maar op de foto's is dat te ver weg. Soms neemt Glenn het album mee naar zijn kamer en dan maakt hij een wandeling door het stadje, langs het huis waar zijn ouders woonden, de winkel die door zijn echte vader zou zijn beroofd. Zijn wandeling eindigt altijd met zijn nieuwe gezin dat midden op de weg staat, terwijl achter hen het water opkomt. En Glenn denkt: waarom moeten deze mensen glimlachen?

Ze zien de vrouw en de kleine jongen die ze meestal in de speeltuin zien, en Glenn laat Bomber in de wagen achter. De zon staat nu volop te schitteren boven het meer, maar onder de schommels en onder aan de glijbaan liggen plasjes water. Tara gaat zitten en Glenn worstelt met haar laarzen.

'Ken je de naam van die mevrouw nog?' vraagt hij aan haar, hoewel de kans klein is. Hij moet haar er altijd weer aan herinneren. 'Weet je nog hoe dat jongetje heet?'

'Ik geloof dat hij Eric heet.' Ze heeft moeite met de r. Dat hebben wel meer kinderen, maar Glenn maakt zich overal zorgen om. Toen hij klein was, plaagden zijn vrienden hem met zijn oren, en nu laat hij zijn haar eroverheen groeien.

'Hij heet Steven,' verbetert Glenn haar.

De vrouw heet Nan. Ze is ouder dan hij, gescheiden, en ze woont in Butler. Haar man heeft de voogdij gekregen, omdat ze een alcoholiste was, net als Glenns biologische moeder. In de lente, toen hij hier voor het eerst met Tara kwam, hadden ze elkaar hun verhaal verteld, als op een eerste afspraakje. Toen hij in het ziekenhuis lag, stuurde ze een kaartje: 'Ik had niet gedacht dat je zo'n slapjanus was.' Nu kuieren ze heen en weer over het gras en ze gaan aan de picknicktafel zitten, en terwijl hun kinderen van het klimtoestel naar de evenwichtsbalk rennen, kunnen ze rustig met elkaar praten.

'Bomber is geen bezwaar,' biedt Nan aan, maar Glenn zegt dat hij kan wachten.

'Maar kijk dan. Hij is verdrietig.'

'Het is geen probleem voor hem.'

'Je ziet er goed uit,' merkt Nan op. 'Zoals bijna altijd. Hoe is het met Annie?'

'Beter,' zegt Glenn, blij dat hij het nieuws met haar kan delen. Nan wil er het fijne van weten.

'Ik weet het niet. De laatste paar weken doet ze gewoon veel aardiger. Geen idee waarom.' Hij haalt zijn schouders op, ze kijkt hem aan en hij voelt dat hij rood wordt. 'Ik heb misschien werk.'

'Hé,' zegt Nan, en ze knijpt hem in de pols, 'dat is echt goed nieuws.'

Terwijl de middag ten einde loopt en het bleke oranje licht door de autoruiten naar binnen dringt, rijdt Annie binnendoor naar huis. Ze voelt zich niet goed en haar hoofd bonst van de wijn. De radio staat uit en ze probeert na te denken. Ze heeft een hekel aan dit moment van de dag, als de lucht langzaam donker wordt en ze weet dat ze naar haar werk moet en Tara bij Clare of haar moeder moet achterlaten. Ze denkt met walging aan dat motel terug, de grote betonnen muren, de felverlichte kleine bad-kamer. Op dit moment zal er iemand bezig zijn met schoon-maken, iemand die de lakens van de bedden haalt en alles met ontsmettingsmiddel bespuit. Barb is op de Country Club en schenkt een vers bakje koffie in voor de laatst overgebleven bridgespelers. Annie kauwt op een reepje kauwgom en drukt op de aansteker. Er ligt een oud pakje Winston in het dashboard-kastje met nog een paar geknakte afdankertjes. Haar moeder denkt dat ze helemaal gestopt is, en als ze wil roken, moet ze haar raampje opendraaien. De smaak is muf, maar ze neemt krachtige trekjes en laat het eerste wolkje als een zucht aan haar lippen ontsnappen.

Die afspraakjes met Brock, daar gaat ze mee kappen. Niet dat ze ooit een stel waren. Elke keer als ze elkaar gezien hebben, komt ze tot dat besluit, maar dit keer is het haar ernst. Hij helpt haar geen steek verder. Ze moet nog altijd haar eigen rekeningen betalen, en voor Tara zorgen en het huishouden doen. Ze is het zat om thuis te komen in een leeg huis. Misschien heeft haar moeder gelijk en heeft ze iemand nodig, iemand met wie ze Glenn bedoelt. Hij is veranderd, zegt haar moeder, en hoewel Annie haar gelijk moet geven, vraagt ze zich af of ze die veranderingen wel zo prettig vindt. Ze weet niet precies wat het inhoudt om een wedergeboren christen te zijn, alleen dat hij nog aardiger en beleefder is dan eerst, twee eigenschappen die ze toch al nooit zo in hem kon waarderen. Maar wat moet ze anders? Brock is niet voor vast en Annie verwacht dat ook niet van hem. Dat is toch wel het minste wat Barb onderhand van hem zou moeten weten.

Alleen in de auto is het gemakkelijk voor haar om zo te denken, maar als ze het huis van de Parkinsons ziet, met nog an derhalve kilometer te gaan, blijft er weinig over van haar nieuwe vastberadenheid. Ze mindert vaart, gooit haar stompje het raam uit en neemt een nieuwe reep kauwgom. Haar moeder heeft de buitenlantaarn aangedaan en in een vlaag van paranoia stelt Annie zich ineens voor dat iemand haar boodschappen uit de kofferbak heeft gestolen.

Maar ze zijn er nog steeds, zij het omgekieperd; de kolonist op de doos Quaker Oats werpt haar een geruststellende glimlach toe. De melk voelt koel aan.

'De Steelers hebben gewonnen,' zegt haar moeder ter begroeting vanaf de veranda. Ze draagt pantoffels en Annie vraagt zich af wanneer ze voor het laatst van huis is geweest. De oude Polara van haar vader staat op de oprit en helt naar opzij, met een platte voorband.

'Dat verbaast me niks.'

'Hoe was het winkelcentrum?'

'Druk.'

'Dat krijg je als het regent.'

Annie draagt de twee tassen naar de keuken en helpt haar moeder met opbergen. De koelkast is bijna leeg. De binnenkant van de deur staat vol met allerlei potjes, maar op de bovenste plank ligt alleen een pakje boter, een doosje eieren en een pak sinaasappelsap.

'Mam, heb je wel brood in huis?'

Haar moeder geeft geen antwoord.

Annie opent de trommel op het aanrecht. Niets dan kruimels. 'Mam.'

'Maakt niet uit,' zegt May, die luchtig probeert te klinken. Ze dacht dat ze het op haar lijstje had gezet. 'Ik vraag Louise wel of ze het voor me wil halen.'

'Mevrouw Parkinson heeft het druk genoeg. Ze kan niet van alles voor je gaan halen.'

'Ze vindt het niet erg, zegt ze.'

'Je moet wel iets eten,' zegt Annie.

'Maar dat doe ik.'

'Wat heb je dan voor vanavond?'

'Daar heb ik echt nog niet over nagedacht,' zegt May. 'Ik heb nog kip in de diepvries.'

'Kom met mij mee naar huis. Dan pas je daar op Tara en breng ik je morgenochtend weer terug.'

'Maar dan moet ik me verkleden.'

'Ach kom,' zegt Annie. 'Toe nou, mam.'

In de auto zegt haar moeder: 'Die stank raak je nooit meer helemaal kwijt, hè?'

Tegen de tijd dat Glenn de bocht neemt naar Turkey Hill is de zon al onder, en het licht van de schijnwerpers werpt schaduwen van tuidraden en loopbruggen op de bomen achter de watertoren. Annies huis. Dit is het moeilijkste moment van de zondag, als hij Tara gaat afzetten. Hij parkeert zijn wagen achter de Maverick en zet de motor uit, maar in plaats van Tara uit haar gordel te helpen, blijft hij gewoon zitten. Bomber windt zich op, want hij denkt dat hij thuis is.

'Naar je zin gehad vandaag?' vraagt Glenn.

'Ja.'

'Mooi.' Hij woelt met zijn hand door haar haar en geeft een tikje op het puntje van haar neus, alsof zijn vinger een stokje is. 'De volgende keer gaan we naar oma en opa, oké?'

'Oow-ké.'

'Je weet dat ik van je hou, toch?'

'Ja.'

Hij wil meer, maar daar laat hij het bij. Hij wil niet net als de vorige keer huilend terug naar huis rijden. Het komt door de antidepressiva; zijn stemming gaat als een jojo op en neer.

'Goed dan,' zegt hij, en hij maakt haar riem los. 'Kom er aan deze kant maar uit, en pas op voor het afstapje.'

Ze lopen samen naar de deur. Ze wil nog steeds zijn hand niet vasthouden. 'Jij mag bellen,' zegt hij.

Voor de tweede keer vandaag voelt hij zich overvallen door degene die zijn deur voor hem opendoet: Annies moeder, die hij niet meer gezien heeft sinds vorige maand, toen hij hielp met het organiseren van een gezamenlijke maaltijd voor de brandweervrouwen. Hij heeft altijd gedacht dat May hem graag mag omdat ook Annies vader brandweerman geweest is. Toen Glenn net in het ziekenhuis lag, was ze samen met zijn ouders op bezoek gekomen; ze verontschuldigde zich toen voor Annie, wat hij niet nodig had gevonden.

'Kom binnen,' zegt May, 'het zal nu wel koud zijn buiten,' en ze begint Tara uit haar jasje te helpen. Tara rukt zich los, boos. 'O, mevrouw doet het liever zelf.'

Het huis is warm van het eten dat op staat. Annie zit op de bank tv te kijken en negeert hem.

'Hebben jullie twee iets te vieren?' vraagt Glenn aan May.

'Je vrouw denkt dat ik omkom van de honger.'

'Ach welnee,' zegt Annie zonder haar ogen van het scherm te halen.

'We maken chicken à la king. Er is genoeg, dus als je mee wilt eten...'

Glenn heeft het gevoel alsof er een stilte valt in de kamer. Annie kijkt hen aan alsof ze iets hebben gezegd wat niet voor Tara's oren bestemd is.

'Ik weet niet of ik welkom ben.'

'Maar waarom niet?'

'Ach ja,' zegt Annie, 'waarom ook niet? De rest van mijn geweldige familie is er ook al.'

Als Glenn haar mee uitvraagt, kan Annie haar oren niet geloven. Het is niets voor hem om haar zo voor het blok te zetten. Ze heeft geen idee of hij wanhopig is of blaakt van het zelfvertrouwen. Hij ziet er goed uit.

'Op neutraal terrein,' zegt hij. 'Alleen avondeten, verder niets. Jij mag kiezen waar. Ik vind alles goed.'

'Klinkt niet gek,' zegt haar moeder.

'Laat me erover nadenken,' zegt Annie, die tijd wil rekken en op zoek is naar een uitvlucht.

Ze is vergeten hoe goed hij is met woorden, hoe onderhoudend hij kan zijn. Ze moet zichzelf eraan herinneren dat de helft van wat hij zegt niet waar is. Hij zegt dat hij een nieuwe baan heeft bij Sullivans schroothandel, maar dat is waar meneer Parkinson werkt, en als het echt zo was, zou haar moeder het vast wel van mevrouw Parkinson gehoord hebben. Toch is het fascinerend om te zien hoe hij zijn best doet, hoe hij zichzelf aanmoedigt. Haar moeder blijft maar naar haar kijken om er zeker van te zijn dat ze alles hoort.

Maar echt luisteren doet ze niet. Ze kan nog steeds niet bevatten dat ze hier met hun vieren bij haar aan de keukentafel zitten. Normaal gesproken is ze alleen, heeft ze nauwelijks tijd en smeekt ze Tara om door te eten. Ze geeft het niet graag toe, maar ze vindt het fijn dat ze er zijn, dat hij er is, vooral omdat ze zo'n vreemde dag achter de rug heeft. Zijn kostuum herinnert haar aan de tijd dat ze verkering hadden en dat hij bij hen thuiskwam voor het avondeten. Haar ouders waren erg onder de indruk van zijn nette manieren en haardracht. En haar moeder denkt er nog altijd hetzelfde over. Annie weet dat ze haar de schuld geeft van de scheiding; ze is het altijd voor Glenn blijven opnemen. Dat had maar één keer tot hooglopende ruzie geleid en bij die gelegenheid vroeg ze: 'Maar wat heeft hij dan gedaan?', waarop Annie alleen maar had kunnen zeggen: 'Niets. Hij doet helemaal niets, dat is het nu juist.' Haar moeder kan dat niet begrijpen. Ze zal het nooit hardop uitspreken, maar in elk gesprek over haar problemen met Glenn laat haar moeder doorschemeren dat Annie daarmee haar vader pijn doet, wat belachelijk is, behalve dat Annie haar diep vanbinnen gelijk geeft. Ze wilde die scheiding niet, dat wilden ze geen van beiden. Ze wilde een vader voor Tara, en Glenn kon een goede vader zijn, maar vorig jaar rond deze tijd was hij werkloos geweest en toen vond hij het maar niets dat hij overdag voor Tara moest zorgen, terwijl zij haar baantje had bij Friendly's. Wat een flauwekul was dat. Als ze thuiskwam, zat hij op de bank, al lang en breed aan zijn derde biertje, en het was een zooi in huis, en dan verwachtte hij van haar dat ze voor het eten zorgde, de afwas deed en, als het weekend was, naar de wasserette holde.

'Maar iedereen doet dat,' had haar moeder gezegd. 'Ik deed dat dertig jaar lang, voor je vader en jullie drieën, en dat heb ik overleefd.'

'Dat weet ik,' zei Annie, die probeerde te laten zien dat ze zich goed in haar standpunt kon verplaatsen, terwijl tegelijk tot haar doordrong dat ze er alleen voor stond.

Sindsdien is er wel wat veranderd, denkt Annie als ze de tafel rondkijkt. Ik ben veranderd. Ze kijkt naar Glenn, die probeert te glimlachen terwijl hij zijn tweede portie naar binnen werkt, en ze vraagt zich af wat ze met hem aan moet. Ze heeft er nooit aan getwijfeld dat hij van haar houdt, of in elk geval niet op de manier waarop ze aan Brock twijfelt. Hij is haar toegewijd. Dat vindt ze het moeilijkst om toe te geven: als ze hem terugnam, zou hij werkelijk alles voor haar doen.

45

'Ik heb vier sets met afdrukken besteld,' zegt Glenn tegen haar moeder. 'Voor ieder een.'

'Maar daar wil ik voor betalen. Ik sta erop.'

'Ja,' zegt Annie.

Glenn houdt zijn handen op om ze het zwijgen op te leggen. 'De volgende keer is de beurt aan jullie.' Hij legt een hand op zijn hart. 'Deze zijn van mij.'

'Nou, dank je,' zegt haar moeder, die weer onder de indruk is en een blik werpt op Annie.

'Dank je, Glenn.'

'Geen probleem,' zegt hij, 'maar heb je nu al nagedacht over dat etentje?'

'Ik moet de komende week elke dag werken,' zegt ze, hoewel haar moeder weet dat ze donderdag vrij heeft.

'En de lunch?'

Annie kijkt de tafel rond; niemand zal haar te hulp komen. Ze kan wel duizend dingen bedenken die haar te doen staan – ze moet Tara's kostuum voor Halloween nog naaien, haar strijkwerk afmaken, de badkamer schoonmaken – maar geen daarvan klinkt als een goed genoeg excuus. Barb wil dat ze een keertje langskomt. Ze denkt aan de ingedeukte deur, het eerste smakeloze trekje van haar Winston.

'Ik pas wel op Tara,' biedt haar moeder aan.

'Oké,' zegt Annie, alsof dat haar over de streep trekt. 'Een lunch zal wel geen kwaad kunnen.'

Glenn wil blijven om de afwas te doen, maar Annie zegt dat het tijd is om te gaan. Ze moet zich klaarmaken voor haar werk. Hoewel hij zich in gedachten al achter het aanrecht zag staan, hij wassend en zij drogend, gaat hij er niet tegen in. Hij helpt met afruimen, tilt Tara boven zich uit, draait haar ondersteboven en holt door de woonkamer, terwijl hij haar bij de enkels vasthoudt. Bomber draaft erachteraan.

'Pas op, ze heeft net gegeten,' waarschuwt Annie.

Hij laat Tara als een bom op de bank vallen, en zij lacht, met bolle, blozende wangen.

'Nog een keer,' eist ze.

'De volgende keer,' zegt hij. 'Papa moet nu gaan.'

'Jij mag niet gaan.'

Glenn kijkt naar de keuken in de hoop dat Annie het gehoord heeft, maar daar staat alleen May, die de doperwten opbergt voor morgen. Annie zal zich aan het omkleden zijn. Hij heeft haar al een keer of twee in haar nieuwe uniform gezien: een eenvoudig grijs rokje en een witte blouse met een kastanjebruin schort en een plastic naamplaatje. Alle kleren staan haar goed, vindt hij.

'Eigenlijk wil ik dat ook niet,' zegt hij tegen Tara, 'maar ik kom terug, goed?'

'Goed.'

'Geef me een zoen. En een knuffel. Wie is je grote knuffelbeer?'

'Papa.'

'Zeg maar dag tegen Bomber.'

Ze klemt de hond in haar armen, doet haar ogen dicht en begraaft haar gezicht in zijn vacht.

Annie komt binnen in haar uniform en zwarte panty, op zoek naar haar werkschoenen, wit als die van een verpleegster. Glenn ziet er een onder de bank uit steken, steekt zijn hand onder de geplooide rand en vindt de tweede. Annie bedankt hem en gaat op de bank zitten om ze aan te trekken. Hij zit daar op zijn knieën, naast haar, Tara en Bomber, maar hij denkt dat het te vroeg is; hij wil wel, maar hij is er nog niet klaar voor om zijn hele gezin een aanzoek te doen, en zij zijn er nog niet klaar voor om ja te zeggen.

Bij de deur drukt hij Annie op het hart om hun lunchafspraak niet te vergeten.

'Hoe zou ik dat kunnen vergeten,' zegt ze, alsof het een hele opgave is, maar ze doet geen poging eronderuit te komen. May geeft hem een zoen. Het is donker en guur buiten, en de bomen slaan met hun takken. De tuidraden zoemen. Bomber laat zijn geurvlag achter, plast tegen de paal van de brievenbus, en wacht tot Glenn de achterklep omlaag doet. Glenn zwaait voor hij instapt. Hij doet zijn lampen aan en ze moeten hun ogen afschermen tegen het licht. Bij het wegrijden toetert hij.

Hij duwt een cassettebandje in de speler en – wat een gelukkig toeval – het is Cat Stevens die zingt: *Oooh baby baby it's a wild world. It's hard to get by just upon a smile.* Dat zijn wijze woorden, vindt Glenn vanavond, en terwijl hij op halve snelheid langs de middle school rijdt en over de Far Line, neemt hij het uitzicht over het stadje in zich op, het dal dat als brandend houtskool in de kou ligt te glinsteren. Zijn ouders zullen zich afvragen waar hij blijft.

'Columbo kan de pot op,' zegt Glenn, en als het liedje stopt, drukt hij drie keer op de knop om het nog een keer te beluisteren. Op de snelweg, onder de oranjekleurige kwikdamplampen, draait hij het volume harder en zingt zachtjes met Cat mee. Als het liedje is afgelopen, wil hij het bandje nog eens terugspoelen, maar hij komt op een verkeersplein en in het stroboscopische licht ziet hij ineens Winnie de Poeh liggen, op het vuile matje onder het dashboard. Hij buigt zich voorover, rijdt zonder te kijken verder en pakt de beer op. Wonder boven wonder is hij schoon gebleven, behalve dat er op een van zijn poten een beetje aangekoekte modder zit, maar dat kun je er zo afvegen. Cat begint aan zijn volgende liedje; hij rijdt op de 'Peace Train' terug naar huis. Glenn houdt de zachte beer tegen zijn wang, drukt zijn neus in de vacht, sluit zijn ogen en snuift.

DRIE

De avond voordat mijn vader bij ons wegging, pakte hij de weinige dingen in die hij nodig had voor zijn nieuwe appartement.
Mijn moeder trok zich terug in de hobbykamer, deed daar de
was en keek tv, iets Brits op het educatieve kanaal. Het was een
schooldag, een dinsdagavond, want ik lag al in bed en luisterde op mijn transistorradio naar *The Radio Mystery Theatre*, een
hoorspelserie. Mijn vader sliep toen al in de kamer van mijn zus,
naast de mijne, al wist ik dat hij soms de gang overstak, als ze
dachten dat ik sliep. Door de muur heen hoorde ik het getingel
van kleerhangers en het gepiep en gebons van kastladen.

Ik wist dat ze geen ruzie zouden maken. Het geschreeuw, het
gejammer en het stilzwijgen hadden we de vorige zomer al gehad. Op de vierde juli hadden we gepicknickt op de camping van
mijn grootouders en op de terugweg kreeg mijn vader een klap
in het gezicht van mijn moeder, één keer maar, met de vlakke
hand. Ik had de hele middag biertjes lopen gappen uit de koel-
kist van mijn oom John, flesjes Rolling Rock, en ik zat lichtelijk
beneveld op de achterbank om daar de onderbroken streep uit
het donker te zien opdoemen, dus op het moment dat ze hem die
lel gaf, had dat iets verwarrends en onwerkelijks. Ik was niet meteen nuchter, ik zag het eerder van een afstandje, maar toch was
me duidelijk hoe ze zich tegen elkaar keerden, terwijl de weg
achteloos onder onze auto door raasde. Mijn vader greep naar
de polsen van mijn moeder en duwde haar tegen het rechterportier. De Country Squire slingerde over de middenstreep. Hij

had beide handen nodig om hem weer onder controle te krijgen.

Ze moesten evenveel van dat geweld zijn geschrokken als ik, want de eerstvolgende minuten zeiden ze geen woord. Ze keken niet naar elkaar en ook niet naar mij, waarvoor ik dankbaar was. In de koplampen stoof de maïs ons voorbij.

'Als je me ooit nog eens aanraakt,' zei mijn moeder ten slotte, 'vermoord ik je.'

Mijn vader stootte een lachje uit, spottend, en dat zinde me maar niets. Eenmaal thuis zeiden ze allebei dat het al laat was, dat ik mijn slaap nodig had.

In augustus maakten ze een of twee keer per week ruzie, als ik in bed lag. Mijn moeder had tv gekeken en als ze dan langs mijn vader naar de keuken liep, hoorde ik ze tegen elkaar schreeuwen. Ik draaide mijn radio zachter en probeerde zachtjes adem te halen, maar ze wisten dat ik meeluisterde en in plaats van elkaar ervan langs te geven in de keuken, stopten ze alsof er een time-out was en liepen ze naar de kelder om daar verder te gaan ruziën. Dan wachtte ik tot mijn vader terugkeerde, het gebons van zijn voeten op de trap, en daarna het onvermijdelijke gekletter van de hordeur wanneer hij naar buiten beende. De maïs van Carlsen stond inmiddels hoger dan manshoogte. Mijn vader liep over het tractorspoor het veld rond en rookte sigaretten. Ik keek door het raam en zag hoe hij tussen de kolven verdween, een felgekleurde stip die al snel werd overvleugeld.

Het was nu eind oktober en ze maakten geen ruzie meer. Mijn vader maakte wandelingen, mijn moeder keek tv en ik lag in bed. In het holst van de nacht was het stil in huis; mijn vader stak niet langer de gang over. 's Ochtends aten we samen ons ontbijt, overdreven vriendelijk, berustend. Ik stond buiten, onder aan de oprit, en hoopte dat de schoolbus kwam. Het leek of we in afwachting waren van iets, we spaarden onze energie.

Ik ging ervan uit dat het op de laatste avond niet anders zou gaan. Ik lag in bed en hoorde hoe mijn vader zijn reistas dichtritste en zijn koffer sloot. Lang nadat de spookachtige slottune van het radioprogramma geklonken had, lag ik op de komst van mijn moeder te wachten, maar toen ze eindelijk naar hem toe-kwam, was dat niet om te huilen, te schreeuwen of te smeken, maar om de schone was op te bergen.

'Ik heb sokken voor je,' zei ze.

Hij bedankte haar en liep naar de badkamer om het medicijn-kastje te doorzoeken.

Mijn moeder opende mijn slaapkamerdeur, zag dat ik wakker lag en zei dat ik moest gaan slapen. 'Morgen wordt een lange dag,' zei ze. Ze worstelde met mijn ladekast tot haar wasmand leeg was, zei nog eens dat ik moest gaan slapen en liep de kamer uit.

Ik volgde haar voetstappen naar de ingang van de kelder, waar ze de wasmand naar beneden kletterde en het licht uitknipte. Vanuit de woonkamer zei mijn vader iets tegen haar. Ze ging daar naar binnen om antwoord te geven en tot mijn verbazing ging ze bij hem op de bank zitten. Ik kon hun gesprek niet vol-gen. De hele dag door had ik gedacht dat het een beslissende avond zou worden, en dat het de laatste kans was. Ergens wilde ik dat ze elkaar in de haren vlogen, dat ze een lamp door het grote raam zouden smijten, zodat de politie kwam. In plaats daarvan hoorde ik alleen gemompel.

Ik kroop mijn bed uit en legde een oor tegen het sleutelgat van de deur, waar licht doorheen scheen.

'Ik weet dat je het geld er niet voor hebt,' zei mijn moeder. 'Ik zeg niet dat het goed is of fout. Ik zeg alleen dat je het geld er niet voor hebt.'

'Maar ik wil het wel,' zei mijn vader. 'Het zou goed voor hem zijn, denk ik.'

'Dat denk ik ook, maar je weet net zo goed als ik dat het er niet van zal komen. Dat geeft verder niet.'

'Het geeft wel,' zei mijn vader.

'Nou goed, maar we zullen het ermee moeten doen.'

'Waar wil jij heengaan?'

'Dat weet ik nog niet,' zei mijn moeder. 'Iets betaalbaars, niet te ver weg.'

Ik had ze nog niet eerder op zo'n manier met elkaar horen praten, en hoewel het woorden waren waar ik bang van werd, putte ik troost uit de manier waarop ze die uitspraken. Met dezelfde opperste concentratie waarmee ik naar het *Radio Mystery Theatre* luisterde, drukte ik me nu tegen het koude sleutelgat, en intussen spraken ze over onze bankrekening, onze auto, het levensonderhoud, de huur. Ik had me nooit gerealiseerd hoezeer mijn ouders met dat soort dingen bezig waren. Het leek wel of ze niet meer konden ophouden met praten. Mijn vader stak de ene sigaret na de andere op. Mijn moeder schonk een borrel in voor hen beiden, toen nog één en nog één. Ik kreeg kramp in mijn benen en daarom ging ik op de vloer liggen. De tocht die onder de deur doorkwam, maakte dat ik mijn ogen sloot. Het ijs klingelde en de aansteker van mijn vader vatte vlam.

'We hebben er wel een zootje van gemaakt, Lou,' zei mijn vader. 'Of niet soms?'

Ik probeerde wakker te blijven en alles te onthouden wat ze zeiden, maar het moest al na enen zijn geweest en er kwam nog maar weinig zinnigs uit hun mond. Later meende ik ze samen in de keuken te horen en – in de verte, toen ik even bij mijn positieven kwam – mijn moeder, die stond te lachen in de badkamer.

Toen ik midden in de nacht wakker werd, lag ik niet op de grond, maar weer in bed, onder mijn lakens. Ze waren me niet vergeten, maar toch kon ik het omwille van mezelf niet opbrengen hen dankbaar te zijn. Ik hoorde mijn vader snurken, wat hij alleen deed als hij ziek was of gedronken had, en ik vroeg me af of hij de gang was overgestoken. Ik trok mijn nachthemd aan en opende langzaam mijn deur, om te voorkomen dat hij kraakte. Als ik betrapt werd, zou ik doen alsof ik naar de wc moest.

De deur van mijn moeder was dicht, zoals gewoonlijk. Het gesnurk kwam uit de kamer van Astrid. Ik stond daar in de waterkleurige gloed van het nachtelijke licht, bedrukt, en ineens merkte ik dat ik ook echt moest plassen.

Ik deed de deur van de badkamer achter mij dicht en ging zitten, zodat ik minder lawaai zou maken. De bril was koud, net als de vloer onder mijn voeten. Ik zat in het donker en dacht aan de dag van morgen, totdat mijn bovenbenen verkleumd raakten, waarna ik niet doortrok, maar zachtjes het deksel omlaag deed.

Mijn vader was nog steeds aan het snurken. Ik bedacht – melodramatisch, want ik had iets nodig wat deze nacht zijn onherroepelijke karakter gaf – dat ik hem nooit meer op deze manier zou horen. Ik liep naar de kamer van Astrid om even een blik op hem te werpen, zoals hij dat zo vaak bij mij gedaan had.

Mijn moeder lag naast hem op bed. Met zijn tweeën besliepen ze de lits-jumeaux van Astrid en op de grond hadden ze een spoor van kleren achtergelaten. Er was niet genoeg laken en een been van mijn moeder lag er koud en bloot bij, terwijl een van haar armen slap hing, met de pols licht gebogen, alsof ze vermoord was. Ik wilde haar afdekken, ik wilde ze allebei instoppen, maar ik durfde niet dichterbij te komen. Ik stond tegen de deurstijl, deed een wens, liep terug naar mijn kamer en stapte in bed, eindelijk tevreden met het verloop van de avond, en vol goede hoop voor de ochtend.

De volgende dag sliepen we alle drie lang uit. Mijn vader had geen tijd om zich te scheren; mijn moeder holde heen en weer door het huis en had haar uniform nog niet dichtgeknoopt. Bij het ontbijt wilde mijn vader niet komen zitten. Hij stond aan het aanrecht, at zijn kruimelcake boven de gootsteen en stelde een lijstje op van telefonische alarmnummers voor mijn moeder. Zijn bagage stond al in de gang, opgestapeld bij de voordeur. Mijn moeder had erop gestaan dat ze een warm ontbijt voor me klaarmaakte, en ik haastte me om mijn snotterige gebakken ei met geroosterd brood naar binnen te werken. Ze zat tegenover me en gulpte haar koffie naar binnen.

'Ik krijg pas maandag telefoon,' zei mijn vader. 'Als je me nodig hebt, kun je de conciërge bellen.'

'De olieman moet komen,' zei mijn moeder. 'Heb je aan handdoeken gedacht?'

Hij wierp haar een hulpeloze blik toe en liep naar de badkamer.

'Neem de blauwe,' riep ze hem na. Ze nam een grote slok koffie, maakte haar knoopjes dicht en keek toen naar mij, hoe ik daar zat te eten. 'Heb je repetitie vandaag?'

'Op het veld,' zei ik.

'Hoe laat moet ik je komen ophalen?'

'Vijf uur,' zei ik. Tot dan toe was het de taak van mijn vader geweest om me op te halen. Dus zij krijgt de auto, dacht ik. Wat hadden ze nog meer met elkaar besloten, buiten mijn medeweten om?

Mijn vader kwam langs gelopen met een stapeltje handdoeken en mijn moeder liet haar koffie staan om zich te gaan opmaken. Ik vroeg me af of ze hem met de auto naar zijn werk zou brengen, of dat hij – zoals zij dat deed – samen met mij onder aan de oprit ging staan tot iemand hem kwam ophalen. Toen ik het zompige restant van mijn ontbijt in de vuilnisbak lepelde, toeterde er buiten een auto. Mijn vader opende de hordeur, zwaaide en kwam weer terug naar binnen.

'Mijn lift is er,' riep hij langs me heen.

Mijn moeder kwam de badkamer uit gelopen terwijl ze haar haren opbond, zodat de kinderen op haar werk er niet naar konden graaien.

'Arthur,' zei ze, 'help je vader.'

Ik tilde twee kleine reistassen op, duwde met mijn ellebogen de hordeur open en liep achter hem aan naar buiten. Er stond een verweerde witte Chevy met draaiende motor op de oprit, een open bestelauto, met aan het stuur een voor mij onbekende man met donker haar. Zelfs met de portieren dicht herkende ik het basloopje van Steely Dans 'Reelin' in the Years', het laatste stukje dat Warren en ik noot voor noot met de mond konden nabootsen. Hij sprong naar buiten om in de achterbak een plek vrij te maken voor de bagage, en ik zag dat hij hetzelfde beige uniformjasje droeg als mijn vader. In het ruitje boven zijn hart stond Glenn, en toen we alles hadden ingeladen, was dat ook de naam waarmee mijn vader hem aan me voorstelde.

'Mijn zoon Arthur,' zei mijn vader, en Glenn en ik schudden elkaar de hand. Hij had keurig kortgeknipt haar, alsof hij net uit het leger kwam, en om zijn nek hing een groot zilveren kruis dat al een beetje dof begon te worden, met Jezus in reliëf. Het leek alsof hij geen raad wist met zijn houding, alsof het hem speet dat we hier allemaal bij betrokken waren. Hij bleef bij de auto en intussen liepen mijn vader en ik terug naar binnen.

Mijn moeder had haar jas aangetrokken en liep nog eenmaal de woning door, pikte in een steeds grotere vaart haar portemonnee, haar sigaretten en haar sleutels op. Gewoonlijk zaten mijn vader en ik daarbij aan tafel en keken we ietwat besmuikt toe, maar vandaag stonden we bij de deur op haar te wachten, alsof zij degene was die wegging.

'Ik bel je vanavond wel, als ik mijn boeltje op orde heb,' zei mijn vader.

'Dat is goed,' zei mijn moeder, die zich daarna tot mij richtte en zei: 'Het kan zijn dat ik je iets later kom ophalen.'

'Oké,' zei ik. Ik graaide mijn boekentas en de koffer met de trombone uit de gangkast en ik liet mijn ouders even alleen, zodat ze gedag konden zeggen.

Ze kusten elkaar niet, zoals ik me had voorgesteld. Ze stonden alleen maar naar elkaar te kijken.

'Dus dit is het dan,' zei mijn vader.

'Het is jouw keuze,' zei mijn moeder, en ze keek naar de sleutels in haar handen.

'Lou.'

'Ik mag niet te laat komen.'

'Oké dan,' zei mijn vader.

Hij gaf mij geen hand. We liepen achter mijn moeder aan naar buiten en deden de deur achter ons dicht. Mijn vader stapte bij Glenn in de wagen; ze zoefden weg en toen hij zwaaide, wist ik niets anders te doen dan terugzwaaien. Mijn moeder stapte in onze auto, keek over haar schouder en reed achteruit de weg op. Voordat ze wegreed, keek ze door haar raampje naar mij, alsof ze niet zeker wist of ze wel moest gaan, als iemand die een lifter ziet, daarvoor afremt, maar zich op het laatste moment bedenkt, al voelt hij zich wel schuldig.

Ik zag onze auto kleiner worden en in de verte verdwijnen, langs het huis van de familie Van Dorn. Het was warm voor eind oktober; je kon de aarde ruiken. De maïs aan de overkant van de weg, de tweede oogst van het jaar, stond hoog en ruiste op de wind, ondoordringbaar. Achter me doemde ons huis op, dat nu stil en leeg was. Ik had een sleutel en dacht erover weer terug naar binnen te gaan en de hele dag spelletjesprogramma's te kijken, alsof ik ziek was, maar mijn moeder zou me na de repetitie komen ophalen. Ik zette mijn koffer met de trombone op de grond, hing mijn boekentas met de gesp over onze brievenbus en bleef daar net als elke dag onder aan de oprit staan wachten.

Een week voor Halloween kwam de makelaar langs met iemand die ons huis wilde huren totdat het verkocht werd. Het waren in elk geval inkomsten, zei mijn vader, en mijn moeder was het daarmee eens. Die zaterdag begon ze alles in dozen te doen, behalve het vaatwerk en de tv. We hoefden pas half november het huis uit, maar ze vond een onderkomen waar we al op de eerste van de maand terecht konden, in een wooncomplex dat een paar kilometer bij ons vandaan lag. Met enthousiasme vertelde ze me daarover, alsof we van geluk mochten spreken. Ze wilde erheen rijden om het mij te laten zien. Ik wist dat het me niet zou bevallen, want het lag op de busroute en ik wist precies waarover ze het had, maar om haar een plezier te doen, stapte ik in de auto en toen we er waren, glimlachte ik en deed ik opgetogen.

Het was geen huis en ook niet echt een appartement. Omdat we maar twee kamers nodig hadden, had mijn moeder de bovenverdieping gehuurd van een maisonnette, in een wooncomplex waar ooit de leerlingen van een mislukt seminarie waren gehuisvest. Foxwood heette het. Het lag afgelegen, met het oog op een contemplatief leven; een oprijlaan van kiezelstenen, zo stijl dat de bus er in de winter niet doorheen kon, verdween eerst tussen de bomen en dook er pas anderhalve kilometer later weer uit op. De projectontwikkelaar had de naam behouden, maar de kapel met de grond gelijkgemaakt. Het puin lag er nog altijd, afgebakend door dieporanje geverfde palen. Mijn moeder zei dat het bisdom niet genoeg geld had om het seminarie in stand te houden, maar zoals te voorspellen viel, deden op school geruchten de ronde over kerkers, orgieën en mensenoffers. Het was goedkoop wonen, slechts één stapje boven het wonen in een caravanpark. Er stonden auto's op betonblokken en overal in het gras lag bemodderd speelgoed. Er zaten maar twee meisjes bij mij in de klas die hiervandaan kwamen – de zusjes Raybern, een tweeling – en hoewel ze heel erg netjes waren, droegen ze zelfgemaakte lange rokken, stijve geplooide bloesjes en gebreide vestjes met een ceintuur, alsof ze nu al oude vrijsters waren. Als ze heel slim waren geweest, hadden we dat wel kunnen plaatsen, maar ze haalden matige cijfers, en dus was er niet echt een reden waarom ze er zo raar uitzagen. Ze zaten bijna voor in de bus, naast elkaar, mager en stil. Als we 's ochtends op de poort afreden, was er achterin altijd iemand die riep: 'Volgende halte: Fuckwood!', en als de zusjes Raybern dan instapten, moesten we allemaal lachen.

Toen ik Warren op de hoogte bracht, zei hij: 'Kut, zeg,' om mij een hart onder de riem te steken.

'Zorg er wel voor dat ze niks van mijn zooi weggooit,' dreigde Astrid vanuit Tennstadt.

Ik zei dat ik mijn best zou doen, maar het was een loze belofte. Onze moeder was met de kamer van Astrid begonnen.

Tegen de tijd dat we elkaar spraken, had ze al een hele wagen vol vuilniszakken afgevoerd naar de container voor tweedehandskleding op het parkeerterrein van Foodland, om daarna triomfantelijk en met rode wangen terug te keren. Het enige wat resteerde, waren twee fotoalbums, een schoenendoos met brieven en een paar sweaters die ze had aangetrokken om te kijken of ze nog iemand zouden passen. Wat ik in veiligheid gebracht had, was per ongeluk, dingen die ik in de loop der jaren uit haar kamer had gestolen en inmiddels als mijn eigendom beschouwde: de boeken die ik gaaf vond (Tolkien, Vonnegut, Hunter S. Thompson) en spulletjes uit haar geheime bergplaats: haar pijpje van meerschuim, vloeipapier met frambozensmaak en verkleurde pijpenkoppen. Nu zou ik ze terug moeten geven.

Het huis werd kamer voor kamer leeggehaald. Elke dag als mijn moeder van haar werk kwam, zette ze een pot koffie, kleedde ze zich om in een spijkerbroek en een sweatshirt, en ging ze verder met spullen in dozen doen, waar ze de vorige avond gebleven was. De plakband werd met een scheurend geluid van de rol getrokken; haar voetstappen klonken hol. Ik vond het niet fijn samen met haar in huis te zijn, en als ik geen repetitie had van de fanfare, regelde ik het zo dat ik een paar uurtjes kon werken; ik bereidde de ingrediënten voor en maakte schoon in de keuken van de Burger Hut ii, vlak bij school. Rond de tijd dat het buiten begon te schemeren en de klanten kwamen binnendruppelen voor het avondeten, baggerde ik het donkere meer van de frituurketel uit, en intussen dacht ik eraan hoe ik samen met de zusjes Raybern op de bus zou staan wachten.

Mijn moeder had thuis geen tijd om te koken en we aten diepvriesmaaltijden, waarna we de schaaltjes met hun vakjes van aluminiumfolie schoonspoelden, zodat de kinderen op haar werk er verf in konden mengen. Nu mijn vader niet meer bij ons aan tafel zat, merkte ik dat ze veel meer over de kinderen op haar werk begon te praten. 'Vandaag ging er eentje dood,' zei ze bijvoorbeeld, of: 'Kun je je Monte nog herinneren? Hij mag nu eindelijk naar huis.' Op mij maakte het de indruk alsof ze nog een ander gezin had waar ik nooit bij zou horen, en ik vroeg me af met wie ze op zo'n manier over mij sprak. We kwamen toen nog niet bij dokter Brady; we probeerden nog met elkaar te praten.

Mijn vader belde en kwam een paar keer 's avonds langs om de garage uit te ruimen, met al zijn gereedschap. Hij had een appartement in Lake Vue, een wooncomplex in de buurt van het staatspark. Terwijl we zijn moersleutels met terpentine schoonmaakten en zijn ontbrekende boorijzers opspoorden, maakte hij grappen en grollen, maar met mijn moeder in de buurt hield hij zich in en hij vermeed elke vorm van ruzie. Hij vond alles best, wat ze ook zei, en deed zelfs nog meer zijn best voor de verhuizing dan hij normaal gedaan zou hebben. Hij was degene die de verhuiswagen huurde, want het verhuurbedrijf wilde een creditcard, die mijn moeder niet had, en toen we een heel stel meubels naar zijn appartement overbrachten (de bank uit de hobbykamer met daarop de schroeiplekken van mijn moeder, de gevlochten blauwgroene stoel, de bijzettafeltjes die zogenaamd art deco waren) mocht mijn moeder achter het stuur, terwijl hij er zelf in de Country Squire achteraanreed.

Warren en ik hadden het plan opgevat om met Halloween de stad in te gaan, waar een bal werd gehouden. Het was niet meer dan een excuus om een lift te krijgen van zijn moeder, zodat we daar eieren tegen de ramen konden gooien en auto's konden inzepen. Mijn moeder had traditiegetrouw een grote slakom met snoepprepen gevuld. Ze wist dat niemand zou aanbellen en was al begonnen ze zelf te verorberen en ze daarna weg te spoelen met scotch. Ze zat in kleermakerszit op de vloer van de woonkamer en had mijn transistorradio afgestemd op het krakerige signaal van de klassieke zender uit Pittsburgh. Die middag brachten we de laatste spulletjes naar de verhuiswagen over. Naast haar lagen onze slaapzakken, twee kussens, en onze kleren voor de volgende dag, netjes gevouwen en gestapeld. Ik zei dat ik ook wel bij haar wilde blijven.

'Alsjeblieft niet,' zei ze. 'Het lijkt me niks als jij hier de hele avond om me heen hangt. Als je jezelf maar niets op de hals haalt.'

'Doe ik niet,' zei ik.

'Het is je geraden,' zei ze.

'Doe-ik-niet.'

We keken elkaar aan zonder elk een woord te willen terugnemen.

'Weet je waarom we hiermee bezig zijn?' vroeg ze, terwijl ze naar de kale muren om zich heen wees.

'Omdat we zonder papa niet genoeg geld hebben,' zei ik om een brave indruk te maken.

'Omdat je vader me niet kan vergeven voor iets wat ik gedaan heb.'

Op dat moment wilde ik niet weten wat dat 'iets' was. Ik wilde dat Warrens moeder op de oprit verscheen en op haar claxon drukte.

'Ik verwacht niet van je dat je dit allemaal begrijpt,' zei mijn moeder, 'maar je moet wel weten, vind ik, dat het niet mijn schuld is of die van je vader, maar dat we er allebei schuld aan hebben. Ik weet dat het niet goed is, wat we jou en je zus aandoen, maar het is wel waar we samen toe besloten hebben.' Ze nam een slokje van haar scotch en knarste met haar tanden, stak een sigaret op en blies met kracht de rook uit. 'Ik was verliefd op iemand anders. Je vader kan me dat niet vergeven. Niet dat hij zelf zo onberispelijk is, als het daarom gaat. Hij heeft zelf ook iets met een ander en dat is niet van gisteren. Denk niet dat ik de enige schurk ben in dit verhaal.'

'Je bent geen schurk,' zei ik, maar versuft, op de manier van een bokser die tegen de touwen wordt geslagen en blindelings om zich heen klauwt, in de hoop zijn tegenstander te blokkeren.

Mijn moeder hield haar beide handen op om me het zwijgen op te leggen.

'Ik was verliefd op een man die me niet eens leuk vond. Vind je dat niet treurig? Als je vader van een vrouw hield, was dat tenminste nog weleens wederkerig. Ik stond alleen in mijn verliefdheid. Het sloeg nergens op. Ik kon er echt geen kant mee op.' Ze nam een beet van haar snoepreep. Ik keek op haar neer en zag de wasachtige witte streep van haar scheiding en de grijze haartjes die zich mengden met de donkere wortels. Ze snoof en schraapte haar keel. Veel te laat kwam de Bonneville van de familie Hardesty de oprit op gereden, met koplampen waarvan het licht spookachtig over het plafond speelde.

'Weet je nu genoeg?'

'Ik denk het wel.'

'Je denkt het wel.'

'Ja,' zei ik.

'Wordt maar nooit een vrouw,' zei mijn moeder. Ze stond trillend op en sloeg haar armen om me heen. Ze huilde niet, maar ze rook wel dronken. 'Beloof me dat.'

'Dat beloof ik,' zei ik.

'Goed zo,' zei ze. 'Ga nu maar high worden met dat vriendje van je, hoe heet hij ook weer, maar maak geen brokken.'

Mevrouw Hardesty zette ons af bij Emily Britain – de school die het bal georganiseerd had – en wij liepen tussen de gemaskerde, met elkaar verstrengelde stelletjes door en doken via de nooduitgang de aangename anonimiteit van de duisternis in.

'Laten we ergens de boel afbreken,' zei ik.

'Shit ja,' zei Warren.

De volgende ochtend kwam mijn vader aangereden in de auto van tante Ida, een lompe, aftandse Nova. Het was een ouwe brik uit '65 die als een kreupele hond op zijn achteras balanceerde. Mijn vader had ooit bij ons in de garage een Triumph TR3 opgeknapt, die hij later weer verkocht om de beugel voor Astrid mee te betalen, en het was een schok om hem nu in de rammelkast van mijn tante te zien rijden, alsof hij zelf ook uit elkaar zou vallen.

'Die heb ik overgenomen,' bekende hij.

'Dat meen je niet,' zei mijn moeder.

'Ik had een auto nodig en zij wilde ervan af.'

'Als je mij er maar niet de schuld van geeft,' zei ze.

'Doe ik ook niet,' zei hij. 'Hij moet nog worden opgelapt. Voor de komende winter is het een uitkomst. En in de lente vind ik wel weer wat anders. Ik ga verder toch nergens naartoe.'

'Dat is waar,' zei mijn moeder.

We liepen nog een keer het huis door en ontdekten een thermometer die met een zuignapje aan het keukenraam zat en een ontstopper voor de wc beneden, waarvan mijn moeder zei dat we die wel konden achterlaten. Het was een zonnige dag en de lege kamers werden verdeeld in banen van licht.

'Ziet er goed uit,' zei mijn vader bij de voordeur, maar mijn moeder wilde niet dat hij daar nog langer bleef rondhangen. Ze sloot de deur, draaide hem op slot en klapte de hor achter zich dicht.

'Arthur,' vroeg ze, 'kun jij met je vader mee om hem de weg te wijzen?'

Het was snel gebeurd. Alles wat we in het appartement kwijt konden, hadden we tegen de middag naar binnen gesjouwd. De weinige meubels waarvoor we geen plek vonden – de keukentafel met stoelen, twee grote gestoffeerde stoelen uit de hobbykamer, Astrids bed en bureau – brachten we onder bij een bedrijf met opslagcontainers; mijn moeder dekte ze af met oude lakens, alsof die kleine blikken kubus een ongebruikte kamer was in een landhuis. Na te hebben gecontroleerd of we het sleuteltje hadden, rolden we de golfplaten deur dicht.

Behalve een paar kinderen die ons stonden aan te staren toen mijn vader wegreed, toonden de buren geen belangstelling voor ons. De concierge was een oudere vrouw in een jagersjasje met gewatteerde schouders en om een uur of vijf kwam ze langs om te kijken of alles in orde was. Die avond bestelde mijn moeder pizza, al zei ze erbij dat we ons dat eigenlijk niet meer konden permitteren.

'Daar zijn we dan.' Ze bracht een toost uit met haar gratis Coke.

'Op Foxwood,' zei ik.

We dronken, waarna de blik van mijn moeder in de vettige kartonnen doos bleef hangen. Toen ze zag dat ik naar haar keek, glimlachte ze.

'Het lijkt nog zo onwerkelijk,' zei ze. 'Het voelt als een motel, alsof we op vakantie zijn. Ik denk steeds dat we straks weer gewoon naar huis gaan.'

'Ik ook,' zei ik.

'Maar dat is niet zo,' zei ze, terwijl ze opgetogen probeerde te klinken. 'We zijn nu hier. Dit is onze plek.'

'Ik vind het niet erg.'

'Natuurlijk vind je dat erg,' zei mijn moeder. 'Doe niet zo raar.'

Op maandag stond ik op wacht met de zusjes Raybern, en schopte tegen de kiezels. Bij wijze van introductie zeiden ze: 'Jij bent nieuw hier.' We zaten al de hele tijd in hetzelfde jaar en toch leken ze me niet te herkennen, laat staan dat ze mijn naam wisten.

'Waar kom je vandaan?' vroeg een van hen; ik geloof dat het Lila was. Ze droeg een vlinderbril en had een smal gezicht; haar tanden waren opvallend gaaf.

'Van hier,' zei ik. 'Ik woon hier al mijn hele leven.'

'Niet van hier op deze plek,' zei de ander, Lily. Ze had dezelfde bril, met grote ogen en tanden, maar ze liep meer voorovergebogen, zodat ze kleiner leek.

'Uit Butler,' zei ik. 'Mevrouw Reese is mijn klassenlerares.'

Terwijl we daar stonden, stuwde de wind tegen de berken, zodat ze kraakten en naar opzij helden als scheepsmasten. Het was maar anderhalve kilometer van ons oude huis, maar het leek een woest en onbekend landschap, een gebied om in te verdwalen.

'O, mevrouw Reese!' zei Lila, die ineens opleefde. 'Die ken ik.'

'Is zij degene met dat been?' vroeg Lily, die dacht aan meneer Donnely en zijn voetprothese.

'Nee,' zei Lila, 'ze is degene met dat gezicht', wat waar was, maar ook wreed. Mevrouw Reese had een beroerte gehad en de rechterhelft van haar gezicht was verlamd.

'Hoe laat is de bus hier meestal?' vroeg ik.

'Laat,' zeiden ze beiden.

Toen ik instapte, was de hele bus aan het lachen.

Van de rest van de dag kan ik me niet veel meer herinneren. Warren en ik zullen wel stoned zijn geworden en het studie-uur hebben overgeslagen; op maandagochtend was het altijd goed toeven bij Marsden's Pond, waar dan alleen de harde kern rondhing. Ik luchtte in de kantine op school: een kaastosti met maïs, een rechthoekig stukje gelatinepudding en twee glazen chocolademelk voor vijfenzestig cent. 's Middags was er de muziekles, die ik nooit oversloeg, en daarna was het tijd om weer naar huis te gaan.

Ik zat achterin bij de nooduitgang, met Warren en de rest van mijn vrienden. De zusjes Raybern zaten rechts voorin, met Lila aan het gangpad. Warren vertelde wat er de vorige avond gebeurd was in de tv-serie *Banacek*: een footballspeler was spoorloos verdwenen nadat een aantal spelers op het veld zich boven op hem hadden gestort. We probeerden met zijn allen te bedenken hoe ze die stunt voor elkaar hadden gekregen, maar op datzelfde moment stopte de chauffeur, meneer Millhauser, voor wat nu mijn oude huis was. Hij stak zijn arm uit, gaf een ruk aan de hendel en de deur ging knarsend open.

Werktuiglijk greep ik naar mijn koffertje en mijn boekentas, en pas daarna schoot het me te binnen. Ik neem aan dat niemand het hem gezegd had. Onze naam stond nog steeds op de

brievenbus; er lag zelfs een *Pennysaver* op de oprit, het plaatselijke advertentiekrantje.

'Arthur?' vroeg meneer Millhauser, die in zijn spiegel keek.

Mijn vrienden – iedereen behalve Warren – keken naar mij
en vroegen zich af wat er aan de hand was. De andere kinderen
in de bus fluisterden, of spraken geen woord. Sommigen woonden op Lake Vue. Ik vroeg me af hoevelen van hen op de hoogte
waren, en hoevelen een vermoeden hadden. Ik dacht erover om
gewoon uit te stappen en te doen alsof ik daar naar binnen ging,
om dan later, als de bus weg was, te gaan liften of door de velden
naar Foxwood te wandelen.

'Arthur Parkinson?' riep meneer Millhauser.

Ik keek naar de gedroogde kluitjes modder onder de stoel
voor me, de bouten waarmee die aan de bus was vastgenageld.

'Hij woont hier niet meer,' zei Warren, zo hard dat iedereen
het kon horen. 'Hij zit nu ergens anders.'

'Arthur?' vroeg meneer Millhauser, alsof het misschien een
grap was.

Ik keek op en wilde hem de waarheid vertellen, maar toen ik
probeerde te spreken, bleven de woorden in mijn keel steken.
Ik kon alleen maar knikken. Voorin de bus boog Lila Raybern
zich over het gangpad heen en met een hand om haar mond
zei ze iets tegen meneer Millhauser. Hij sloot de deur en reed
verder.

VIER

Annie kiest op het laatste moment voor de nieuwe Burger Hut, in de buurt van de middelbare school. Het is goedkoop, geen van haar vriendinnen werkt er en ze hoeft er de stad niet voor in. Als ze hem belt – vanuit het huis van haar moeder, want voor haar doet ze het – biedt Glenn aan haar op te komen halen. Als ze de bestelwagen niks vindt, kan hij de auto van zijn vader nemen.

Ze vraagt waarom ze niet gewoon daar afspreken, want dat is gemakkelijker. Niet dat ze problemen verwacht, maar als er iets misgaat, wil ze zelf weg kunnen.

'Wil je zó gaan?' vraagt haar moeder, die doelt op haar spijkerbroek en het zwarte leren jasje dat in de gang hangt.

'Het is de Burger Hut, mam.'

'Ik weet zeker dat Glenn iets moois aantrekt.'

'Het is geen afspraakje,' zegt Annie. 'Alleen maar een lunch.'

'Hij doet zijn best. Laat je dat dan helemaal koud? Ik had gedacht dat je blij voor hem zou zijn.'

'Dus hij heeft werk. Nou, dat heb ik ook en daarnaast zorg ik ook nog eens voor Tara.'

'Ja, dat weten we nu allemaal wel,' zegt haar moeder. Ze pakt een witbrood uit de trommel op het aanrecht en begint een dubbele boterham met salami klaar te maken voor Tara.

'Ik wil geen verwachtingen bij je wekken,' zegt Annie. 'En voor mezelf wil ik dat ook niet.'

'Doe nou eens een keertje aardig tegen hem.'

'Ik doe altijd aardig,' zegt Annie. 'Dat is nu juist het probleem.'

67

Haar moeder roept Tara om te komen eten, zet haar bord op tafel en gaat zitten. Tara tilt de bovenste boterham op om te kijken wat er verder nog op zit. Alleen mayonaise. Haar moeder weet hoe ze het graag heeft.

'Hij doet zijn best.'

'Hou je nu eens op?' vraagt Annie.

Ze krijgt honger als ze Tara ziet eten. Ze neemt haar tasje mee naar boven en bekijkt zichzelf in de spiegel van de badkamer. Ze heeft de vorige avond gewerkt en ziet er vermoeid uit, haar gezicht is opgezet. Ze vindt een potje Noxzema-reinigingsmelk, spettert daarna water in haar gezicht, droogt af en doorzoekt haar beautycase. Ze maakt haar ogen op in de spiegel, knarst met haar tanden en kijkt hoe wit ze zijn. Zo is het goed genoeg. Ze probeert twee paar oorringen, bedenkt zich en borstelt haar haar. Ze klemt een elastiek tussen haar tanden en trekt het haar met beide handen naar achteren, maar daarna laat ze het alle kanten op vallen. Glenn houdt ervan als ze het lang draagt. Ze moet het nodig eens kort laten knippen, denkt ze egoïstisch.

Als ze de trap af komt, ziet May dat Annie iets aan haar gezicht gedaan heeft en dat doet haar stiekem deugd. Annie kan klagen zoveel ze wil, maar zonder Glenn is ze gewoon zichzelf niet meer; dat zegt iedereen.

Nu ze op het punt staat van vertrek, begint Tara aan tafel te dreinen. 'Ik wil naar papa, ik wil naar papa.' Ze schopt en ze jammert en haar melk klotst heen en weer. Annie probeert haar te sussen, hoewel ze beiden weten dat het geen zin heeft. Tara begint te krijsen, haar gezicht ziet paars, en als Annie een zakdoek pakt om haar neus af te vegen, strijkt de mouw van haar jas langs Tara's glas, dat omkiept. De melk gutst over Tara's schoot, spettert op de stoel, Annies cowboylaarzen, de grond.

'Kleine zeikerd,' sist Annie, en ze pakt Tara bij de schouders. Met een zwaai tilt ze haar op uit de stoel, zet haar tegen de oven en met een klap duwt ze haar hoofd tegen de handgreep. May wil haar tegenhouden, maar van verbijstering kan ze geen vin verroeren. Ze is nooit voorbereid op de driftbuien van Annie; het doet haar denken aan die ene keer dat Charles over de tafel heen schoot om Dennis een dreun te verkopen. Maar Charles had daar zijn redenen voor en Dennis was volwassen, hoewel hij net als Tara niet terug durfde te slaan en zich niet eens durfde te verdedigen. De melk druipt. Tara is aan het brullen, stikt bijna in haar tranen. 'En nou ophouden!' blèrt Annie, die op haar knieën zakt om haar recht in de ogen te kijken, en als dat niet lukt haar een klap op haar achterwerk te verkopen. 'Wat heb je? Waarom maak je het zo moeilijk voor me?'

'Laat maar,' zegt May, die de troep opdept. Haar gezicht is rood aangelopen, alsof zij degene is tegen wie geschreeuwd wordt, en tegelijk voelt ze zich schuldig dat ze dit heeft laten gebeuren. Charles sloeg haar nooit. 'Ga nu maar. Ik kan Tara wel aan.'

'Ik wil dat je sorry zegt,' eist Annie, maar Tara kan niet meer stoppen met huilen. 'Godverdomme.'

'Het is alleen nogal een kliederzooi,' zegt May.

'Het is alleen nogal een kliederzooi,' aapt Annie haar na. 'Het is hier elke dag een kliederzooi. Mijn hele leven is een verdomde kliederzooi.'

May komt om de tafel heen gelopen, wil haar kalmeren. 'Het was een ongelukje.'

'Het is altijd een ongelukje,' zegt Annie hard, en ze kijkt naar May alsof ze haar uitdaagt te slaan. May wilde een hand op haar schouder leggen, maar die blijft nu halverwege in de lucht hangen. Annie draait zich om, beent met grote passen de kamer en het huis uit, en laat de voordeur wijd open staan, zodat de kou zich een weg baant naar May en Tara in de keuken.

'Rustig maar,' zegt May. 'Mama is niet boos op je.'

Tara staat nog steeds tegen de oven, zwoegend en snakkend naar adem. May neemt haar in de armen. 'Rustig maar,' zegt ze. 'We gaan eten en dan voelen we ons wel weer iets beter.' Ze tilt haar in de kinderstoel en pas als Tara weer eet, gaat ze de voordeur dichtdoen. Als ze terugkomt, zijn de ogen van Tara nog rood, maar ze stuurt haar boterham als een trein om haar bord heen.

'Tjoe-tjoe,' zegt ze.

'Tjoe-tjoe terug,' zegt May. 'En nu eten.'

Glenn is vroeg en draagt zijn zondagse kleren, maar dan zonder das. Hij heeft een vrije dag aangevraagd, ook al is hij nog maar net begonnen aan zijn dertig dagen proeftijd. Hij is al eens eerder in deze Burger Hut geweest, maar dan jaren geleden, toen hier nog een Winky was. De echte Burger Hut, vind hij, is die in de binnenstad, tegenover het parkeerterrein waar nog altijd iedereen rondhangt. Hij en Annie kwamen daar altijd als ze een filmpje hadden gepikt in de Penn. Er is een toonbank en een grill, en verder is het dringen geblazen. Maar dit is een doorsnee fastfoodrestaurant, met rondom zitjes aan het raam en in het midden schoongeboende gele tafeltjes, in het gelid als de apparaten in een fitnesscentrum. Het tafeltje waaraan hij zit, is bezaaid met zout. Hij pakt een servetje, veegt het zout weg en controleert of haar stoel schoon is. Het is niet heel druk. Vrouwen die hier na een bezoek aan het winkelcentrum in tweetallen zijn neergestreken, middelbare scholieren die in kliekjes rondhangen, een dikke man in een jasje en een dasje die twee bekers koffie bij zijn menu heeft genomen. Buiten ratelt een gele Midasvrachtwagen voorbij. Glenn kijkt op zijn horloge, en daarna naar de bladeren op het wegdek die almaar opstijgen en ronddwalen in het kielzog van de auto's. Op het parkeerterrein staat de Fury van zijn vader, die hij vanochtend heeft gewassen, en hij vraagt zich af of Bomber genoeg water heeft. Zijn moeder zegt dat hij gek is als hij denkt dat Annie hem terug zal nemen. Zijn vader begrijpt dat hij het ten minste moet proberen.

Ze is te laat. Het is maar tien minuten, maar het valt hem zwaar. Ze parkeert niet op een van de lege plekken ter weerszijden van de Fury, maar draait snel een parkeerplek op achter het raam, zodat de voorbanden van de Maverick tegen de betonnen rand stoten en de auto een stukje terugstuit. Ze stapt uit, gooit haar handtas over haar schouder en loopt resoluut het parkeerterrein over, om pas daarna de ingang te ontdekken en weer boos terug te lopen. Aan haar manier van lopen ziet Glenn dat ze woedend is. Hij is daar niet op voorbereid, maar staat wel op om haar te verwelkomen en klopt onwillekeurig zijn jasje af. Ze opent de deur en overziet met dezelfde ergernis de menigte. Hij is overdressed – alweer – en hij vloekt, eerst omdat het hem weer moet overkomen, en daarna vanwege zijn miskleun. Hij zwaait en ze ziet hem.

Ze biedt hem haar wang niet aan, gaat zelfs niet zitten.

'Rotdag zeker,' zegt hij.

'Die dochter van jou,' zegt ze. 'En daarbij ook nog eens mijn moeder. Ik wil er niet over praten. Had je al iets besteld?'

'Ik heb op je gewacht. Wat had je gewild? Hetzelfde als altijd?'

'Best,' zegt ze, terwijl ze haar handtas op de stoel zet en haar jas uittrekt, 'maar doe wel een vanille milkshake. Ik moet werken, dus mijn make-up moet netjes blijven.'

Hij loopt naar de toonbank en hoopt dat ze hem niet terugroept om geld mee te geven.

Annie zit aan tafel, steekt een sigaret op en zet een asbak van aluminiumfolie voor haar neus. Op weg hiernaar toe is ze een Stop-n-Go binnengewipt voor een vers pakje Marlboro en daarna heeft ze er eentje op het parkeerterrein gerookt, in de stilstaande auto, gekweld door de afranseling die ze Tara verkocht heeft. Ze vindt het vreselijk om zo helemaal door het lint te gaan, maar het is ook om razend van te worden en Tara luistert niet. 'Denk je soms dat ik het fijn vind tegen je te moeten brullen?' schreeuwt Annie. Ze vraagt zich af hoeveel daarvan tot Tara doordringt, wat ze zich er later van zal herinneren. Annies eigen herinneringen gaan niet zo ver terug, niet verder dan de eerste klas, haar klasgenote Vanessa Cheeks die midden in het lokaal op de grond plast en rood aanloopt.

Het is koud aan het raam en ze drapeert het jasje over haar

schouders. Ze kijkt om zich heen en ziet geen bekenden. Ze weet niet wat ze met deze lunch wil bereiken, waarom ze hier is. Haar leven is een zootje en ze is het zat.

Glenn komt terug met de milkshake en een papiertje met een volgnummer. 'Ik dacht dat je gestopt was.'

'Ik ben van slag, dat is alles.'

'Wat is er dan gebeurd?'

'Ze wilde mee. Of eigenlijk wilde ze jou zien.'

'Ik weet hoe irritant dat kan zijn,' zegt hij. 'Bij mij doet ze het ook altijd. "Ik wil mammie, ik wil mammie." Volgens mijn moeder is dat normaal.'

'Ach ja,' zegt Annie. De wijsheden van Olive kunnen haar onderhand gestolen worden; ze heeft geen behoefte aan advies van een vrouw die zelf nooit kinderen heeft gebaard. Ze drukt haar sigaret uit en begint aan de milkshake, in de hoop dat hij erover ophoudt.

'Je bent nog steeds boos op haar.'

'Meer op mezelf. Je weet hoe ik ben. Het wordt me te veel en dan draai ik helemaal door.'

'Als ze eenmaal op die toer gaat, dan is er niks wat je kunt doen.'

'En mijn moeder doet alsof het allemaal mijn schuld is.'

'Alsof ze vroeger nooit tegen jou geschreeuwd heeft,' grapt Glenn.

'Dat zeg je nu,' zegt Annie, 'maar volgens mij heeft ze dat dus nooit gedaan.'

'Maar dat is toch onzin. Dat is wat ouders nu eenmaal doen, schreeuwen tegen hun kinderen.'

'Jij schreeuwt veel minder tegen Tara dan ik. Jij bent haar grappige papa, en ik ben de gemene mama.'

'Dat komt alleen omdat ik niet meer thuis woon.'

'Zelfs toen je er nog wel was, schreeuwde je nooit tegen haar. Dat liet je aan mij over.'

'Dat is waar,' geeft hij toe, 'jij bent daar beter in.'

'Nou, dank je,' zegt Annie. 'En daar moet ik zeker trots op zijn.'

'Zo bedoelde ik het niet.'

'Weet ik,' zei ze. 'Ik maakte maar een grapje.'

Door een luidspreker boven de toonbank wordt een nummer geblèrd dat ze niet kan verstaan.

'Dat zijn wij,' zegt Glenn, en hij staat op. Annie ziet hem weglopen, met zijn magere gestalte in zijn keurige broek, en ze vraagt zich af wat voor medicijnen hij gebruikt. Hij is zo kalm. Ze weet dat hij in behandeling is voor zijn depressiviteit. Toen ze hoorde dat hij een zelfmoordpoging gedaan had, voelde ze zich daar niet echt schuldig om; ze kon er nauwelijks aandacht voor opbrengen. De hele winter had hij op de bank gelegen. Ze kwam thuis van haar werk en dan lag hij daar in het donker, met de lampen uit en een fles op de grond. Hij stelde haar de idiootste vragen, zoals 'Heb je weleens gedacht dat je Jezus bent?' Misschien had hij de Kerk altijd al nodig gehad. Maar het kwam wel erg onverwacht, dat geloof van hem. Het zou niet de eerste keer zijn dat hij zo'n bevlieging ineens weer liet vallen. Toch maakt hij nu een zelfverzekerde indruk. Annie geeft niet graag toe dat haar moeder gelijk heeft, maar het ziet er inderdaad naar uit dat hij zich gebeterd heeft.

Als hij terugkomt met het dienblad, zegt ze: 'Dus je hebt werk gevonden.'

'Bij de schroothandel. Het is een baantje van niks, maar het wordt goed betaald. Eerlijk gezegd heb ik het daar wel naar mijn zin. Thuiszitten, daar werd ik gek van.'

Annie moet blozen om het woord 'gek' en ze hapt in een frietje. Er is maar één portie en die delen ze.

'Zodra ik genoeg geld heb, ga ik het huis uit.'

'Waar wil je naartoe?' vraagt Annie, die zich al schrap zet voor het geval hij het verkeerde antwoord geeft.

'Ergens in de stad. Weet ik niet.'

De hamburgers zijn warm en net zo goed als in de echte Burger Hut. Die van haar is medium gebakken en van buiten door het vuur dichtgeschroeid, precies zoals ze het lekker vindt. Hij heeft onthouden dat ze gek is op ui en een hekel heeft aan tomaat. Tijdens het eten ziet ze dat hij net als zij om zich heen kijkt, alsof hij in iedereen een spion ziet.

'Ik heb het gevoel alsof we hier op een podium zitten,' zegt hij.

'Alsof ze alles van ons weten.'

'Precies.'

Annie heeft zich sinds de scheiding niet meer zo op haar gemak bij hem gevoeld. Ze vraagt zich af of ze niet beter eerlijk kan zijn, of ze hem niet gewoon over Brock moet vertellen, zodat hij hier niet te veel van gaat verwachten, maar ze weet dat ze het niet zal doen. Het heeft geen zin. Ze eten, en het laatste frietje nemen ze geen van beiden.

'Maar verder,' zegt Glenn als ze de papieren wikkels in de bekers hebben gepropt, 'hoe gaat het met je?'

'Wel goed,' zegt ze. 'Zijn gangetje. Werk, Tara.'

'Heb je misschien zin om volgende week met me naar de film te gaan?'

'Ik moet de avonden werken, denk ik.'

'Volgens je moeder heb je donderdags vrij.'

'Niet altijd,' zegt Annie, die haar vanbinnen vervloekt. 'Ik moet eerst eens naar mijn rooster kijken.'

'Of heb je gewoon geen zin om met mij te gaan? Daar zou ik alle begrip voor hebben.'

'Dat is het niet. Het ligt gewoon vrij moeilijk.'

'Heb je iemand anders om mee uit te gaan?'

'Nee,' zegt ze werktuiglijk. 'Het is gewoon raar om uit te gaan met je man. Na alles wat er gebeurd is.'

Glenn begrijpt dat hij verloren heeft en schuift het dienblad naar de rand van de tafel. Hij staat op. 'Nou, denk er nog eens over na.'

'Nee,' zegt ze. 'Ik wil best met je mee. Als ik vrij heb.'

'Mooi,' zegt hij, 'goed,' terwijl hij het dienblad in zijn hand houdt. Hij kan zijn oren nauwelijks geloven. Hij bedenkt dat hij het afval moet opruimen, vindt een vuilnisbak en legt het dienblad op de stapel daarbovenop. Als hij terugkomt bij het tafeltje, steekt ze haar armen door de mouwen van het jasje, klaar voor vertrek.

'Hier,' zegt ze, en ze geeft hem drie briefjes van één.

'Het was alles bij elkaar maar twee vijftig.'

'Jij mag de film betalen,' zegt ze.

Hij houdt de deur voor haar open en kijkt achterom of ze nog steeds in de gaten worden gehouden. In een stoel aan de overkant ziet hij het joch van Don Parkinson. Glenn is vergeten hoe hij heet. Hij zwaait. Het joch kijkt recht door hem heen, draait zich af en zet zijn tanden in een hamburger.

Glenn is verbaasd, maar hij kan zijn goede humeur er niet door laten bederven. Hij haalt Annie in, die al bij de Maverick staat. Hij verpest het niet door op een kus aan te dringen, maar bedankt haar alleen voor haar komst en zegt dat ze echt niet hoefde te betalen.

'Wat gaan we zien op donderdag?' vraagt Annie.

'Wat jij wilt.'

'Kies jij maar,' zegt ze. 'Dat is mijn voorwaarde. En trek alsjeblieft een spijkerbroek aan.'

Glenn zit in de auto van zijn vader en overdenkt hun afspraakje: haar boosheid, de vanille milkshake, hoe ze ja zei toen hij het dienblad vasthield. Hij laat het keer op keer van begin tot eind door zijn hoofd spelen totdat hij het kan dromen, als een van zijn lievelingsliedjes.

Ze zien elkaar op zondag, als Glenn Tara komt halen. Hij brengt een reusachtig knuffelkonijn mee waarvan Annie zegt dat het te duur is, waarmee ze bedoelt dat ze het niet kan betalen. Toen ze net gescheiden waren, stuurde Glenn haar elke maand een cheque, maar toen hij problemen kreeg, stopte hij daarmee. Buiten zijn medeweten had zijn vader haar geld aangeboden, maar dat had ze verontwaardigd van de hand gewezen. Ze loopt een maand achter met de huur; meneer en mevrouw Peterson – die het huis aan haar verhuurden, sinds ze de oude mevrouw Peterson zo ver hadden gekregen om daar weg te gaan – zaten gelukkig in Florida. Hen kan ze nog voor onbepaalde tijd aan het lijntje houden, maar Kerstmis laat niet lang meer op zich wachten. Nog anderhalve maand, en Annie is nog steeds niet begonnen met cadeautjes kopen. Elke zaterdagochtend zit Tara droge cornflakes te eten op de bank en als ze dan een reclame ziet voorbijkomen voor een pratende pop of een auto met afstandsbediening, wijst ze met haar vingertje en zegt telkens: 'Die wil ik.'

Tara klampt zich vast aan het konijn. 'Nijn-nijn,' zegt ze liefkozend, dus hoe zou Annie het dan nog van haar kunnen afpakken? Bovendien gaat het allemaal nu juist zo goed. Ze heeft geen zin er een scène van te maken. Ze denkt terug aan haar vader, hoe hij haar met Pasen in de achtertuin hielp met het vullen van haar mandje. Ze mocht op zijn schouders zitten, zodat ze sneller dan haar broers bij het volgende ei was. Het cadeau is niet verkeerd bedoeld, bedenkt ze nu; Glenn is vader en Tara is zijn dochter. Maar irritant is het wel. Ze ziet hoe hulpeloos hij is, maar kan daar geen begrip voor opbrengen. Als moeder kan ze zich niet voorstellen dat ze zo gek is op haar kind dat ze geen nee kan zeggen.

Als Glenn ernaar vraagt, zegt Annie: ja, op donderdag is ze vrij. Ze ziet hoe opgetogen hij is, bijna net zo blij als haar moeder. Haar moeder omhelsde haar en zei: 'O schatje, dat is fantastisch nieuws,' en Annie moest haar tot kalmte manen. Annie vraagt zich af of ze zelf ook blij zou moeten zijn, of het een stap in de goede richting is. Ze bedenkt hoe erg het de vorige winter geweest is, die lente; ze is er nog steeds niet helemaal van bekomen. Maar ze kan Tara niet alleen aan, en het geld zou haar goed van pas komen. Het is handig om hem in de buurt te hebben.

Het is te koud om naar het meer te gaan, zegt Glenn. Hij wil misschien naar de nieuwe Aquazoo in Pittsburgh en vraagt zich af of Tara daar misschien te jong voor is. Annie zou willen dat hij

eens ophield met haar altijd alles voor te leggen, maar natuurlijk, zegt ze, dat zou ze geweldig vinden. Als ze vertrokken zijn,
wacht ze meer dan een kwartier, waarna ze een douche neemt
en iets aandoet wat Brock nog niet gezien heeft.

Ze rijdt binnendoor, via Renfrew, en is al vroeg bij Susan's
Motel, eerder dan Brock. Het parkeerterrein staat halfvol; de
wedstrijd van de Steelers tegen de Raiders begint pas later op
de dag. Annie wil niet naar de receptie. De kamer zal trouwens
wel onder een andere naam zijn gereserveerd. Ze zit in de auto
met de motor uit en de radio aan, totdat ze zich zorgen begint
te maken om de accu. Een laag, gerafeld wolkendek trekt over
de tv-antenne heen. Het is nog niet eerder gebeurd dat Brock
zo laat was, of zij zo vroeg. Een dikke man met een groene duffel en een Kenworth-petje glipt kamer 6 binnen, tien minuten
later gevolgd door een andere man; ze zou zweren dat ze hem
weleens in de Country Club gezien heeft. De sleutels in haar
hand voelen zweterig aan. Naast het kantoortje staat een blauwe
telefooncel.

Ze kent het nummer uit haar hoofd, want in de tijd dat ze het
moeilijk had, belde ze elke avond met Barb. Eenmaal in de cel
zakt Annie op haar hurken, in de hoop dat niemand haar kan
zien. Het is als in een detectivefilm op tv, met een sluipschutter
en een telefoonhoorn die aan zijn snoer bungelt. Ze hoopt maar
dat hij niet ziek is.

'Hallo,' klinkt de bitse stem van Barb.

'Barb,' zegt Annie, die naar woorden zoekt. Barb hoort op de
Country Club te zijn om de lunch te verzorgen; Annie had gisteren nog op het rooster gekeken. 'Mooi. Ik probeerde je al te
bereiken op het werk.'

'Annie,' zegt Barb, zo bruusk dat haar hart ervan overslaat en
haar gezicht rood aanloopt. 'Ik geloof niet dat ik jou nu wil spreken. Ik praat met Brock. Je komt nog aan de beurt, want er is het
een en ander dat ik je te zeggen heb, maar dat kan niet nu.'

Annie staat in de cel en voelt de kille metalen huls van het telefoonsnoer op haar arm. Ze weigert te geloven wat ze nu te horen krijgt. Ze heeft nooit zo ver vooruitgedacht.

'Barb, het spijt me.'

'Het kan me niet schelen of het je spijt of niet. Het kan me niet schelen wat je me nog wil zeggen.' Ze hangt op en Annie staart naar het parkeerterrein, haar auto tussen die van de anderen, het uitzicht op het wezenloze, lelijke motel daarachter.

'Kut,' zegt ze, terwijl ze nog steeds de hoorn vasthoudt. Ze legt haar voorhoofd tegen de kiesschijf en sluit haar ogen. 'Kut, kut, kut.'

Als ze thuiskomt, staat de Charger van Brock bij haar op de oprit. Brock zit in kleermakerszit op de motorkap en staart naar het blikje bier dat hij op schoot houdt. Hij heeft een verse kras op zijn voorhoofd en nog een op zijn wang. De achterbank is bezaaid met kleren, langspeelplaten, een stereo-installatie. Ze denkt aan alle spullen die Glenn bij haar heeft achtergelaten, de stoffige dozen in de kelder.

'Je denkt toch zeker niet dat je bij mij kunt blijven,' zegt Annie.

'Ik heb nergens anders om naartoe te gaan.' Hij klinkt in elk geval niet dronken, denkt Annie, alleen maar radeloos. Ze vraagt zich af of hij misschien toch van Barb gehouden heeft, maar ze is zelf te veel van slag om medelijden te voelen.

'En je tante dan?'

'Ze wil niets met me te maken hebben.'

'Het kan hier niet,' zegt Annie.

'Een week. Totdat ik iets voor mezelf gevonden heb. Ik betaal huur, ik doe de afwas. Eén week, meer niet.'

'Hoe laat is het nu?' vraagt Annie, en ze kijkt op haar horloge. 'Kom binnen, dan kunnen we praten. Laat je spullen in de auto.'

Binnen pakt ze een biertje. Hij is die van hem vergeten en ijsbeert heen en weer, totdat ze zegt dat hij moet gaan zitten. Ze zitten aan weerszijden van de bank, alsof ze het gaan uitmaken. Brock heeft haar nog niet gekust en dat zal hij ook niet doen.

'Hoe is het gebeurd?' vraagt Annie.

'Het was zoiets stoms. Ze vond een bonnetje van het motel in de was. Het was maar een propje, maar ze kon het lezen. Ze wierp het in mijn gezicht en ik wist niet wat ik moest zeggen.'

'En dus zei je maar dat ik het was.'

'Ik kon niet liegen.'

'Hoezo niet?' vraagt Annie. 'Je hebt wekenlang tegen haar gelogen.'

'Ze wist het,' zegt Brock. 'Jouw naam was de eerste waarmee ze kwam aanzetten.'

'En jij zei ja.'

'Wat moest ik anders?'

'Mooi is dat,' zegt Annie. Ze zoekt een oplossing, maar voelt zich als een hond die aan zijn ketting rukt en komt telkens weer uit op het onverteerbare feit dat Barb ervan afweet. 'Nou goed, daar is nu niks aan te doen. Moet je horen. Over twintig minuten verwacht ik Glenn. Als jij nu eens iets te eten haalt voor vanavond en om een uur of zes terugkomt. Ik wil niet dat hij je hier ziet.'

'Wat wil je eten dan?'

'Maakt me niet uit,' zegt Annie. 'Iets wat Tara lust.'

'Zoals wat?'

'Vis, kip, weet ik veel. Maar maak dat je wegkomt.'

'Annie,' zegt Brock.

'Nu moet je ophouden,' zegt Annie, en daarna is het haar beurt om te gaan ijsberen.

Op vrijdagavond krijgt Glenn van zijn moeder te horen dat er een man bij Annie woont, maar hij gelooft haar niet. Zondag was hij er nog. Annie had hun afspraak van gisteren afgezegd omdat ze moest invallen voor een collega, maar ze hadden een nieuwe afspraak voor de komende week, als ze overdag werkt. Zijn moeder zegt dat ze hem alleen maar een latere teleurstelling wil besparen. Clare Hardesty heeft de auto van die vent af en aan zien rijden. Glenn begrijpt niet waarom ze altijd zo nodig zijn hoop de grond in wil boren. Ze maken ruzie in de keuken en Glenns vader komt binnen, wapperend met de *Butler Eagle*.

'Waarom bel je haar niet?' stelt hij voor.

'Of beter nog,' zegt zijn moeder, 'ga even langs met de auto. Dan zie je het met eigen ogen.'

Glenn belt en krijgt Annie aan de lijn. Het meisje voor wie ze de vorige avond is ingevallen, heeft haar een wederdienst bewezen. Annie lacht om de beschuldiging.

'Het zal de auto van mijn moeder wel zijn die ze ziet langsrijden. Ik probeer haar zo ver te krijgen dat ze wat vaker het huis uit komt.'

Glenn laat het daarbij en zegt niet dat Clare die Polara zou herkennen (zelf heeft ze een lelijke kleine Dodge Dart). Hij probeert zich te herinneren wanneer ze voor het laatst tegen hem gelogen had, maar tevergeefs. Tot dusver had hij alles altijd aan zichzelf te wijten.

Annie herinnert hem aan hun afspraak voor de komende donderdag en zegt dat ze hem zondag wel ziet verschijnen.

'En?' vraagt zijn moeder als hij heeft opgehangen.

'Het is de auto van haar moeder.'

Zijn moeder reageert schamper, slaakt een diepe zucht.

'Livvie,' zegt zijn vader.

'Ik heb mijn best gedaan,' zegt ze. 'Laat niemand mij vertellen dat ik mijn best niet gedaan heb.'

Glenn wil haar pijn doen, hij wil haar in het gezicht slingeren dat ze niet van hem houdt, dat ze zijn echte moeder niet is, maar hij houdt zijn mond. Zijn vader werpt hem een medelijdende blik toe (hij heeft altijd met hem te doen en wil hem altijd helpen, kluns die hij nu eenmaal is) en zoals zo vaak sinds hij weer thuis woont, draait Glenn zich om, pakt zijn jas van de achterdeur en loopt weg zonder een woord te zeggen.

Bomber weet niet wie eraan komt en begint te grommen, totdat hij ziet dat het Glenn is. De lantaarn op de hoek van de veranda gaat aan – zijn vader weer – en de kale takken van de eik werpen hun schaduw over zijn bestelwagen uit. Bomber hoort de autosleutels en wil mee. Glenn maakt de ketting los en de hond stevent meteen op het rechterportier af.

Hij stopt onderweg bij Keffala voor een sixpack Iron City. Hij moet eens met Rafe gaan praten, een maatje van de high school en een collega van hem toen hij nog bij Annie woonde. Rafe woont ergens voorbij de middle school, in het huis dat zijn ouders hem hebben nagelaten. De meubels zijn asgrijs en kersenrood, de tapijten versleten en gerafeld. Toen Glenn woonruimte zocht, bood Rafe hem een kamer aan. Dat had niet lang geduurd; ze waren allebei veel te opgefokt en raakten dan ook allebei hun baan kwijt. Hoewel ze wisten dat ze weer vroeg aan het werk moesten, zaten ze 's avonds laat nog dronken en knikkebollend met elkaar te praten, over dat Tara het enige was in Glenns leven waar hij nog trots op kon zijn. Rafe kan geen kinderen krijgen. Hij had Glenn snikkend vastgehouden, terwijl hij zijn best deed om goed uit zijn woorden te komen. 'Je hebt Tara, man. Wat er verder ook gebeurt, je hebt tenminste háár nog.'

'Kom op, man,' zei Glenn, 'nou niet weer beginnen met zeiken.'

'Je hebt gelijk,' zei Rafe dan, terwijl hij snotterde en probeerde te lachen. 'Je weet, ik kan het niet laten.'

Maar nu Glenn de zompige oprit oprijdt, ziet hij dat het donker is bij Rafe, afgezien van een stormlamp boven de garage. Zijn Bronco is weg. Bomber klauwt tegen de ruit, want hij denkt dat ze gaan uitstappen.

'Rustig nou,' zegt Glenn vermanend. Hij trekt een flesje Iron City open en kwakt de gemagnetiseerde flessenopener weer terug op het dashboard, maar die valt op de grond, in het gat voor Bombers stoel. 'Wat een kutdag.'

Hij rijdt naar het meer en gaat aan een picknicktafeltje zitten. Aan de overkant ziet hij de lampen van de zomerhuisjes, die de contouren van de oever volgen. In de wind voelt het bier lauw aan. De schommels kraken. Bomber is een vage vlek die het donker in en uit zoeft. Glenn vraagt zich af wat Nan nu zou zeggen. November was te koud; hij heeft haar in geen weken gezien. Hij moet haar nummer ergens hebben, en anders kan hij het telefoonboek erop naslaan.

De sterren staan hoog aan de lucht. Hij leunt achterover op de tafel om ze te zien. In de kerk denkt hij weleens dat Jezus uit die lucht zal neerdalen en de nacht als een gordijn voor hem zal opentrekken, zodat Glenn zijn verblindende lichaam ziet met het zwaard van gerechtigheid. Glenn is tot de conclusie gekomen dat hij nog niet gered is, dat Jezus zijn zondigheid doorziet. Als hij knielt en zijn ogen sluit voor de belijdenis, ziet hij het betraande gezicht van zijn vader, voelt hij het schrapen van de slang in zijn keel, zijn maag die wordt leeggepompt. Er is niets veranderd, denkt hij. Hij ziet zichzelf daartoe nog elk moment in staat, elke keer als hij aspirines ziet, die ze beneden in de badkamer voor hem verstopt hebben, in het medicijnkastje. 'En verlos ons van den boze,' bidt hij. 'Want van U is het koninkrijk en de kracht en de heerlijkheid in eeuwigheid. Amen.'

Hij denkt aan zijn echte vader, diens jeugd verzonken onder het meer, een stoffig dorp in de zomer. 'Gelul,' zegt hij, en dan ziet hij zijn moeder voor zich, dronken op het busstation in Pittsburgh, waar ze om kwartjes bedelt bij soldaten. Zij was degene die hem voor adoptie opgaf, niet zijn vader, maar Glenn kan haar dat nooit kwalijk nemen. 'Ze heeft het in elk geval geprobeerd,' zegt hij, waarna hij ziet dat zijn bier niet meer schuimt en een volgend flesje opent. Hij sluit zijn ogen en doet ze na een minuutje weer open. De geesten laten zich niet zo gemakkelijk verjagen.

De sterren trekken zich terug en dringen zich weer op; de wind doet de bomen huiveren. Als Glenn door zijn zesde biertje heen is, keilt hij de blikjes met veel misbaar in een vuilnisbak die beveiligd is tegen wasberen. Bomber weet dat het tijd is om te gaan en staat hem bij het portier op te wachten.

'Ik kom al,' zegt Glenn, die de helling opsjokt.

Hij is er niet op uit langs Annies huis te rijden. Pas als de afslag voor de middelbare school in zicht komt, geeft hij toe en zwenkt de weg af, om pas op het laatste moment voor het stopbord tot stilstand te komen. Hij is niet dronken, maar wel teut genoeg om te kunnen lachen om de reusachtige, fel verlichte jonge knul in zijn geblokte overall die boven op de Eat'n'Park staat. De drive-inbank zegt dat het na twaalven is en zo koud dat het kan gaan sneeuwen. Hij slaat linksaf, weg van de blauwe pijlen die erop wijzen waar je kunt tanken en eten, en achter Bombers raam lonken de lichten van de stad.

'Dat is niet de plek voor ons, maatje,' zegt Glenn, en hij geeft de hond een klopje op zijn rug.

Halverwege Turkey Hill staat een straatlantaarn die een lege kring over de weg uitwerpt waarin de barsten en de kuilen zich zwart aftekenen. Verderop fonkelen de ramen van het huisje, even ver weg als de sterren. Glenn doet zijn koplampen en de motor uit, en laat de wagen langs de helling omlaag rollen. Hij ziet niets tot hij onder de straatlantaarn door glijdt en dan is het te laat om terug te gaan.

Op de oprit staat de Maverick van Annie.

'Ha!' zegt Glenn, en hij geeft Bomber een por, alsof ze erom gewed hadden en de hond verloren heeft. Hij stopt en Bomber valt bijna van zijn stoel. Ze zijn er nog altijd een paar honderd meter vandaan, in het donker en uit het zicht. De zwembad-blauwe watertoren steekt ver boven het huis uit en het reservoir is beklad met namen die later weer zijn overgeschilderd. Het is donker tussen de bomen en de duistere lucht wordt doorkliefd met de lichten van de auto's op de snelweg. Vorig jaar zomer waren hij en Annie met hun slaapzakken het veld in gelopen en met Tara tussen hen in hadden ze naar de sterren liggen kijken, totdat de muggen dat onmogelijk maakten. Op de avond van Halloween moet hij hier in kostuum verschijnen, bedenkt hij, en misschien doet hij Bomber dan wel een cape om.

'Wat zou je daarvan denken?' vraagt hij. 'Speurhond Scooby Doo?'

Bomber kijkt hem schuin aan.

'Je kunt ook zelf iets uitkiezen.'

Bomber klauwt naar zijn been. Hij begrijpt niet wat er gaande is, waarom ze zo dicht bij huis gestopt zijn.

'Vooruit dan maar weer,' zegt Glenn, en hij start de motor. Hij hoopt maar dat Annie slaapt of tv kijkt. Met de koplampen uit probeert hij in drie keer te keren, maar het lukt hem pas in vijf keer, waarna hij zachtjes in de eerste versnelling de heuvel op rijdt.

Bij de t-kruising, ter hoogte van huize Hardesty (waar iedereen slaapt, want beneden zijn de lichten uit) knipt Glenn zijn koplampen aan. Hij moet wachten tot een andere auto is langsgereden, maar die auto mindert vaart – plotseling, alsof de bestuurder denkt dat Glenn van de politie is – en draait dan Turkey Hill op, waarbij hij met zijn koplampen langs de bestelwagen strijkt en stof opwerpt van de berm.

De auto rijdt die van Glenn voorbij en houdt daarna halt. Hij herkent de rode achterlichten van zijn werk – een Dodge Charger, bouwjaar '72 – en er gaat hem een lichtje op. Barb en haar vriend.

De keuken is gesloten en nu willen ze ergens een feestje bouwen. Glenn weet niet hoe hij zijn aanwezigheid hier moet verklaren en bedenkt dat hij misschien maar het beste de waarheid kan vertellen, hij wil achteruit rijden en met hen praten, zeggen dat hij heeft aangeklopt, maar dat er niemand opendeed.

Hij zet het pookje in zijn achteruit en kijkt over zijn schouder om te zien hoe hij moet sturen. De remlichten van de Charger vlammen op, maar dat duurt maar even en de auto rijdt weg.

Ze hebben hem gezien, denkt hij. Zo kan hij niet weg.

Dit keer lukt het hem wel om in drie keer te keren en terwijl hij terugrijdt naar het huis, probeert hij allerlei smoesjes te bedenken. De Charger rijdt vlot en vaardig onder de straatlantaarn door. Brock houdt van autorijden, weet hij.

Maar het is geen Brock, ziet Glenn, want de Charger gaat de oprit niet op. De auto rijdt door tot aan het punt waar je moet keren, en met koplampen die over de reling scheren draait hij langzaam de onverharde weg op die terugloopt naar Marsden's Pond. Een plek waar jongeren heen gaan om te vrijen. In de zomer hoorden ze daar de hele nacht auto's komen, uiteenspattend glas, gejoel en gekeet. Soms kwam de politie een kijkje nemen. Annie had verteld dat ze sinds het vertrek van Glenn een van de oude revolvers van haar vader bij de hand hield, voor het geval dat, maar er was nooit iets gebeurd. Toch bleef hij zich zorgen om haar maken. Het is de beste en misschien wel de enige reden voor hem om hier te zijn, en nu hij niemand meer iets hoeft uit te leggen en door de drank in een onbaatzuchtige bui is, gelooft hij ineens dat het ook de echte reden is. Hij wil haar beschermen, of ze dat nu kan waarderen of niet.

Hij stopt voor het licht van de straatlantaarn en wil weer keren, dit keer met zijn koplampen aan. Als ze hem nu nog niet in de gaten heeft, zal dat ook niet meer gebeuren.

Op de kruising slaat Glenn linksaf, waarna hij draait, de wagen in de berm zet en de koplampen uitdoet. Hij staat verscholen tussen de bomen, maar de wagen steekt er net een stukje tussenuit, zodat hij het keerpunt aan het einde van de weg en het huis in de gaten kan houden. Hij wil de Charger weer zien wegrijden; hij wil eerst zeker zijn van zijn zaak en dan zijn moeder op de hoogte stellen. Bomber begrijpt er niets van.

Dit is belachelijk, denkt hij na een paar minuten. Hij moet morgen vroeg op voor zijn werk en hij heeft al koppijn van het bier. Net als hij het wil opgeven, ziet hij een licht opdoemen tussen de bomen.

Het is de Charger, die achteruit over de onverharde weg rijdt. Als de wagen in de buurt van de watertoren is, keren de koplampen in de richting van Glenn.

'Dat is snel,' zegt hij.

Hij wacht tot de wagen Turkey Hill weer oprijdt, maar dat gebeurt niet. Hij draait de oprit op, komt achter de Maverick tot stilstand en er stapt iemand uit. Glenn veegt zijn adem van de voorruit en als dat niet helpt, springt hij de cabine uit, holt een eindje door de kou om wat dichterbij te komen en schermt zijn ogen af om beter te kunnen zien, alsof de zon schijnt. Van deze afstand, in het doffe licht van achter de ramen, kan het iedereen wel zijn: Barb, Brock of wie ook. De bestuurder van de auto loopt door de tuin. De deur gaat open en het licht dat naar buiten valt, is fel genoeg voor Glenn om te zien dat het Annie is, met oplichtend haar, zodat de grotere gestalte naast haar, degene die de tas van haar overneemt en haar kust, alleen maar Brock kan zijn.

Annie houdt er niet van de middagdienst te draaien, vooral niet in de winter, maar ze moet wel, als ze haar baan tenminste wil houden. Barb heeft de andere meisjes van de avonddienst tegen haar opgezet; ze kan dan nog onmogelijk werken. Haar tijdkaart raakt steeds zoek en op het werkrooster heeft iemand telkens het woord 'sloerie' bij haar naam geschreven. Clare Hardesty was zo brutaal geweest om te verklaren dat ze best wilde oppassen, wat iedereen er verder ook over moge denken, en als haar moeder haar vriendinnen opzoekt in de Overlook Home (nota bene de werkgever van Brock) moet Anna Tara tegen haar zin bij Clare achterlaten, die ze niet sympathiek vindt en die haar ook te veel geld kost. Annie bedient de enkele stelletjes die in de eetzaal zitten te lunchen en brengt een dienblad met Manhattans naar een tafel in het café. Tegen drieën zijn alle klanten vertrokken. In de pauze drinkt ze haar gratis glas Tab dieetcola en kijkt ze naar de bladeren die over de uitgestorven golfbanen worden voortgejaagd. Ze voelt zich bespot door de vrolijke slingers van crêpepapier die alvast zijn opgehangen voor de Turkey Trot, de aanstaande hardloopwedstrijd met Thanksgiving. Aan het eind van haar werkdag treft ze voorbereidingen voor het avondeten;

ze snijdt de sla en helpt de gesjeesde scholieren in de keuken met het opmaken van de bijgerechten. Er klinkt alleen klassieke muziek – Michael de kok is er gek op – en als ze Tara gaat ophalen, laat ze radiostation WDVE door de auto schallen: 'Dream On' van Aerosmith.

'Moet je luisteren,' zegt Glenn over de telefoon. 'Ik vergeef het je.'

Ze hangt op en terwijl haar hand nog op de hoorn ligt, begint de telefoon weer te rinkelen.

'Het wordt ons allemaal vergeven. Dat geloof ik. Ik moet dat wel geloven.'

'Alsjeblieft,' zegt ze. 'Ik heb geen zin de politie te moeten bellen.'

'Je neukt met hem,' zegt Glenn, 'in ons bed. Hoe kun je zoiets doen?'

Barb belt één keer om haar te zeggen dat ze het niet erg vindt Brock kwijt te raken. Het is Annie zelf door wie ze zich gekwetst voelt, en ze begrijpt niet waarom.

'Waarom deed je het?' vraagt Barb, nadat ze Annie heeft afgebekt en haar op huilerige toon te verstaan heeft gegeven dat ze nooit meer vriendinnen kunnen zijn. Annie kan daar geen antwoord op geven. Ze denkt aan de tijd dat Barb en Mark net uit elkaar waren, hoe ze Barb getroost had, hoe ze met hun tweeën bij Barb op de brandtrap hadden gezeten, crème de menthe dronken en luisterden naar de basketballers die de baskets op het kerkplein lieten rinkelen. Nadat ze de fles soldaat hadden gemaakt, schreef ze Marks naam op de folie, waarna Barb er een kus op moest geven en de fles in de onderliggende afvalcontainer moest laten vallen. Het glas spatte in scherven uiteen en de jonge basketballers keken allemaal om.

'Ik weet het niet. Een mens kan weleens zomaar iets raars doen.'

'Nee,' zegt Barb beschuldigend. Met een woord veegt ze haar argument van tafel. 'Je doet iets omdat je ervoor kiest.'

'In dat geval weet ik het niet,' zegt Annie. 'Het was niet vanwege hem, of als het wel zo was, dan nu in elk geval niet meer. En het was ook niet vanwege jou. Ik zweer bij God dat ik je niet wilde kwetsen.'

'Maar dat heb je wel gedaan.'

'Klopt,' zegt Annie. Ze is het zat om zich te moeten verdedigen en luistert naar de stilte. Lager dan dit kan ze niet zinken.

'En was het dit waard?' vroeg Barb. 'Heb je gekregen wat je wilde?'

'Nee.'

'Ik kreeg een telefoontje van Glenn. Hij klonk opgefokt, meer nog dan gewoonlijk.'

'Ik weet het,' zegt Annie. 'Hij belt me elke dag. Hij belt me op het werk.'

'Dat heb ik gehoord,' zegt Barb. 'Weet je wat het volgens mij is? Volgens mij heb je er zelf om gevraagd.'

'Ik kan er nu niet mee ophouden,' zegt Annie.

'Dat is mijn probleem niet,' zegt Barb. 'Je bent een grote meid. Je hebt het jezelf aangedaan. Als je maar niet denkt dat ik nog met je wil praten. Blijf bij me uit de buurt.'

Na afloop is Annie teleurgesteld, alsof ze er meer van had verwacht. Het verbaast haar dat Barb zelfs maar gebeld heeft. Dat zou ik zelf nooit gedaan hebben, denkt ze. De hele toestand roept herinneringen op aan de middelbare school, hoe gemakkelijk het toen was om zich voor een week of een maand aan iemand te geven, iets wat nu zo moeilijk was. Ze had toen niemand nodig om in vertrouwen te nemen (en nu nog steeds niet, hoopt ze; ze is jong, het is haar fout niet dat ze verliefd werd.) Ze verwacht ook niet van Barb dat ze haar onmiddellijk zal vergeven.

Haar moeder is ook al niet blij met haar. Ze zegt dat Annie haar over Brock had kunnen vertellen, maar als hij bij haar is, weigert ze langs te komen. Annie weet wat haar moeder denkt: dat ze een idioot is, dat ze dat allemaal doet zonder rekening te houden met de gevolgen. Waar of niet, Annie vindt dat haar moeder aan haar kant zou moeten staan. Ze bekvechten zodra ze buiten gehoorsafstand van Tara zijn.

'Het is wel duidelijk dat je naar je vader aardt,' laat haar moeder zich ontvallen.

'Wat heeft dat nu weer te betekenen?' vraagt Annie.

Haar moeder negeert haar, alsof ze het nooit gezegd heeft. 'Jij bent het niet om wie ik me zorgen maak. Het is Tara.'

'Alles gaat goed,' houdt Annie vol. 'Je hoeft je nergens zorgen om te maken.'

'Ik kreeg een telefoontje van Olive,' zegt ze. Normaal gesproken is de moeder van Glenn iemand om wie ze zich samen vrolijk maken, maar niet nu. 'Het lijkt erop dat hij het er heel moeilijk mee heeft. Dat kun je hem niet kwalijk nemen.'

'Glenn heeft hier niets mee te maken,' zegt Annie, maar zelfs zij gelooft daar niets van. Eerder die week had ze op een avond zijn bestelwagen herkend. 'Hij belt me op,' geeft ze toe, 'en dan zegt hij van alles.'

'Hij voelt zich gekwetst. Dat snap je toch wel.'

'Ik ben niet bang voor hem.'

'Je weet dat je altijd hier kunt blijven slapen, als je wilt.'

'Ik heb een eigen huis,' zegt Annie, die het beu is zich te moeten verantwoorden. Ze stoppen met praten; beiden geven ze het op.

'Och, liefje,' zegt haar moeder, die niet tevreden is met de uitkomst. 'Ik zou willen dat je het mij verteld had.'

Het enige lichtpuntje, denkt Annie, is Brock. En dan te bedenken dat ze hem kwijt wilde. Om elf uur eindigt hij zijn avonddienst in de Overlook Home. Drie middagen per week past hij op Tara. Ze mag paardje rijden op zijn rug en hij zwaait haar aan haar voeten in het rond. Ze kijken samen cartoons, waarbij hij hardop de opschriften voorleest – 'Acme Rocket Company', 'Tasmanius Horribilus' – en haar uitlegt wat S5 betekent. Ze lopen de hele dag in hun pyjama rond en kruipen samen onder de dekens. Net als Glenn laat hij het aan Annie over om streng te zijn, wat ook goed is, want Tara is niet zijn dochter. Als hun relatie serieus was, zou het anders zijn geweest. Soms kijkt Annie toe hoe hij Tara over zijn schouder slingert en dan ziet ze hem met andere ogen; ze denkt dat ze op hem kan bouwen, tot het moment dat hij 's nachts om één uur thuiskomt, ruikend naar de hasj. Het enige waar ze dan nog aan kan denken, is dat hij Barb bedrogen heeft. Hij biedt zijn excuses aan, zegt dat hij er niet aan gewend is om met een gezin te leven.

'Dan kun je er maar beter snel aan gewend raken,' waarschuwt ze, maar alleen omdat ze de hele dag aan het werk is geweest en haar weinige rustige uurtjes met hem wil delen. Eenmaal in bed vergeeft ze hem, en ze slapen in elkaars armen.

Later in de week, als ze liggen te slapen, wordt Annie gewekt door het geluid van brekend glas. Ver weg blaft een hond. Het rumoer komt niet van Marsden's Pond; daarvoor is het te dichtbij. Nog eens, aan de voorkant van het huis. De klokradio staat op kwart over drie. Ze geeft Brock een por.

'Ik hoop niet dat hij het is,' zegt hij, 'want ik trap hem in zijn kloten.' Hij rolt zijn bed uit en staat meteen rechtop, alsof hij hierop voorbereid is. Hij pakt zijn spijkerbroek, die aan de deurknop van de kast hangt, en trek die met een ruk over zijn pyjamabroek aan, zonder zijn riem vast te maken. Van buiten klinkt weer kabaal, en aan de overkant van de gang ontwaakt Tara, die begint te jammeren. Annie tilt Tara in haar armen en volgt Brock tot boven aan de trap. Daar blijft ze staan wachten, terwijl hij de trap afloopt naar de voordeur en met één vinger het gordijn oplicht.

'Hij is het,' zegt Brock, en voor ze de kans krijgt iets te zeggen, knipt hij het buitenlicht aan en opent de voordeur. 'Hé!' schreeuwt hij. 'Klootzak!'

'Brock!' fluistert ze, in een poging hem weer binnen te roepen. Ze hoort Glenn iets terugschreeuwen en stormt de voorkamer in om te kijken wat er gaande is. Ze houden de deur altijd dicht om op verwarmingskosten te besparen, en vanwege de kou drukt ze Tara nu dichter tegen zich aan; wrijvend probeert ze warmte te winnen. Ze laat het licht uit en loopt naar het raam.

Beneden, midden op de weg, staat de bestelwagen van Glenn, die een flesje bier vasthoudt en in het licht van de koplampen met zijn armen staat te zwaaien. Hij is stomdronken en overal om hem heen liggen kapotgeslagen flesjes. Bomber is in de wagen, hoorndol. Daarachter strekt de vlakte zich uit tot aan het donkere bos; de watertoren staat als een blauwe maan te glimmen.

'Het is pappa,' piept Tara.

'Nee, liefje,' zegt Annie. 'Het is iemand anders.'

'Pappa,' krijst Tara. 'Papa.'

'Sssst,' zegt Annie, 'het is geen papa,' en ze geeft haar een kneepje in de arm, draait zich om zodat Tara niet meer kan toekijken. Ze wiegt haar alsof ze weer een baby is.

Brock staat in zijn pyjamajasje en met blote voeten in de vrieskou van de tuin, terwijl hij Glenn tot rede probeert te brengen. Annie denkt aan de revolver van haar vader in het nachtkastje, de telefoon naast haar bed. Tara probeert zich los te wringen, wil kijken.

Glenn gooit zijn flesje bier in de lucht en laat die voor zijn voeten uit elkaar spatten. Hij wijst naar Brock, zwaait met zijn vinger. Brock haalt zijn schouders op, met de handpalmen naar boven – wat wil je nou? – en gebaart daarna met beide handen dat Glenn dichterbij moet komen, als iemand die wil helpen met inparkeren. Glenn stapt naar de rand van de tuin, Brock komt hem een eindje tegemoet en blijft dan staan. Ze buigen zich beiden naar voren om elkaar over een onzichtbare grens af te blaffen. Bomber krabbelt met zijn poten aan het raam.

Annie ziet rook uit hun monden komen en hoort hoe hard ze schreeuwen, maar de woorden gaan verloren in het gesnotter van Tara. Ze neemt aan dat het geen zin heeft de politie te bellen; die kan nooit op tijd zijn. Ze draagt de tegenstribbelende Tara naar de kinderkamer en doet de deur achter zich dicht, loopt dan naar haar slaapkamer en pakt de revolver.

Om te voorkomen dat Tara zichzelf iets zou aandoen, is die niet geladen, maar dat kan Glenn niet weten.

'Het is al goed, liefje,' roept ze door de deur naar Tara, en ze loopt de trap af.

De vloer van de buitenveranda is ijskoud. Maar het is al voorbij. Brock drukt Glenn met zijn borst tegen de grond, als in een knokpartij op het schoolplein, en blèrt in zijn gezicht: 'Waag het niet mij ooit nog eens zo'n kunstje te flikken!' Bomber is zo uitzinnig dat de ramen van de cabine ervan beslaan. Glenn heeft een snee onder zijn oog en zijn tandvlees bloedt. Zijn bovenlip is gebarsten als een perzikvel. Brock lijkt ongedeerd, behalve dat zijn pyjamajasje gescheurd is. Hij ziet de revolver en zegt dat ze die weg moet stoppen. Glenn draait zijn hoofd af en spuwt een donkere sliert uit.

'Ik laat je zo los,' zegt Brock. 'Ik wil dat je in je wagen stapt en maakt dat je wegkomt, begrijp je? Ik heb geen zin je hond iets aan te doen.'

Glenn knikt, maar tegelijk kijkt hij naar Annie, smekend om een beetje medeleven. Zijn ogen staan troebel; ze heeft hem nog nooit zo dronken gezien. En wat is hij toegetakeld. Maar dat heeft hij aan zichzelf te wijten, denkt ze, en ze keert zich van hem af.

'Achteruit,' zegt Brock om haar te waarschuwen, en dan: 'Nou goed, vechtersbaasje,' waarna hij zich van Glenn losmaakt.

Glenn rolt op zijn buik. Natte bladeren blijven aan zijn rug plakken. Op handen en voeten bevoelt hij zijn mond en daarna zijn wang. Hij krabbelt overeind als een oude vent en baant zich strompelend een weg door de tuin, zonder nog achterom te kijken. Annie neemt Brock bij de arm en ze kijken toe hoe hij de cabine in schuift. Bomber belaagt hem van alle kanten. Het duurt even voordat hij het portier sluit. Hij zet de wagen in zijn vooruit, maar voordat de wielen knerpend over de glasscherven rijden, buigt hij zich door het raampje naar buiten en spuwt nog een laatste keer.

'Ik laat me niet door deze wereld in de luren leggen,' zegt Glenn schor. Hij huilt.

'Rot op, klootzak,' zegt Brock, en hij steekt zijn middenvinger op.

Terwijl de wagen wegrijdt, onder de straatlantaarn door, masseert Brock zijn knokkels en spuwt, waarna hij een vinger naar zijn mond brengt. 'Ik geloof dat er een stukje van mijn voortand af is.' Hij steekt zijn kin naar voren en maakt zijn mond breed, en terwijl zij hem zorgvuldig opneemt, vraagt hij door zijn op elkaar geklemde tanden: 'Had je de politie al gebeld?

VIJF

Mijn moeder houdt vol dat het die hele winter is blijven sneeuwen. Volgens haar begonnen de eerste buien half november en
kwam pas in de lente het gras weer in zicht. Ik herinner me nog
goed een zwerm kleuters met sneeuwpakken aan, zo log als
astronauten, spelend in het maanlandschap van de bevroren
modder onder de klimtoestellen, maar of het ook echt zo was,
doet er niet toe; wat mijn moeder wil zeggen, is dat we het op
Foxwood koud hadden, en daar heeft ze gelijk in.

Ons appartement had geen thermostaat. Dat ontdekten we
twee weken na de verhuizing, toen de temperatuur van de ene
op de andere dag met twintig graden omlaagdook. Mijn moeder
liep van de ene kamer naar de andere, op zoek naar een kastje
aan de muur.

'Arthur,' riep ze. 'Kom eens helpen.'

Toen we niets gevonden hadden, plofte ze neer op de bank en
nam haar voorhoofd tussen de handen. 'Het spijt me,' zei ze.

'Het geeft niet,' zei ik.

De conciërge zei dat ons gebouw een dag- en nachtrooster
volgde, wat inhield dat we bij het ontwaken een zacht getinkel
hoorden in de elektrische wandkachels. De onderkant van de
ramen was met ijs afgezet. Mijn moeder liet de koffie op het
vuur staan pruttelen en kocht een zachte toiletbril. We droegen
truien in bed.

Mijn moeder concludeerde dat we er verkeerd aan hadden gedaan naar Foxwood te verhuizen, maar ze had een huurcontract

getekend en daar zaten we aan vast. Ze was boos op zichzelf dat ze zich om de tuin had laten leiden door een nieuw likje verf en het kamerbrede tapijt. Ze verontschuldigde zich dagelijks dat we geen warm water hadden, alsof dat zo'n ramp was, en tien minuten later schreeuwde ze het weer uit omdat ik de stekker van de broodrooster niet uit het stopcontact had getrokken. Ze had mijn steun nodig, zei ze, waarom begreep ik dat dan niet?

In de ochtend zag ik erop toe altijd in te stemmen met het ontbijt dat ze in gedachten had. Nu ze niet voor mijn vader hoefde te zorgen, waren we vroeg klaar. Mijn moeder was daar onwennig onder. Ze dwaalde op halve snelheid door het appartement, op zoek naar haar aansteker, haar lipstick, haar autohandschoenen. Ik propte de zakken van mijn spijkerjasje vol lucifers, Marlboro's en andere zaken die ik met Warren wilde delen, en daarna knoopte ik de zakjes dicht, hees me in mijn dikke donzen jas en handschoenen, en zei dat ik de deur uit ging.

'Godsamme,' zei ze vanuit de andere kamer, waarna ze haar zoektocht afbrak om te controleren of mijn kleren goed zaten en om me een kus te geven, iets waarmee ze gestopt was toen ik nog op de middle school zat. Dan zag ze mijn koffer met trombone staan en vroeg altijd of ze me moest komen ophalen, welke dag het ook was. Ik zei alleen ja of nee. Buiten werd ik overvallen door een koude vlaag van opluchting, en tegelijk door een gevoel van schaamte dat ik aan haar ontsnapt was.

Bij de bushalte praatte ik met Lila en bood haar een sigaret aan, terwijl de jaloerse Lily ons bits toesprak. 'Als mama erachter komt, dan vermoordt ze je.'

'Nou en?' vroeg Lila. Na die keer dat ze me gered had, was ik me af gaan vragen hoe ze eruitzag zonder bril, en ik probeerde de moed te verzamelen om haar te vragen of ik die zelf eens mocht opzetten. De klok was al weken geleden een uur teruggedraaid, en boven de toppen van de bomen hing een grijze schemering, een soort mist, zodat haar gelaatstrekken nu zachter leken. Het was lastig met haar te flirten, want Lily week niet van haar zij.

Van onze gezamenlijke ijskoude ochtenden begreep ik dat de beide zusjes Raybern net zo'n hekel aan Foxwood hadden als ik, en om dezelfde redenen. Ik zag ertegen op om de bus in te stappen en het geschater te horen waaraan ik vroeger zelf had meegedaan. En ik vond het vreselijk dat we daar bij die poort werden afgezet, als drie wezen in de sneeuw die bijna een kilometer over de oprijlaan moesten lopen voor we de geruïneerde kapel en onze barakachtige woningen bereikt hadden. Als ik morde over onze huisbaas – een of andere corporatie uit Baltimore – reageerden Lila en Lily alleen met knikjes. Daardoor werd ik een van hen. Achteraf gezien denk ik dat ik medelijden met hen had, omdat ik er ten onrechte vanuit ging dat ze daar nooit meer zouden wegkomen, terwijl ik er maar tijdelijk was. Als ik ze op school in de gang ontmoette, zei ik ze gedag, en dat bleef niet onopgemerkt. In een nis op de tweede verdieping, naast de klas van onze mentor, had iemand geschreven: 'Arty Party smult van vossenvlees.'

Warren was de enige die ik in vertrouwen nam.

'Lila Raybern?' zei hij. 'Dat meen je niet.'

'Waarom niet?'

'Weet ik veel,' zei Warren. 'Ze is een rare en ze heeft een tweelingzus. Is dat soms geen reden genoeg?'

'Ze is aardig,' zei ik.

'En behalve dat kleedt ze zich als die vent op tv, mister Rogers.'

'Nou goed,' zei ik. 'Daar moet ik je gelijk in geven.'

Op school kon ik bijna doen alsof mijn leven niet veranderd was. Samen met Warren sloeg ik stiekem gym en onze vrije studie-uren over, en pas tegen lunchtijd kuierde ik dan weer terug van Marsden's Pond naar school. Het was de tijd van het jaar dat alleen de dode bomen nog bladeren droegen en de lucht voortdurend iets dreigends had. Als ik de school dan weer binnenstapte, stoned, keek ik nog eenmaal terug naar het bos, alsof het een belofte inhield, een vrijplaats.

Op dinsdag en woensdag repeteerden we in het muzieklokaal, en op vrijdag zag ik de sneeuwvlokken smelten op mijn doffe, gedeukte instrument. Voor de komende schoolreünie oefenden we een programma met werk van John Philip Sousa. In de klas prees meneer Chervenick mijn embouchure en als we buiten de tornado oefenden, dook hij achter me op en riep: 'Zo gaat-ie goed, Arthur, omhoog met die knieën!'

Mijn moeder was altijd te laat met ophalen. Soms was ik de laatste die daar voor de gesloten deur stond te wachten en dan vroeg ik me af of ze me soms vergeten was. Het schemerde al, want het werd elke avond iets vroeger donker; ik keek uit over het stadje, waar de ene na de andere reeks straatlantaarns werd ontstoken, alsof ergens in een zoemende kamer een man zat die de schakelaars omzette. De conciërge, met zijn bezem en zijn stompje sigaar, loerde om de paar minuten naar buiten om te kijken of ik er nog stond. Maar nee, daar kwam ze aangereden; ze was gewoon laat en bood daarvoor haar excuses aan. We reden langs ons oude huis, maar zonder er nog iets over te zeggen. In plaats daarvan vertelde ze me over haar werk, vroeg ze wat ik geleerd had en somde alles op wat haar nog te doen stond. Ze sprak aan een stuk door, vanaf het moment dat ik instapte totdat ze de auto inparkeerde, direct naast de kitscherige buitenlamp van ons appartement. Meerijden met haar beviel me zelfs nog minder dan meegaan met de bus. Terwijl we langs de stoppelvelden rolden, stelde ze mij vragen waarop ik geen antwoord wilde geven.

'Wil je dat ik je vader bel?'

Ik zag grijze schuren voorbijtrekken waar ik recht doorheen kon kijken.

'Moet je niet eens met Astrid bellen?'

Naast de weg stonden groene bordjes zo klein als speelkaarten, bedoeld om wegenbouwers te laten weten waar een ononderbroken lijn plaats moest maken voor een stippellijn.

'Ik weet niet wat je wilt dat ik voor je doe.'

'Niets,' zei ik, maar ze kon niet accepteren dat het de waarheid was.

Eenmaal thuis maakte ze op blote voeten het eten klaar en ging ze er maar over door dat ik zo somber was, dat ik niet meer zo goed presteerde op school, dat ik rookte.

'Als het aan mij ligt, zijn we hier volgend jaar weg,' zei ze terwijl we ons te goed deden aan ons instanthamburgermenu. Ze had weinig ervaring met geldzaken, zei ze, maar ze ging er voorzichtig mee om. We kwamen er wel uit. Hoewel ze eraan gewend was alles voor ons te regelen, begreep ik dat het haar zwaar viel mijn toekomst met vertrouwen tegemoet te zien. Ze werd niet van het ene op het andere moment vastberaden en efficiënt, zoals ik gewild had, maar ze spreidde wel een vals, bijna onvermoeibaar optimisme tentoon dat ik altijd met mijn vader geassocieerd had en waaraan ik deels geloof hechtte (ik was immers tiener), al weigerde ik erin te delen.

Ik hielp haar met de afwas, trok me terug op mijn kamer om trombone te spelen en als de buren begonnen te klagen, zette ik mijn koptelefoon op. Mijn moeder rookte, keek tv en dronk soms van mijn vaders scotch, maar nooit meer dan twee glazen. Als haar programma was afgelopen – *Upstairs Downstairs*, of een snoeverige film over een feestelijk weekend op een Brits landgoed – kwam ze met een asbak in de hand een kijkje bij mij nemen, en begon ze tegen me te praten alsof ze gewoon verder ging waar ze gebleven was. Zet die koptelefoon af, gebaarde ze, en omdat ik geen keus had, deed ik dat. Het ging er niet meer over wat zij gedaan had of met wie mijn vader een affaire had; die tijd was voorbij. Ze vertelde me dingen die ik niet wilde weten over de familie van haar collega's, ze reproduceerde de gesprekken die ze gevoerd had op haar reizen door de regio. Ik wist dat ze eenzaam was, maar zo laat op de avond was ik het zat om als klankbord te fungeren. Ik wilde in slaap vallen onder het beluisteren van *Dark Side of the Moon* en alles vergeten wat ons de afgelopen maand was overkomen, en ik nam het haar kwalijk dat ze me daar weer aan herinnerde, alleen al door haar aanwezigheid. In haar woorden bespeurde ik een wanhoop die ik zelf nu juist probeerde te overwinnen.

In en rond het huis probeerde ik zo veel mogelijk de rol van mijn vader op me te nemen. We waren nog steeds dozen aan het uitpakken en we probeerden allerlei meubelopstellingen, voor zover de piepkleine woonkamer dat toeliet. Ik stond erbij zoals mijn vader dat gedaan zou hebben en als mijn moeder wees, tilde ik een tafel, een stoel of het ene uiteinde van de zitbank op, en daarna ging ik er weer bij staan kijken. Het was mijn taak geworden om de vuilnis naar buiten te dragen en in de gemeenschappelijke vuilcontainer te dumpen, op het parkeerterrein voor bezoekers. Mijn moeder vroeg wat ik 's avonds graag wilde eten en ik leerde een duidelijke voorkeur uit te spreken voor het een of ander, hoewel het me in werkelijkheid koud liet. Maar ik kon niet met haar praten op dezelfde manier als mijn vader, ik kon haar geen weerwoord geven. Hij had thuis misschien nooit veel uitgevoerd, maar als zich iets belangrijks voordeed, was het altijd mijn vader van wie we wilden horen wat ons te doen stond. Goed of fout, uiteindelijk was het zijn verantwoordelijkheid. Maar als mijn moeder iets belangrijks met mij wilde bespreken – wat we moesten doen in mei, bijvoorbeeld, als mijn zus terugkeerde uit Duitsland, en of we het huurcontract moesten openbreken – dan had ik daar niets op te zeggen; mijn antwoord klonk als een zwakke echo. Ze slaakte een zucht, als om te kennen te geven dat ze niets aan me had en in haar eentje tot een besluit moest komen. En ook 's avonds kon ik mijn vader niet vervangen, maar ik lag wel wakker aan de andere kant van de gang en wenste dat ze niet zo alleen was.

Toen ik op een besneeuwde ochtend bij de bushalte met Lila stond te praten, hoorden we een auto met doordraaiende wielen op de oprijlaan. Het schelle gejengel van rubber op ijs baande zich een weg tussen de bomen door, en ook het geluid van een motor die heftig tekeerging. Aan dat gebrul hoorde ik dat het onze Country Squire was. Mijn moeder was er nog niet toe gekomen om sneeuwkettingen te kopen. Met een heldhaftige nonchalance mikte ik mijn sigaret in de sneeuw en verontschuldigde me.

Ik liep over onze laarsafdrukken terug, langs de slingerende oprijlaan. Als je over de bandensporen liep, was het glad, maar opzij daarvan en op de heuvel lag een paar millimeter natte opeengepakte sneeuw die genoeg grip bood. Het geluid kwam steeds dichterbij, een stationair draaiende motor, nog maar een bocht verderop, maar ineens werd het stil. Naast mij liep een greppel waardoor een dun stroompje water omlaag sijpelde. In het bos drupte de sneeuw van de hoogste pijnbomen.

En inderdaad, zij was het. Onze auto was met zijn rechterachterkant in de greppel weggezakt, de lange motorkap stak schuin de weg over en maar een van de voorbanden raakte de grond. Mijn moeder zat nog achter het stuur, en toen ik over het stroompje heen sprong om te kijken of ze in orde was, kon ik zien dat ze gehuild had, maar dat was voorbij. Haar sleutels lagen op het dashboard. Ze had haar autohandschoenen uitgetrokken en rookte een net opgestoken sigaret.

'Je zou goddomme toch mogen verwachten dat ze hier strooien,' zei ze.

'Als ik nu eens duw?'

'Deze auto?' Ze stapte uit en stak de sleutels bij zich, trok haar winterhandschoenen aan. 'Hoe heet die man met zijn sleepwagen ook weer, die met die baard? Als ik het vraag, doet hij het misschien voor niets.'

'Ik ken hem,' zei ik. 'Laat mij maar.'

'Jij moet naar school,' zei ze, en ze begon terug te lopen over de oprijlaan. Het was een heel eind, maar ik wist er niets tegen in te brengen; ik kon alleen maar toekijken hoe ze wegliep. Twintig meter verderop viel ze en slaakte een kreet van de schrik.

Het had grappig kunnen zijn, het was zelfs grappig, maar mijn moeder had er tabak van. Ze sloeg om zich heen in de

sneeuw en schreeuwde: 'Godgloeiende god, krijg nou wat,' terwijl ze trapte en met haar handtas mepte alsof ze een knuppel
had.

Ik schoot op haar af, maar ze was al gestopt en lag erbij alsof ze
was aangeschoten, met een opgemaakt gezicht dat zich in sil-
houet tegen de sneeuw aftekende en haar kiezen op elkaar.

'Heb je iets gebroken?' vroeg ik.

Ze weigerde me aan te kijken, en ik was zo verstandig om er
niet op door te gaan. Ik keek omhoog naar de pijnbomen, en
terug naar de auto.

'Help me overeind,' zei ze.

Die avond belde ze Astrid, hing op en wachtte met haar hand
op de hoorn totdat mijn zus terugbelde. De luchtmacht gaf haar
elke maand een aantal gratis belminuten en hanteerde een kor-
tingstarief voor daarna. Ze spraken bijna een uur, totdat mijn
moeder gebaarde dat ik erbij moest komen.

'Wat doe je daar nu allemaal?' wilde Astrid weten.

'Pardon?'

'Doe je ook maar iets om mama te helpen?'

'Ja,' zei ik, rustig, zodat mijn moeder niet zou merken dat we
ruzie maakten.

'Ik ben er niet, dus het is aan jou om haar te steunen.'

'Dat doe ik ook.'

'Dat doe je dus duidelijk niet, want ze is totaal geflipt. Weet je
wel hoe laat het hier is?'

'Nee,' zei ik.

'Vier uur in de ochtend.'

'Het is een rotdag geweest.'

'Dat zal best,' zei Astrid. 'Voor mij ook, hoewel mijn dag
nog niet eens begonnen is. Wil je me alsjeblieft een plezier
doen?'

'Ja.'

'Wil je goed voor haar zorgen totdat ik terug ben?'

'Ik doe mijn best,' zei ik, maar weer met dat weemakende gevoel dat gepaard gaat met een belofte waarvan je weet dat je die zult breken.

In het vervolg gaf ik me vaker op voor de avondploeg van de Burger Hut, en na de repetities moest ik dan bijna een kilometer met mijn koffer door de schemerige uitlaatgassen lopen, om daarna mijn kaart in de prikklok te steken en mijn schort om te binden. Op doordeweekse dagen ging de keuken om negen uur dicht, en het laatste uur mocht ik achter de kassa. Het was een makkie; alle gerechten stonden gewoon in drukletters op de toetsen en als iemand het woord tot me richtte, was het om ketchup te vragen. Na sluitingstijd vulde ik de luchtverfrissers in de toiletten met een rozig goedje en stofte ik de plastic planten af. Voordat ik me afmeldde, maakte ik een inschatting hoeveel uur ik gewerkt had en hoeveel geld ik zou overhouden als ik de helft daarvan aan mijn moeder had afgedragen. (Ik spaarde voor een namaak-Stratocaster die Warren gezien had bij de lommerd in de stad, hoewel ik niet eens gitaar kon spelen.) Meneer Philbin, de manager, gaf me een lift naar huis, en alsof hij wist wat me daar te wachten stond, zette hij het country-and-westernstation op en deed er verder het zwijgen toe.

De Burger Hut bood enige verlichting, maar niet half zoveel als de vrijdagavond, toen mijn moeder eenmaal begon uit te gaan met de vriendinnen van haar werk. Na het avondeten ontdeed ze zich van haar uniform en trok een van haar twee glanzende cocktailjurkjes aan. De een was rood en de ander blauw, ze waren allebei kort en zelf vond ze dat haar benen er ietsje te dik bij afstaken. Ik lag op bed, liet Jimi Hendrix tekeergaan en deed net alsof het badkamerritueel aan de overkant van de gang aan mijn aandacht ontsnapte. Ze boog zich voorover naar de spiegel om haar ogen op te maken en hield haar hoofd schuin om haar oorringen aan te brengen. Als ze zich had mooi gemaakt, leek ze veel jonger. Ik had me nog nooit eerder hoeven afvragen of mijn moeder mooi was en hoewel haar verschijning mij een beetje afschrok, voelde ik ook opluchting dat ze vriendinnen had en erop vertrouwde dat ik in mijn eentje thuis kon blijven.

Zodra onze auto de kapel voorbij was, liep ik naar mijn kamer, opende het raam en stak een pijp op. Ik sproeide Ozium voor het geval dat, een citroenachtige geur die als een zware nevel bleef hangen. Ik snuffelde rond in de keukenkastjes, stelde me uiteindelijk tevreden met Pepsi en Pop-Tarts, en installeerde me daarmee op de bank om tv te kijken. Rond een uur of elf – toen ik me al zorgen begon te maken waar ze bleef – kwam er een wagen van de plaatselijke politie aanzetten, langzaam rijdend over de bevroren oprit en met zoeklichten die over de bomen scheerden. Net als het echtpaar Lawson, dat onder ons woonde, trok ik mijn jas aan en liep ik de sneeuw in om te kijken hoe ze een burenruzie probeerden te beslechten. Ik herinner me niet dat er ooit iemand een klap uitdeelde, maar wel dat er veel gegraaid en gevloekt werd, terwijl de mannen van de sheriff in het warme interieur van hun auto zaten en op de mensen inpraatten. Om halftwaalf begon *Chiller Theatre*, een programma dat ik nooit oversloeg. Mijn moeder kwam rond één uur thuis, net op het moment dat John Carradine door zijn jongste creatie gewurgd werd. Ze pakte een groot glas kraanwater, kwam naast me zitten en stak de ene na de andere sigaret op, terwijl ik haar vertelde hoe het verhaal ging.

'Waar ben je geweest?' vroeg ik, alsof ik bekend was met de kroegen in de stad. 'Hoe was het?'

De hele week had ze me lastiggevallen met de meest pietluttige details uit andermans levens, maar nu zei ze alleen: 'DJ's. Het was wel aardig.'

Als ze dronken was, sloeg ze een arm om me heen en zei: 'Je bent een goeie knul, weet je dat? Jezus, hoe laat is het nu? Ik moet gaan slapen. En jij trouwens ook.' Binnen een paar minuten lag ze dan te snurken. Ik nam nog even een kijkje en controleerde of ze goed onder de dekens lag, en de volgende ochtend maakte ik zelf mijn ontbijt klaar en liet ik haar uitslapen.

De bedoeling was dat op zaterdag mijn vader langskwam, maar tot dusver was dat nog niet gebeurd. Hoewel mijn moeder regelmatig met hem belde, hadden we hem sinds de verhuizing niet meer gezien. Mijn moeder had allemaal spulletjes van hem uit haar bureaulades gevist en in een vuilniszak gedaan. Die zak stond buiten voor de deur op hem te wachten, op de overloop.

Ik wilde hem graag zien, deels omdat ik hem miste en deels, zoals ik tegen mijn moeder zei, omdat hij beloofd had mij te leren autorijden. Het volgende voorjaar zou ik vijftien worden, de leeftijd waarop ik rijles mocht nemen. Ik had me al opgegeven en ook het theorieboek lag al klaar. Als ik eenmaal over een auto kon beschikken, dacht ik, zou ik bestormd worden door meisjes. En anders kon ik in elk geval Lila Reybern meevragen naar de Sky Vue drive-inbioscoop.

'Dat was mijn vraag niet,' zei mijn moeder. 'Autorijden kun je ook van mij leren. Mijn vraag was of je het leuk vindt met je vader af te spreken.'

'Natuurlijk,' zei ik. 'Ja hoor.'

Ze draaide zijn nummer en gaf de hoorn aan mij, hield me die voor alsof ze me wilde uitdagen. Om daarna demonstratief de kamer uit te lopen.

'Arty,' zei mijn vader, en hij vroeg hoe de zaken ervoor stonden. Mijn vader is geen gemakkelijke prater en zijn zoon ook niet. Ik stond te zwijgen in de woonkamer en probeerde hem te dwingen de stilte te vullen. Over de Pittburgh Steelers en de sneeuw waren we snel uitgepraat.

'Afijn,' zei mijn vader. 'Ik wilde een keer met je uit eten. Wat had je gedacht van komende zaterdag?'

'Oké,' zei ik, terwijl ik mijn best deed ongeïnteresseerd te klinken.

'Oké.' Ik ijsbeerde heen en weer tussen de bank en de televisie.

'Nou goed, mag ik je moeder dan nog even?'

Ik liet de hoorn op de bank vallen en riep: 'Mam!'

Lake Vue, waar mijn vader woonde, was nieuw. Ik was er nooit binnen geweest, maar bij de bushalte klommen tieners aan boord in keurige Levi's, rugbyshirts en blauwe suède gymschoenen van Puma. Met hun gevoerde vesten maakten ze een verwende indruk en ze haalden hun neus op voor langharige types als Warren en ik. Ik stelde me zo voor dat ze de draak zouden steken met de oude Nova van mijn tante.

Naarmate de week vorderde, kreeg ik een steeds grotere hekel aan de tieners van Lake Vue. 'Het is niet eens in de buurt van het meer,' zei ik tegen Lila. 'Dat ligt zo'n acht kilometer verderop. Het enige uitzicht dat ze hebben, is op het tuincentrum van Agway aan de andere kant van de weg.'

'Jawel,' zei ze, 'maar ik durf te wedden dat ze warm water hebben.'

Tegen de tijd dat het zaterdag was en mijn vader me kwam halen, nam ik het hem kwalijk dat hij ons op Foxwood liet verpieteren, terwijl hij en zijn mysterieuze vriendin op Lake Vue zaten en het geld van mij en mijn moeder over de balk smeten.

Hij kwam op tijd, in zijn Nova. De bumper stak uit de kofferbak naar buiten en een van de achterste zijpanelen lag in de kreukels.

Mijn moeder kwam in haar sweater naar buiten gelopen om zich ervan te verzekeren dat ik de vuilniszak met spullen meenam. Ze wilde niet dat hij binnenkwam, want daar was het een zootje. We stonden met zijn drieën in de kou, onder aan de trap.

'Wat is daar nou gebeurd?' vroeg ze, enigszins geamuseerd, vond ik.

'Een lichte aanrijding,' zei mijn vader.

'Het is maar wat je licht noemt,' zei mijn moeder.

'Het is te herstellen.' Het was drie weken geleden dat we hem voor het laatst gezien hadden. Ik had verwacht dat hij er anders uit zou zien, dat er iets aan hem veranderd was of dat hij nieuwe kleren zou dragen, maar hij was gewoon mijn vader, in zijn werklaarzen met stalen neuzen en zijn spijkerbroek, ongeschoren omdat het zaterdag was. 'Heb je Astrid nog gesproken?'

'Ja,' zei mijn moeder.

'Hoe gaat het met haar?'

'Goed.'

Mijn vader wachtte af, maar dat was alles wat ze kwijt wilde. 'Nou, goed,' zei hij ten slotte. 'Arty, ben je er klaar voor?'

'Hij heeft nog wat spullen van je.'

Mijn vader bedankte haar en nam ze aan, en zonder zelfs maar een kijkje te nemen deponeerde hij de zak op de achterbank. Terwijl zij met elkaar bedisselden wanneer ik weer zou worden afgeleverd, ging ik voorin zitten. Mijn moeder zwaaide me uit alsof ik voorgoed afscheid nam.

De Nova kon de oprijlaan met gemak aan. Hoewel mijn vader de eigenaar was, kon je het niet zijn auto noemen. De stoelen roken naar de sigaretten van mijn tante en er stond nog altijd een doos ongebruikte tissues op de hoedenplank, een traditie die mijn vader in ere hield of waarmee hij niet gebroken had. We reden in westelijke richting, hoewel Lake Vue de andere kant op lag.

'Waar gaan we naartoe?' vroeg ik.

'Ik dacht erover een pizza met je te delen, als je dat iets lijkt. Mijn oven geeft problemen.'

'Best.'

'Hoe is het thuis?'

'Goed,' zei ik.

'Ik weet dat je moeder het daar niet fijn vindt.'

'Het kan ermee door.'

'Ze zegt dat ze veel steun aan je heeft,' zei hij, maar ik hapte niet toe.

We reden langs het regionale kermisterrein, met het bord dat reclame maakte voor die eeuwige drie dagen in augustus, en we stopten bij een winkelcentrum met een Fox's Pizza Den. Mijn vader bestelde voor ons beiden. Ik was ervan uitgegaan dat hij de pizza wilde meenemen, maar hij trok zijn jas uit en hing die over een stoel, zodat ik maar hetzelfde deed. Misschien woonde die vrouw wel bij hem, dacht ik, en wilde hij niet dat ik haar zag, of ging hij ervan uit – terecht – dat ik zijn appartement met het onze zou vergelijken en daarin een bevestiging zou zien van zijn bedrog.

Het was geen geweldige maaltijd. We hadden allebei honger en voelden ons geen van beiden op ons gemak, dus toen de pizza op tafel kwam, zeiden we niet veel meer. Mijn vader bood me geen biertje aan.

'Je moeder zegt dat je een vriendin hebt.'

'Niet waar,' zei ik.

'Maar je bent ermee bezig.'

'Zoiets.'

'Wil je nog meer eten?'

'Nee, dank je,' zei ik.

Op de terugweg zei mijn vader dat hij even langs huis moest om iets op te halen. Ik begreep het wel. Zijn maîtresse – het enige woord dat ik toen kende om haar mee te omschrijven – zou nu wel haar spullen hebben gepakt en de deur uit zijn gegaan.

Maar toen we bij Lake Vue aankwamen, zette mijn vader de auto stil en verklaarde dat hij zo terug zou zijn. Gekleurde spotjes hulden de voorgevel in een blauwgroen licht. Het appartement van mijn vader lag op de benedenverdieping, naast een onderdoorgang met daarin een ijsmachine. Hij stond bij de voordeur en boog zich over zijn sleutels heen. Ik zat in de stille auto en vroeg me af wat hij daar voor mij te verbergen had, en alsof het een hint was, hoorde ik op de achterbank de zak vol rommeltjes, die iets inzakte.

Ik stapte uit, trok de rugleuning naar voren en gooide de zak over mijn schouder, om daarna het portier met mijn grote teen dicht te duwen. Een paar parkeerhavens verderop stond een witte Eldorado, maar verder zag ik Fairlanes, Biscaynes en Satellites, ongeveer net zo oud als de Nova van mijn tante. Een gebroken fles lag te glinsteren op de stoep.

De voordeur van mijn vaders appartement stond op een kier, groot genoeg om licht doorheen te kunnen zien en een flard van een citroengeel ruwharig tapijt. Ik zwaaide de zak naar voren alsof ik een schild droeg of een vuurwapen en stapte naar binnen, om daar bijna een elektrisch kacheltje met loshangend snoer omver te stoten.

'Hallo?' riep mijn vader van opzij, achter de gesloten badkamerdeur. 'Arthur?'

'Papa?' zei ik, maar het was geen antwoord, het was een vraag over wat ik hier te zien kreeg.

Het eerste dat ik zag, was de bank uit onze hobbykamer, die daar tegen de muur stond, naar ik aannam in de woonkamer. Er lagen lakens op, met aan de ene kant een kussen en aan de andere kant een stapeltje boeken uit de bibliotheek. Op de grond lag een van mijn oude slaapzakken. In een hoek stond de gevlochten blauwgroene stoel, daarnaast de oude ladekast van Astrid. Zijn gereedschapskist, afgesloten. Dat was alles; de rest van de kamer was gevuld met tapijt. Ik zette een stap naar binnen om te kijken hoe de keuken eruitzag, maar er was geen keuken, zoals er ook geen slaapkamer was; ik zag rondom houten panelen, zonder ramen of deuren, zelfs niet van een kast. In de dichtstbijzijnde hoek stond een bijzettafeltje met daarop een kookplaat, en daaronder zag ik twee kartonnen dozen, eentje met steelpannen en eentje met conservenblikken. Uit een oranjeachtig poeder leidde ik af dat hij kortgeleden macaroni met kaas had gegeten. Papieren bordjes, bestek voor één persoon in een motelglas, een beker met deksel van de Dunkin' Donuts. Het was er schoon en afgezien van de slaapzak op de grond ook netjes. Er was eigenlijk niets mis mee.

'Arty,' zei mijn vader vanuit de badkamer.

'Ik heb je spullen binnen gezet,' zei ik, terwijl ik achteruit terugliep en tegen het kacheltje opbotste.

Hij kwam de badkamer uit en maakte zijn riem vast. 'Ik wilde niet dat je dit zag.'

'Maar het gaat toch best,' protesteerde ik.

'Het is aardig dat je het zegt.' Hij keek de kamer rond alsof ik weleens gelijk kon hebben. 'Maar laten we dit niet aan je moeder doorvertellen. Ze heeft al genoeg aan haar hoofd.'

'Best, hoor,' zei ik.

Hij tilde het kacheltje op en nam me mee naar de deur.

Onderweg in de auto zei hij: 'Het is niet mijn bedoeling daar lang te blijven wonen,' op zo'n ongeloofwaardige toon dat ik mijn eigen hoopvolle verwachtingen erin herkende.

'Dus,' zei hij, eenmaal bij ons onder de buitenlamp, 'mondje dicht.'

Ik boog me voorover naar zijn raampje en hield het kacheltje vast.

'En zeg tegen Astrid dat ik haar mis.'

'Doe ik,' zei ik, en hij gaf me een klopje op mijn hand.

Mijn moeder keek toe vanachter het raam. Toen ik halverwege de trap was, kwam ze de deur uit om te kijken wat ik had meegebracht.

'Maar dat is precies wat we nodig hebben,' riep ze uit, en ze wuifde naar de auto van mijn vader, waarvan de achterlichten al tussen de donkere pijnbomen verdwenen.

Binnen zette ik het kacheltje op de grond en hing mijn jas op.

'Hebben jullie het leuk gehad?' vroeg mijn moeder.

'Jawel,' zei ik, en ik liep naar mijn kamer, hoewel ik wist dat ze achter me aan zou komen.

ZES

Annie vindt het wantje onder aan de oprit. Tara heeft een loopneus en kan maar beter niet te lang buiten spelen, maar de hele middag had ze Annie aan haar kop gezeurd over de sneeuw, terwijl ze aan het voorraam stond en die naar beneden zag komen. Brock zit nu in de dagploeg en de Country Club is dicht, vanwege de voorbereidingen op de Turkey Trot. Ze zijn al de hele week aan huis gebonden: de Maverick wil niet starten. Brock denkt dat de benzineleiding bevroren is, of anders is het de accu. Annie kan daar pisnijdig om worden; Glenn zou het wel weten. 'Ik wil mijn winterpak aan. Ik wil een kasteel bouwen.' Ze kon Tara niet voor eeuwig aan het lijntje houden.

Annie is zelf ziek, de griep heeft haar aan de bank gekluisterd, met naast zich een glas gemberbier waar de fut uit is; anders zou ze samen met Tara naar buiten zijn gegaan. Tien minuten, had ze gezegd, maar de Nytol had Annie suf gemaakt en tijdens het kijken naar een soap, *All My Children*, was ze langzaam weggedommeld. Toen ze wakker werd, was *General Hospital* al aan de gang.

'Ta-ra!' roept ze.

Het geruis van dode maïsstengels. Akkervelden die zich uitstrekken tot in de verte, doorkruist met dichtgevroren beekjes waar een paar vooroverhellende bomen omheen staan, groeiend in het wild. Elektriciteitsdraden die omlaag schieten, masten als spinnenwebben die wegschrijden in de mist. De sneeuw kleedt de horizon in het wit. Zo is het al de hele dag.

Annie stapt de weg op en roept naar beide kanten, met de armen gekruist om haar badjas tegen haar borst te klemmen. Ze heeft een lange onderbroek aan en de laarzen van Brock, met losse veters. De sneeuw slingert in dunne slierten over de weg, fijn als zand. De post is er, een nieuwsbrief van de Thrift Drug, de plaatselijke apotheek, met een versiering van hulstbladeren op het voorblad. Maandag is hier nog een ploeg sneeuwruimers geweest die grind heeft gestrooid, maar afgezien van een bruine bult in het midden is de weg wit. Er zijn al andere sporen overheen gekomen, maar Annie herkent nog net de dunne bandensporen van de postjeep en de vlamvormige vlek van de uitlaat, op de plek waar meneer Werner stilhield om met zijn hand de brievenbus te bereiken. Onmiddellijk denkt ze aan Glenn en het straatverbod waarmee ze gedreigd hebben. Na de knokpartij wilde ze hem niet meer bij Tara toelaten. Hij heeft gebeld om zijn excuses aan te bieden, en om op zijn rechten te staan. Gevaarlijk is hij niet, zegt Brock, gewoon een zielenpoot. Nu begint Annie daaraan te twijfelen.

Stuntelig, met loszittende laarzen, holt ze naar de zijkant van het huis. 'Tara!' roept ze. 'Taar?' De weg loopt dood onder de watertoren, bij de gestreepte reling. De afgelopen zomer zag Annie daar op het keerpunt drie of vier keer een blauwe auto staan waar een man in zat. Een gewone auto, naar het leek van een of andere instantie. De eerste keer dat ze hem in de gaten kreeg, zat hij daar de *Eagle* te lezen en ging ze ervan uit dat hij van het waterschap was, maar toen had ze nog niet gezien hoe oud hij was. Clare Hardesty had navraag gedaan bij haar neef, die bij de politie werkte, maar niemand leek hem te kennen. Annie ging ervan uit dat hij ongevaarlijk was, een gepensioneerde die het huis uit was gevlucht. Nu ziet ze voor zich hoe ze met Tara in het kinderbadje zat, en hoe hij naar hen keek vanachter zijn krant, met onzichtbaar bewegende hand.

'Tara,' roept Annie tegen de bomen. 'Dit is geen tijd voor spelletjes.'

Ze hoort haar eigen stem wegsterven, wacht in de stilte op gegiechel, een takje, het geruis van haar sneeuwpakje. In de verte, op de snelweg, hoort ze een vrachtwagen optrekken, en ze loopt door naar de achtertuin.

Als ze de hoek omslaat, struikelt ze, maakt een harde smak en bijt daarbij op haar tong. Ze voelt de pijn, maar is die meteen weer vergeten. Het achtererf is wit. De sneeuwpop die ze gisteren met zijn tweeën hebben gemaakt, helt naar voren, met het hoofd geknikt, alsof hij zoekt naar zijn neus, de wortel die op de grond viel en onder de sneeuw bedolven is. Onder de droogmolen ziet ze de vage weerschijn van haastige voetafdrukken. Het is onmogelijk die van vandaag te onderscheiden van die van gisteren, ze zijn al bijna verdwenen. Bombers vroegere hok is reukloos in de kou; er steekt een roestige spijker in de plataan waaraan zijn ketting hangt. Ze ademt rook uit en staat met slaphangende armen naar de rand van het bos te kijken. De bomen zijn kaal, enkele vogels zweven over de kluwen van takken heen, strijken neer en roepen elkaar aan. De paden daarachter lopen helemaal om Marsden's Pond heen, tot aan de snelweg. Ze kan de vrachtwagens hier duidelijker horen, het gerinkel van hun sneeuwkettingen.

De veranda is uitgestorven, volgestouwd met troep van de afgelopen zomer. Annie holt naar de laatste kant van het huis; haar vingers zijn gevoelloos geworden. Tara zit niet in de auto. Annie slaat het portier dicht alsof de Maverick het gedaan heeft, en vanwege de kou spat het raam uit elkaar, zodat de bestuurdersplaats bedolven raakt onder de sneeuw en de blauwe splinters. 'Nee,' roept Annie, 'shit shit shit,' maar ze heeft geen tijd om te klagen. Ze kijkt nog eens in beide richtingen de weg af, in de greppels, en rent dan naar binnen.

Het is te donker om op elektriciteit te besparen. De ramen zijn afgedekt met een dun laagje plastic; in de winterse gloed maakt het tapijt een haveloze indruk. Ze draait het geluid van de televisie zachter en roept op de benedenverdieping in het rond.

Tara's bord, met het beertje dat aan een stijgende tros ballonnen hangt; een geknikt rietje dat haar toewenkt vanuit de bijbehorende beker. Ze doorzoekt de kamers, rent de trap op. 'Liefje, verstop je nu niet voor mama,' roept ze. In Tara's schommelstoel zit het door Glenn gekochte konijn, met aan zijn poot een vastgenaaide wortel. Het douchegordijn schuift open en dicht op hangers in de vorm van plastic bloemen. Ze kijkt onder het bed, schaaft haar knieën, vindt daar een bloesje van Barbie en met dat bloesje in de ene hand en het wantje in de andere loopt ze naar de voordeur, roept Tara's naam.

Het houdt buiten maar niet op met sneeuwen. Annie volgt over een afstand van een paar honderd meter het pad naar Marsden's Pond, maar als ze de top van de heuvel bereikt en over het water uitkijkt, ziet ze daar niets. De jeugd van de middelbare school heeft zich door de sneeuw laten verjagen. Als ze verder wil, zal ze haar eigen laarzen en haar handschoenen moeten halen. Ze moet Brock bellen. Ze draait zich om en rent terug naar huis.

'Overlook Home,' antwoordt de receptioniste. Ze vraagt Annie om te kalmeren, vraagt dan nog eens wie ze wil spreken.

'Het is een noodgeval,' zegt Annie.

'Het spijt me,' zegt de vrouw. 'Hij is de deur al uit voor vandaag.'

'Hoe lang geleden?'

'Weet ik niet.'

Annie ziet het wantje naast de telefoon liggen, de wol waaraan nog wat druppels gesmolten sneeuw kleven, en ze is vergeten welke vraag ze wilde stellen. 'Het is een noodgeval,' probeert ze nog eens.

'Hebt u een ambulance nodig?' vraagt de vrouw. 'Wilt u de politie?'

Zonder antwoord te geven, hangt Annie op en belt haar moeder.

'Ik kom meteen,' zegt haar moeder. 'Als het meezit op de weg, ben ik er over een minuut of twintig. Bel... hoe heet ze ook weer... je buurvrouw.'

'Clare.'

'Bel Clare,' zegt haar moeder.

'En de politie?' vraagt Annie.

Haar moeder aarzelt en zegt dan: 'Ja, dat lijkt me verstandig.'

In de lunchpauze zit Brock in zijn auto en wordt daar high met Tricia van de loonadministratie. De voorruit is helemaal ondergesneeuwd; niemand kan hen zien. Tricia is mollig, blond, een leuke meid uit Ford City. Ze houdt van Neil Young.

'Ik woon nu samen met Kenny,' zegt ze, 'maar als dat voor vast is, dan voel je dat toch?'

'Dus het is niet voor vast,' zegt Brock. Ze hebben nog maar een kwartier en hij vraagt zich af of hij nog genoeg vrije dagen heeft om een halve dag te kunnen opnemen.

'Met Kenny? Ben je gek. We kennen elkaar nog van de middelbare school.'

'Net als ik en Annie.' De verwarming maakt kabaal; een blaadje dat in de ventilator is blijven steken. Rook ontsnapt uit de kieren van de ramen. Ze vindt hem leuk, dat weet hij; ze laat het toe dat hij haar in de ogen kijkt. Van zijn kant is het meer dan verleidelijk. Hij heeft nog nooit iets met een vrouw gehad die zo fors was, heeft het zelfs nooit overwogen. Alleen al het idee is iets om te koesteren. Hij heeft geprobeerd om erachter te komen waarom hij denkt dat hij verliefd op haar is. Hij wil het accepteren, eraan toegeven, zich als een idioot misdragen. Bij Annie moet hij weg; het is een gekkenhuis. Ze heeft het altijd maar over Barb, en dat hij Glenn toch zeker geen pijn had hoeven doen. Brock wil Annie niet aan haar lot overlaten, maar Tricia zou weleens meer van hem kunnen verwachten dan alleen vriendschap. Hij is aan verandering toe, nieuwe kansen. Ach verdomme, hij houdt zichzelf voor de gek, hij zit maar wat te dromen.

Hij hoort 'The Needle and the Damage Done' en het liedje

lokt hem het dashboard binnen, naar een lang vervlogen zomernacht, een donker landweggetje. De peuk valt uit elkaar. Tricia heeft kauwgom en geeft hem een staafje. Hij kijkt in de zijspiegel. Achter hem ziet hij een paar auto's naar een plekje zoeken; directieleden die terugkeren van hun lunch in de Hot Dog Shoppe, bij Natili of Hojo. Hij buigt zich naar opzij om zijn oogdruppels terug in het dashboardkastje te stoppen, en Tricia komt hem tegemoet om hem te kussen, met de zoete kauwgom tussen hun tongen in.

'Wat gaan we hier nu aan doen?' vraagt ze.

Omdat het vrijdag is, heeft Clare de auto en haar moeder Regina gaat dan op bezoek bij haar vriendinnen in de Overlook Home. Regina woonde daar vroeger zelf ook, maar een paar maanden geleden vroeg ze Jerrell en Clare of ze bij hen kon intrekken, en toen ze weigerden, was ze gestopt met eten. Nu ziet ze haar vriendinnen drie keer per week en kost haar maaltijd daar twee keer zoveel. Op het moment dat Annie belt, willen ze net de deur uitgaan en Clare moet Regina wel meenemen. Ze kunnen samen de akkers en het bos rond Marsden's Pond afzoeken en als ze Tara dan nog niet gevonden hebben, nemen ze de auto.

Annie zegt dat ze zelf ook niet weet wat ze anders moet.

'Kwijt?' vraagt Regina als Clare heeft opgehangen. 'Hoe kun je nu je enige kind kwijtraken?'

'Het is vast een misverstand,' zegt Clare. 'Waarschijnlijk is ze gewoon bij haar vader.'

'De man die bij haar woont, is hij dan niet de vader?' Clare weet dat Regina op de hoogte is; ze zegt dat alleen om haar afkeuring uit te spreken.

'Dat is haar jonge vriend.'

Regina schudt zijn hoofd. 'Iemand die zijn geld verdient met het legen van andermans ondersteek.'

'We moeten gaan, moeder.'

Als ze buiten zijn, moet Clare eerst krabben, en daarna wil

de motor van de Pontiac Bonneville niet aanslaan. De auto heeft al eerder problemen gegeven; ze heeft Jerrel al meer dan eens voorgehouden dat hij aan zijn eind is.

'Misschien moet je de choke proberen,' zegt Regina.

'Heb jij hier soms een choke gezien?' vraagt Clara, maar dat heeft geen zin; Regina ziet zo slecht dat ze zelfs nog nauwelijks kan lezen. Het huis van Annie ligt aan de andere kant van de weg, nog geen kilometer verderop; ze zouden er bijna met de motor in zijn vrij naartoe kunnen rollen. Vroeger, voordat de snelweg kwam, liep Turkey Hill helemaal door tot aan Saxonburg. Soms denkt Clare dat ze die afzondering wel op prijs zou stellen. Ze geeft de sleutel een flinke draai en de onwillige auto begint te sputteren; ze doet er nog een schepje bovenop, geeft extra gas en rijdt weg over de oprit.

Ze draait Turkey Hill op en de watertoren verschijnt in zicht, reusachtig, blauw.

Clare ziet Annie staan wuiven bij haar brievenbus, zonder hoed op en met een verwarde haardos die aan een kant platgedrukt is. Jerrell vraagt altijd aan Clare waarom ze nog zoveel moeite voor haar doet; die griet geeft alleen maar narigheid, zelfs een kind kan dat zien.

'O, werkelijk,' zegt Clare dan, 'en hoe zie jij dat dan, die narigheid?'

'Simpel,' zegt Jerrell. 'Gewoon je ogen gebruiken. En je ziet het meteen: narigheid.'

'Maar je kent haar niet eens,' zegt Clare. 'Ze is heel aardig.' Maar eigenlijk is Annie helemaal niet zo aardig. Ze is niet de vriendin van wie Clare zich een voorstelling had gemaakt toen de kinderen van mevrouw Peterson besloten hadden om haar naar Florida te verkassen. Ze maakt elke fout die een jonger iemand maken kan; ze weet van geen ophouden. Ze heeft Glenn als vuilnis aan de kant gezet, voor Brock, en als Clare moet afgaan op wat ze gezien heeft (en voor een deel bevalt haar dat wel: Brock maakt zich niet druk om de elektriciteitsrekening, hij houdt van het nachtleven, de kroegen bij de Pullman-fabriek), dan is Brock nu niet bepaald een trouwlustig type. Net als Jerrell vraagt ze zich af wat Annie daar nu eigenlijk voor plezier aan beleeft. Haar antwoord klinkt anders als Jerrell zich op haar stort, zweterig van de hele dag werken en met een adem die stinkt naar de drie biertjes die hij gedronken heeft bij het kijken naar een wedstrijd van de Pittsburgh Penguins. Hij is een lijnwachter, in dienst van de telefoonmaatschappij, en soms droomt Clare ervan dat ze een nummer belt dat hem fataal wordt, een energiestoot die hem opzoekt, waar in de regio hij ook aan het werk is, zodat hij een geweldige oplazer krijgt en met veiligheidsriem en al tussen de draden hangt. Ze neemt aan dat ze van hem houdt, want waarom zou ze hier anders nog zijn. Niet voor Warren; hij heeft nog nooit naar haar geluisterd. Waar zou ze anders naartoe gaan? Maar het was onzin om zo te denken; ze ging helemaal nergens naartoe. Ze houdt wel degelijk van die malloot. Niet dat ze zo deugdzaam is. Met Glenn zou ze ook best tevreden zijn.

Clare remt af voor Annie. 'Moeder,' zegt ze, ' u zult op de bult moeten zitten.'

'Is ze dat?' vraagt Regina.

Annie stapt de auto in met een gezicht dat rood ziet van het huilen, en voor de eerste keer sinds het telefoontje beseft Clare dat dit niet zomaar een vergissing is, een eenvoudig misverstand.

'We rijden eerst naar de plas,' zegt Clare. Ze wacht op Annies instemming, rijdt dan door naar het einde van de weg en hobbelt over de verzakte berm naar het onverharde pad. Ze volgen het pad langs de bosrand, hotsend en stotend over de bevroren doorgroefde modder.

Regina houdt zich vast aan het dashboard. 'Ik geloof niet dat deze auto hierop gemaakt is.'

'Niet praten,' zegt Clare, 'kijken.'

De maïsvelden zijn kaal, de laatste oogst van vorig jaar is rij na rij binnengehaald en de enkele gebogen en gebleekte exemplaren die het overleefd hebben, staan zwakjes te wuiven. De radio gaat aan voor het weer; de zwaarste sneeuwbuien blijven nog even uit; daarvoor is het nu te koud. Achter aan het veld wordt de doorgang geblokkeerd door een aarden wal waaruit oude schuttingpalen omhoog steken.

Clare brengt de auto tot stilstand.

'Ik blijf wel hier,' zegt haar moeder. Annie is al uitgestapt en loopt de kant van de waterplas op.

'Graag om de paar minuten even toeteren,' zegt Clare. 'Dan kunnen we niet verdwalen.'

'Ay ay, kapitein.'

Clare holt Annie achterna.

May grijpt een Tupperware-doos met gerstesoep uit haar diepvries in de kelder, de twee briefjes van twintig die ze bewaart in haar op een na beste theepot, en haar portemonnee, en dan is ze de deur uit en de weg op. De Polara zwalkt heen en weer over de sneeuw; er is iets mis met de besturing, maar ze heeft geen tijd zich daar druk om te maken. In gedachten ziet ze voor zich hoe Tara in haar kobaltblauwe jasje en haar capuchon met bontrand door het bos dwaalt, en dat is dan nog in het gunstige geval. Ze probeert niet te denken aan een bestelwagen die afremt en tot stilstand komt, een paar handen. Of Tara die op de grond ligt, met takjes die door haar witte panty steken.

De Polara is zo traag dat het iets met de motor moet zijn. Ze komt achter een vrachtwagen te zitten en daarna staat ze vast bij een spoorwegovergang, met een eindeloze reeks zwarte goederenwagons vol steenkolen.

'Godverdomme!' schreeuwt ze tegen het rode knipperlicht. 'Nou wegwezen!'

In haar hart weet ze dat het niet Glenn is. Ze maakt zich eerder zorgen om Brock, dat hij misbruik maakt van Annie. Uiteindelijk is het allemaal van hetzelfde laken een pak, denkt ze. Het leven van haar dochter is één grote puinhoop; ze gaat eraan onderdoor. Een kind van drie, en ze kan zichzelf met geen mogelijkheid bedruipen. May heeft geen idee hoe ze de huur kan betalen, zeker niet met wat ze verdient in de Country Club. Elke keer als ze Annie ernaar vraagt, komt er ruzie van. Ze heeft altijd gedacht – hoewel ze het nooit hardop heeft gezegd, of alleen tegen Charles, in bedekte termen – dat Annie niet zo slim is, dat ze de gevolgen niet overziet en er dan van staat te kijken als iets verkeerd gaat. Raymond heeft een tijdje bij de marine gezeten en Dennis heeft zijn verkorte universitaire opleiding zelf bekostigd. Maar Annie lijkt nog altijd een middelbare scholiere met een parttime baantje die zich afvraagt aan welke jongen ze zich gaat geven. Ze is hun jongste kind, en als May afgaat op wat ze er allemaal over gelezen heeft, zou ze Annie trouw moeten blijven alsof haar leven ervan afhangt. Maar May wil alleen dat ze haar leven op orde brengt, en als dat er niet in zit (en in het geval van haar enige dochter is ze daar wel bang voor), dan ziet ze haar liever gaan, zodat May het verder niet hoeft aan te zien. Maar wat zou ze Tara missen.

De man in de auto naast haar, bij de spoorwegovergang, heeft zijn raampje opengedraaid en roept iets.

May morrelt om haar raampje open te krijgen. De trein klettert en raast voorbij, en ze kan hem niet verstaan. 'Wat?'

'U hebt een lekke band,' zegt hij wijzend.

'Dank u,' zegt May met een knikje, en als de slagboom opengaat, schiet ze het spoor over.

Ze rijdt het eerste benzinestation binnen dat ze tegenkomt – een Phillips 66 – en toetert om de pompbediende. Tijdens het wachten zoeft er een politiewagen voorbij met huilende sirenes. In gedachten ziet ze voor zich hoe Annie Tara tegen de oven slaat en er dringt zich een onvermijdelijke gedachte aan haar op: ik hoop niet dat ze haar iets heeft aangedaan.

Voor Glenn is het een drukke werkdag. Twee weken eerder is de laatste catalogus van het jaar het land in gestuurd en nu stromen de bestellingen binnen. Meestal is het een kwestie van routine, een kant-en-klaar onderdeel dat gewoon voor het grijpen ligt, voor een Chevy uit '57, een Shelby Cobra, een Goat, een Tempest, maar vier of vijf keer per dag komt er een klant die zich afvraagt of ze iets hebben wat Glenn niet vermeld ziet. Als jongste medewerker is Glenn degene die de riem met gereedschap om zijn jas moet gespen en in het golfkarretje door de sneeuw moet rijden tot hij de auto met het gewenste onderdeel gevonden heeft.

De wrakken zijn op merknaam gesorteerd – eerst de Fords, dan de Mercury's, de grote Lincolns – en vervolgens opgesplitst naar model, in rijen naast elkaar. Glenn blijft weleens even weg om zijn tijd door te komen, hij lummelt wat rond bij een ontzielde motor of op een met bloed bevlekte zitting, maar vandaag is het stervenskoud en hij wil iets goedmaken, want vanmorgen was hij te laat. De voorgaande nacht waren hij en Rafe tot drie uur opgebleven. Hij herinnert zich dat Rafe hem zo ver wilde krijgen dat hij niet meer naar de kerk ging en dat ze een paar glazen kapotsloegen, maar van de rit naar huis is hem weinig bijgebleven. Bij zijn ontwaken had hij gezien dat Bomber gekotst had op de spijkerbroek die hij nu juist netjes wilde houden. Hotdogs. In de spiegel zag zijn onderlip nog altijd paarsrood, en op de snee onder zijn oog was een korstje gekomen.

'Dus je vindt mij maar een slappeling,' had hij gezegd, maar toen hij het medicijnkastje opende, vond hij daar geen aspirine.

Nu is hij op zoek naar een achterlicht en een trekhaak voor een Oldsmobile F-85, een lelijk klein mormel van een auto dat allang niet meer gemaakt wordt. Hij rijdt rechtdoor naar het vak van GM, achteraan bij de omheining, en slaat dan rechtsaf, langs de Buicks, Cadillacs en Chevy's. Hoe harder hij rijdt, hoe meer de kou op zijn gezicht slaat, ook al draagt hij een kriebelig skimasker. Hij hoort het gezoem van het karretje onder zich. Ter hoogte van het vak voor de Oldsmobile Cutlass mindert hij vaart. Daarna volgt de Delta 88. De wrakken staren hem aan, al zijn sommige eenogig of blind; de sneeuw zit vastgekoekt op hun bumpers, motorkappen en daken. Daarachter beginnen de F-85's, een hele rij. Er is een groen exemplaar bij, weet hij, bouwjaar '62.

'En inderdaad,' zegt hij, want hij krijgt hem in het oog. Hij haalt zijn voet van het pedaal en het karretje stopt meteen. Glenn komt hier altijd graag; het is er stil. Achter de omheining heerst alleen de sneeuw, die zich verspreid over bomen en takken.

Hij loopt om de auto heen naar achteren en veegt de sneeuw van de kofferbak. Beide lampen zijn intact. De klant wilde er maar één, maar welke? De montage gaat links net iets anders in zijn werk dan rechts. Glenn besluit zichzelf een tweede rit te besparen en beide achterlichten mee te nemen.

Terwijl hij met een busje WD40 en een zeskantige schroevendraaier staat te zwoegen op een vastgevroren aanzetbout, hoort hij geknerp vanachter de Ramblers. Hij komt overeind en kijkt om zich heen. Het heeft hier soms ook wel iets griezeligs, met al die verbrijzelde voorruiten en doorkliefde stuurkolommen.

'Niets,' zegt hij. De wind. Hij buigt zich weer voorover naar zijn werk.

'Glenn Marchand,' roept een harde stem, en in de tijd die hij nodig heeft om de herkomst te bepalen, denkt hij even dat het van boven komt.

'Laat die schroevendraaier vallen,' zegt een motoragent, die zich achter een Ambassador heeft opgesteld. Hij heeft een pistool, maar richt de loop naar boven. 'Gesp je riem los en kom daarachter vandaan.'

Glenn doet wat hem gevraagd wordt, en een tweede man in een dure regenjas draait hem om naar de motorkap, duwt hem met zijn knieën tegen de bumper. De man zwaait even met zijn legitimatie, geeft hem zijn naam, inspecteur Burns. 'Handen op de auto,' zegt hij. Hij rukt Glenn zijn skimasker van het hoofd, stoot hem daarbij op de neus. 'Nu moet je languit voor me. Helemaal languit.'

Glenn snapt het niet; de inspecteur grijpt hem in zijn nek en duwt hem zachtjes over de motorkap naar voren. Glenn legt zijn wang op de sneeuw. Zijn onderlip klopt. De inspecteur vist zijn portemonnee en sleutels uit zijn zak, fouilleert hem en zegt hem dat hij overeind kan komen. Er komt een politiewagen naast hem tot stilstand met een agent erin.

'Wat heb ik gedaan?' vraagt Glenn.

'Niets, hopen we,' zegt de inspecteur. 'Je dochter wordt vermist.'

'Wat?' zegt Glenn, maar een agent neemt hem bij de arm en voert hem mee naar een geopend portier, een getraliede achterbank. 'Wat is dit?'

'Is dit de meest recente foto die u hebt?' vraagt de inspecteur vanaf de voorbank. Hij houdt de foto van Tara voor hem op, uit Glenns portemonnee.

'Die is gloednieuw,' zegt Glenn. 'Ik heb thuis nog een hele stapel afdrukken.'

Regina kijkt op het dashboardklokje. Clare en Annie zijn nog maar een paar minuten weg, maar ze verwacht hen elk moment achter aan het pad te zien verschijnen, met een huilende Tara in de armen. Het verbaast Regina dat zoiets als dit nog niet eerder is gebeurd, als je bedenkt hoe die meid leeft. Wie van u zonder zonde is... maar deze vrouw is een regelrechte slet, die eerst haar man met Jan en Alleman bedriegt en vervolgens met een nietsnut aanpapt. Terwijl ze uit een heel net gezin komt, dat is nog wel het ergste. Wat haar moeder niet allemaal moet doormaken, elke keer als ze aan haar denkt. Ze kent May van Dorn als een fatsoenlijke vrouw. Het is haar een raadsel hoe het zo ver met haar dochter heeft kunnen komen; het is dood- en doodzonde. Regina hoopt maar dat ze niet meer is dan het zwarte schaap van de familie, een paar losgeslagen genen, en dat Annie zich toch nog als een echte Van Dorn zal ontpoppen. En wie weet, misschien is dit een lesje voor haar, misschien brengt het haar tot rede. Het is niet de rechtvaardige maar de zondaar die het God behaagt om te redden. Er is zeven tot veertien centimeter sneeuw voorspeld, veertien tot twintig in de bergen. Regina kijkt op het klokje, buigt zich naar opzij en drukt op de claxon.

Annie hoort dat van ver weg, op het pad aan de andere kant van de plas, tussen de bomen door. Het is glad en ze gaat meer dan eens hard onderuit. Ze blijft staan en kijkt terug over de plas, de watertoren die boven het bos uitsteekt, de akkers aan de noordkant. Sneeuwvlokken dwarrelen omlaag, steken scherp af tegen de massief donkere lucht. Ver weg ziet ze glanzend witte boerderijen, schuren die uit het lood staan. De gemodelleerde golfbanen van de Country Club omringen het lage stenen clubhuis, met het lege zwembad als een blauwe stip. Ze is nog nooit zo ver geweest, hoewel ze deze weg door het bos al kent sinds de middelbare school. Het uitzicht maakt alles nog vreemder dan het al is. Ze herkent Clares groen-met-zwarte duffel in de struiken onder het afvoerkanaal, piepklein. Tara kan deze heuvel met geen mogelijkheid beklimmen, bedenkt ze, maar toch gaat ze verder, met vallen en opstaan, terwijl het geruis en geraas van de snelweg dichterbij komen.

Ze klimt over de reling. De grond is droog en hierboven is het gemakkelijker lopen. In de berm ligt een flard van een autoband op de kiezels, afkomstig van een vrachtwagen. De twee rijbanen zijn met zout bevlekt, de sneeuw in de kuil van de middenberm is grijs, maar maagdelijk. Ze holt tegen de richting van het verkeer in, naar een viaduct dat bijna een kilometer verderop ligt, de voetbrug tussen de twee scholen. Een vrachtwagen raast haar op de rechterbaan voorbij, en de luchtstroom die daarop volgt, duwt haar een stap naar achteren; haar scheenbenen worden bestookt met kiezels. Een bierkistje wervelt hoog over haar heen om daarna weer op de grond te belanden. Er liggen een paar roestige buizen, verwrongen en geplet. De berm achter de reling loopt nu steil omlaag en de toppen van de bomen zijn op ooghoogte. Annie houdt zich vast aan de roestbruine metalen rand en tuurt naar beneden. Twintig meter onder haar, ingeklemd tussen de takken van een boom, hangt een hert, dood.

Ze brengt een hand naar haar keel om te voorkomen dat ze gaat braken, maar het is al niet meer te stoppen. Ze zakt op handen en knieën en terwijl ze de haren uit haar gezicht houdt, begint ze te kokhalzen. Ze heeft hier geen tijd voor, vindt ze, en ze staat op terwijl ze nog niet klaar is, verzet een paar stappen en krimpt ineen. Voordat ze weer overeind komt, wrijft ze in haar ogen; ze wil niet dat ze de autoweg op dwaalt.

Tegen de tijd dat ze bij de voetbrug aankomt, heeft ze zich hersteld. Het hek onder aan de brug is vanboven doorgebogen, vanwege de kinderen die eroverheen zijn geklommen. Voor Tara is het veel te hoog. Annie hoort een claxon – niet één keer, maar aanhoudend – en rent terug langs de rand van de weg, in de richting van het getoeter. Ze hebben haar gevonden, denkt ze; ze wil daar niet te veel op hopen, maar doet het toch, al brengt het misschien ongeluk.

Ze springt over de reling, volgt met babystapjes het pad omlaag en tuurt naar beneden, op zoek naar een groene vlek, Clare. Het getoeter klinkt ergens vanuit het bos. Op het steile gedeelte maakt Annie een misstap. Ze loopt te snel, en als ze onderuitgaat, probeert ze zich over de grond voort te laten glijden. Ze steekt haar arm uit om ergens naar te graaien of in elk geval haar vaart iets te minderen, maar er is alleen sneeuw. Verderop ziet ze een bocht en daaronder is een steile afgrond met bomen. Ze stuitert nu op haar zij naar beneden, en dat steeds sneller. Haar jasje is omhoog gekropen; de sneeuw schraapt en schuurt langs haar middel. Ze ziet de bocht aankomen en probeert haar voeten in de grond te planten en met haar vingers in de sneeuw te

grijpen, maar haar elleboog knalt tegen een steen en onwillekeurig rolt ze zich op tegen die pijn. Het pad buigt af en ze schiet
de bocht uit, zweeft ineens vrij door de lucht.

Als door een wonder komt ze niet tussen de bomen terecht,
maar lager op de helling, om daarna door de sneeuw te blijven
rollen en rollen. Het verbaast haar dat ze er niets aan overhoudt.
Het getoeter houdt nog altijd aan. Annie staat op en klopt de
sneeuw van zich af, verplaatst een voet en voelt dat ze door haar
enkel gaat. Ze kan er nog wel op lopen.

'Gaat het?' roept Clare onder aan de heuvel.

'Best,' roept Annie en ze zwaait. Of nee, haar enkel is gebroken. 'Waarom drukt je moeder op de claxon?'

'De politie is er.'

'Hebben ze hier kabel?' vraagt Tricia, die naakt is en wijn drinkt
uit het kleine steriele glas. Ze hebben de hele middag gevreeën,
op beide bedden, en de kamer met zoetgeurige rook gevuld. De
verwarming draait op volle toeren en de lampen zijn uit; het wit
van buiten loert door de kieren van de jaloezieën naar binnen en
als er iemand langsloopt, deint er een schaduw over de achterwand.

'Overdag is er nooit iets leuks op,' zegt Brock. Hij duwt zijn
tong in haar navel, probeert haar zo ver te krijgen dat ze er een
beetje wijn in giet. Ze gooit het hele glas over hem leeg, waarna
hij een kreet slaakt, lachend over haar heen duikt en naar de fles
op het nachtkastje grijpt.

'Wees zuinig daarmee.'

'We hebben nog een fles.'

'We willen er hier geen zwijnenstal van maken,' zegt ze. 'Iemand moet straks de kamer schoonmaken.'

'Wat dacht je van de badkuip?' vraagt Brock.

'Klinkt geinig.' Tricia springt van het bed. Hij kijkt hoe ze naar
de badkamer loopt, hoort de kraan piepen, het water stromen.

Brock kijkt naar het ronddraaiende stucwerk aan het plafond

en denkt aan Tara, die zichzelf de vorige avond in slaap had gehuild omdat Annie haar niet in bad wilde doen.

Het begon allemaal toen ze zaten te kijken naar een spelprogramma, *Let's Make a Deal*. Tara was in de keuken en vroeg of ze een M&M mocht hebben. Een rode.

'Nee,' zei Annie. 'Je hebt je bord niet leeggegeten.'

'Ach, ze mag er toch wel eentje,' zei hij. Hij dacht dat ze zo kribbig deed omdat ze ziek was.

'Nee. Waarom zou ze snoep krijgen als ze haar bord niet heeft leeggegeten?' Annie legde haar hoofd in de nek en luisterde. 'Wee je gebeente als je daar M&M's zit te eten.'

'Zie je haar daartoe in staat?' vroeg Brock.

'Wacht even. Tara?' riep ze. 'Tara?' Ze gingen samen naar de keuken en vonden Tara onder de tafel, met volgepropte wangen en een bruin sliertje kwijl op haar kin. 'Kom daaronder vandaan,' zei Annie. 'Nu onmiddellijk! Kom hier, zeg ik je.' Ze rukte aan haar arm, en Tara stootte haar hoofd tegen de onderkant van de tafel. Het kind begon te huilen, met een rood gezicht en snakkend naar adem, zodat ze de bruine brij zagen. Annie begon haar flink af te rossen.

'Kalm nou,' zei Brock, 'kalm nou.'

'Hou jij je er godverdomme buiten,' zei ze met een wijzend vingertje. Tara vertrok haar gezicht van het huilen. Haar onderlip trilde en ze probeerde weer op adem te komen. 'Ga nou maar gewoon naar dat verrekte programma kijken,' zei Annie, en dat was wat hij gedaan had.

En tien minuten later leek alles vergeten en vergeven. Brock kan maar niet begrijpen hoe dat zit tussen hun tweeën. Het gaat gewoon nergens over. Later, toen Tara naar bed moest, zei Annie: 'Niet in bad,' waarna het meisje zich op de grond wierp en een woedeaanval kreeg. 'Zie je nou?' vroeg Annie, en weer gaf ze haar een pak slaag, dit keer beheerst. Eenmaal beneden konden ze haar nog lang horen huilen, tot ver in de hoofdfilm.

Het was waar dat hij zich er niet mee had te bemoeien, zij is immers de moeder, maar achteraf gezien wenste Brock dat hij haar tegengehouden had. Als hij en Tara met zijn tweeën zijn, hoeft hij bijna nooit zijn stem te verheffen; ze is een lief meisje. Annie zegt dat hij toegeeflijk kan zijn omdat hij nu eenmaal niet verantwoordelijk voor haar is, waarmee ze laat doorschemeren dat het ook nooit zo ver zal komen, dat hij bij haar zal weggaan. Dat moge misschien zo zijn, maar Brock vindt dat geen excuus. De volgende keer wil hij ingrijpen en desnoods vangt hij dan zelf de klappen op.

In de badkamer piept de kraan en houdt het water op met stromen.

'Alles is er klaar voor,' roept Tricia. 'Het wachten is op jou.'

Brock drukt zich op van het bed, zet de tv uit en daar komt hij zichzelf weer tegen in de spiegel. De andere Brock in de andere kamer kijkt hem aan, alsof hij op antwoord wacht. Alsof er een antwoord is.

Als Annie ontwaakt, ligt ze op bed met haar kleren aan, haar laarzen uit en een verbonden enkel. Grijs licht dringt door het plastic naar binnen; de kamer maakt een suffige indruk, met kleren die op een hoopje liggen, her en der speelgoed. Van beneden stijgt zacht gepraat op. Ze herinnert zich de man van de ambulance die zei dat ze haar enkel zwaar verstuikt had. Hij gaf haar iets voor de pijn en daarna was ze flauwgevallen.

'Brock?' roept ze.

Ze hoort een klop op de deur, waarna een politieagente haar hoofd om de hoek steekt. 'Uw man is onderweg. Wilt u misschien iets drinken?'

'Mijn man? Welke?' vraagt Annie.

'Bent u dan niet getrouwd?'

'We zijn gescheiden. Dus hij heeft Tara niet?'

'Uw dochter? Nee.'

'Waarom zijn jullie dan niet naar haar op zoek?'

'Er wordt druk gezocht en als de weersomstandigheden goed

blijven, kunnen we de ambulancehelikopter inzetten. We doen ons uiterste best. Wilt u ook zelf op zoek? Want in dat geval is het de bedoeling dat ik met u meega. Ik ben officer Scott.'

'Waar is Brock?' vraagt Annie.

'Wie zegt u?'

Terwijl de mannen het huis doorzoeken, zit Glenn samen met inspecteur Burns in de keuken te wachten. Zijn vader en moeder zitten aan tafel; ze hebben toestemming gegeven en de inspecteur koffie aangeboden. De grond is nat van de laarsafdrukken. Bomber gaat tekeer op het achtererf. Zodra ze hier klaar zijn, heeft de inspecteur beloofd, nemen ze Glenn mee naar Annie om te helpen zoeken. Glenn heeft ze gezegd dat ze hier hun tijd verdoen; ze kunnen beter buiten zoeken. Hoewel hij geen handboeien om heeft, voelt hij zich als verlamd, alsof hij machteloos is. Hij moet plassen.

Een agent in uniform komt aanrijden in de open bestelwagen van Glenn. Hij loopt met een boog om Bomber heen, die aan de ketting ligt, en heeft een bruine envelop bij zich. De inspecteur doet de deur voor hem open en neemt de envelop aan. Die is zo dik als een kussen, volgestopt met plastic zakjes.

'Vooral veel hondenhaar.'

'Heb je foto's gemaakt?' vraagt de inspecteur.

Glenn maakt zich zorgen dat hij de zitbank niet goed genoeg heeft schoongemaakt, dat ze bloed zullen aantreffen op de bekleding. Hij heeft de inspecteur over de ruzie verteld ('Hoe kom je aan die lip?' vroeg hij), maar daardoor lijkt de verdenking op hem alleen nog maar groter geworden.

En hij is nog een keer langs geweest bij zijn oude huis, al was dat alleen om vanaf de rand van het veld de lampjes te zien branden. Het is zijn eigen gezin; hij kan het niet laten. Ze zullen zijn bandensporen terugvinden en zijn ouders vragen waar hij 's avonds uithangt.

Boven hoort hij het gestommel van politielaarzen. Hij voelt

een steek in zijn blaas. Hij wordt er gek van dat hij het moet ophouden, hij krijgt er koppijn van.

'Ik snap niet waarom jullie denken dat hij hier iets mee te maken heeft,' zegt zijn moeder.

'Livvie.'

'Nee, ik zit hier in mijn eigen huis. U kunt het beter aan haar vragen. Hij mag van haar niet eens zijn eigen dochter zien.'

'Dat klopt,' geeft zijn vader toe, alsof het een geheim is. 'Het is nu al twee hele weken geleden dat hij haar voor het laatst gezien heeft.'

'Dat heeft uw zoon al verteld,' zegt de inspecteur.

'Maar dat moet u toch te denken geven?' vraagt zijn moeder.

Een agent in een dik kogelvrij vest komt uit de woonkamer tevoorschijn met twee opengeklapte dubbelloops jachtgeweren over zijn schouder, en de vader van Glenn staat op.

'Die zijn van mijn vader geweest,' zegt hij, 'en ik stel het niet op prijs als u of iemand anders er met zijn vingers aankomt.'

De inspecteur komt tussenbeide en zegt: 'Ithaca's. Inderdaad, dat zijn oude wapens. Knickerbockers. Prachtig, hoor.' Hij snuffelt aan beide staartstukken en geeft ze door aan de vader van Glenn, omzichtig, om de loop niet te beschadigen. 'Het spijt me werkelijk,' zegt hij. 'Maar dit is allemaal een kwestie van routine. Ik beloof dat we u zo snel mogelijk mee zullen nemen.'

'Kan ik naar het toilet?' vraagt Glenn.

'Waar is dat?' vraagt de inspecteur.

Hij gaat met Glenn mee naar binnen en als Glenn zijn behoefte doet, kijkt hij een andere kant op, maar houdt wel zijn ogen in de gaten.

'Ik zie je zoiets wel doen,' zegt de inspecteur. 'Je bent ertoe in staat.'

'Wat?'

'Haar weghalen bij haar moeder. Of niet dan?'

'Ik zou Tara nooit iets kunnen aandoen.' Glenn stoort zich

aan zijn eigen stem, overdreven, onecht. Het is te bespottelijk om zelfs maar op in te gaan.

'Dat is niet wat ik zeg,' zegt de inspecteur.

'Ik heb niets gedaan.'

'Dat weet ik. Maar je hebt er weleens over nagedacht.'

'Nee,' zegt Glenn, 'dat heb ik niet,' terwijl hij zich afvraagt of hij de waarheid spreekt.

In de keuken is zijn moeder bezig met het inpakken van de hamburgers die ze voor het avondeten ontdooid had. Ze heeft haar jas aan. Zijn vader is al naar buiten om de auto op te warmen. Als de agenten de trap af komen, begint het hele huis te trillen.

'En?' zegt zijn moeder uitdagend.

'Voorlopig hebben we alles gezien wat we willen.'

Glenn gaat met de inspecteur mee in een burgerwagen en zijn ouders rijden in hun Fury achter de surveillancewagen aan. De voorruitverwarming staat aan; sneeuwvlokken landen op het glas om daarna in het niets te verdwijnen. Op het dashboard staat een blauw zwaailicht, hetzelfde dat Glenn zelf ook in zijn bestelwagen heeft. Hij moet denken aan een meisje van Tara's leeftijd dat hij als reddingswerker van de dood gered had. Ze was aan het pootjebaden in een plastic opblaaszwembad en haar moeder was even weggelopen om de telefoon op te nemen. Glenn had het meisje languit in het gras gelegd en mond-op-mondbeademing toegepast. Hij weet nog dat hij voor die vrouw niets dan minachting voelde, zoals hij nu zichzelf minacht omdat hij Tara niet in bescherming heeft kunnen nemen. In zekere zin is het mede zijn schuld.

'Marchand,' zegt de inspecteur, 'kun je me iets vertellen over die tekening?'

'Welke tekening?'

'Jouw tekening, die boven je bed hangt.'

Hij doelt op de schets die hij gemaakt heeft op verzoek van ouderling Francis, zijn geestelijk begeleider. Hoe stelde hij zich zijn persoonlijke relatie met Jezus voor? Hij had de wereld afgebeeld als een stad onder een zee van bloed, met mensen die aan elkaar vastgeketend zijn. Glenn was daarin een drenkeling en de belletjes die uit zijn mond kwamen, verenigden zich tot een blauwe geest die opsteeg naar de hemel en iets in het oor van een glimlachende Christus fluisterde.

'Het betekent dat ik gered ben,' zegt Glenn.

'Gered waarvan?'

'De wereld. De hel. Alles.'

'Dat is me nogal wat om te vragen van één vent,' zegt de inspecteur.

'Het is niet dat ik veel keus heb,' zegt Glenn.

Als hij met zijn hele entourage Turkey Hill op rijdt, ziet hij mannen die in een lange rij naast elkaar staan om het veld uit te kammen. Het huis is omringd door auto's: politiewagens, een ambulance, de reddingstruck. Als hij dichterbij komt, valt hem op dat de Charger van Brock er niet bijstaat en dat het zijraam van de Maverick stuk is. Hij denkt meteen dat ze ruzie hebben gemaakt (over hem, misschien, of over Tara). De inspecteur zegt dat Glenn moet blijven zitten tot hij om de auto is heen gelopen en het portier voor hem geopend heeft.

'Ik wil niet hebben dat jij en die jongedame elkaar in de haren vliegen,' waarschuwt hij. 'Zo ja, dan kun je meteen vertrekken.'

Maar binnen wemelt het van de mensen en Annie houdt zich rustig. Ze zit op de bank met haar verbonden voet op de salontafel, geflankeerd door haar moeder en een politieagente die hij herkent van kort geleden, bij een brand in een caravan. De buitendeur staat open en het is koud. Voortdurend klinkt het gesnerp en geknetter van walkietalkies. Inspecteur Burns staat vlak voor hem, alsof hij elk moment wil kunnen ingrijpen.

'Heb jij haar dan niet?' vraagt Annie, maar zonder dat het een beschuldiging is. Ze lijkt uitgeput.

'Hoe is het gebeurd?' vraagt hij.

'Ze is gewoon weggelopen,' vertelt May.

'Zweer het me, Glenn. Dat jij haar niet hebt.'

'Ik zou zoiets nooit doen.'

'We troffen hem aan op zijn werk,' beaamt inspecteur Burns.

'Waar is Brock?' vraagt Glenn.

May maakt een wanhoopsgebaar, vervuld van weerzin.

'Ik weet het niet. Hij moest vandaag werken, maar in het tehuis zeggen ze dat hij de deur uit is.'

'We hebben er een paar van onze mensen op gezet,' zegt de agente.

De klootzak, denkt Glenn, die wel kan raden wat er aan de hand is.

'Ga haar zoeken,' zegt Annie. 'Jij weet waar ze naartoe zou gaan.'

'Mag dat?' vraagt Glenn. De inspecteur roept er een agent bij om met hem mee te gaan.

'Je moet haar vinden,' zegt Annie.

'Reken maar,' belooft Glenn.

Als Barb haar werkdag in de Rusty Nail er bijna op heeft zitten, komt Roy Barnum binnengelopen, die een kruk pakt en een decafé met melk en suiker bestelt. Hij is in functie en hoeft daarom niet te betalen; dat is een regel van het huis. Barb haalt koffie uit de ketel en zet die met een klap voor zijn neus. Roy schuift een strooibiljet over de bar heen met daarop een korrelige foto, een klein meisje in een tuinbroek, bolle wangen, een ondeugende glimlach.

'Wil je dit voor mij op een opvallende plek hangen?' vraagt Roy, maar Barb heeft Tara al herkend, slaat een hand voor haar mond en kan geen woord uitbrengen.

Er staat een hele rij politieauto's langs de kant van de weg, waaronder een paar van de staatspolitie, ziet Brock. Hij overweegt even om te keren, maar parkeert dan zijn auto naast een andere, vlak bij het huis, en haast zich door de sneeuw. Glenn. Hij stelt zich voor wat hij moet doen als Annie dood is. Hij neemt aan dat hij diepbedroefd zal zijn, maar na een tijdje zal het slijten. Wat een waanzin.

Het erf staat vol agenten en een van hen is in gesprek met Glenn.

'Brock,' zegt Glenn, alsof ze vrienden zijn.

'Wat is hier aan de hand?' vraagt Brock aan de agent.

'Ben jij de vriend?'

'Waar is Annie?'

'Tara wordt vermist,' zegt Glenn, alsof dat zijn schuld is.

Annie zit binnen, met haar moeder. Hij wil erbij, maar haar moeder laat dat niet toe. Hij vraagt zich af of ze de zeep kunnen ruiken, of de wijn, door de Juicy Fruit-kauwgom heen. Dus Tara wordt vermist. Alles zit hem ook tegen.

'Waar heb jij in jezusnaam uitgehangen?' vraagt Annie.

'Op mijn werk.'

'Nou, niet dus.'

Een politieman in een regenjas komt op hem af en vraagt of hij Brock is.

'Ja,' zegt Brock, die baalt van al het gezeik. 'Dat ben ik.'

De sneeuw valt schuin, blaast over de grond en strijkt alle voetafdrukken in een mum van tijd glad. De helikopter kan nu niet opstijgen. Ze hebben nog maar een uur daglicht, en het neemt al af. Tussen de bomen kraakt het van de vrijwilligers. Het nieuws is op de radio; Rafe is van zijn werk rechtstreeks hiernaartoe gekomen. Er is hulp van de Anonieme Alcoholisten, die elke vrijdag bij elkaar komen, en van de methodistische vrouwenbond. Clare en Jerrell zoeken de restanten van oude bestelwagens en tractors af die aan de noordkant van het maïsveld staan; Brock en Glenn zijn beneden bij de plas, samen met de inspecteur. May en Regina, Frank en Olive zitten in de woonkamer te praten, met naast hen de televisie, geluidloos afgestemd op het servicekanaal met zijn thermometer en klok. Barb heeft het biljet met de foto van Tara aan de spiegel van de Rusty Nail geplakt en is daarna in uniform hiernaartoe gereden, met blote benen en hoge hakken. Het terrein waar gezocht wordt, is uitgebreid tot aan de andere kant van de snelweg, waar de middle school ligt. Vrachtwagens rijden in een langgerekte file langs het flakkerende licht, de kegelvormige oranje knipperlichten van motoragenten. Indien nodig kunnen er de volgende dag twee pelotons reservisten worden ingezet.

Toch is het niet een van hen die Tara zal vinden, maar een veertienjarige middelbare scholier die in de schoolfanfare speelt, klein voor zijn leeftijd, een jongetje dat meestal genegeerd wordt, om kort te gaan, ik, Arthur Parkinson, die daarmee nog geen held wordt, want ze is dood, en jaren later zal niemand in de stad zich nog herinneren dat hij degene is die haar gevonden heeft, hoewel hij net als Annie, Glenn, Brock, May, Frank, Olive, Clare en Barb gedurende zijn hele leven Tara telkens terug zal vinden en haar nooit meer zal kwijtraken.

ZEVEN

Ik weet nog dat ik niet mee wilde. Het was vrijdag en we waren net het veld op gekomen. Met Thanksgiving was er een wedstrijd tegen de ploeg uit Armstrong Township; in de kantine hingen spandoeken: 'Geef The Beavers van katoen'. We hingen rond in groepjes en bij wijze van warming-up speelden we een paar loopjes uit de popmuziek ('Satisfaction', 'Foxy Lady'), maar toen zagen we de conrector komen aanrennen over de voetbrug. Meneer Chervenick blies op zijn fluitje en beklom het verrijdbare podium. We zouden dit de aanstaande maandag inhalen, zei hij, weer of geen weer. Hij zei met nadruk dat meedoen aan de zoektocht niet verplicht was.

'Ja doei,' zei Warren naast me.

Niemand uit het orkest was zo brutaal of vals om die uitdaging aan te nemen. De meeste blazers waren opgelucht; op een koude dag als deze was er heel wat moed voor nodig om je lippen aan het mondstuk te zetten. We klapten onze koffers dicht en marcheerden terug over de brug. Er stonden twee bussen voor ons klaar, wolkjes puffend in de sneeuw. Onze instrumenten en boekentassen moesten we achterlaten in de hal; de conciërge zou erover waken.

De conrector, meneer Eisenstat, reed met ons mee. Hij had de kist met gevonden voorwerpen bij zich, liep door het gangpad en vroeg wie van ons handschoenen nodig had. Als we eenmaal op de locatie waren, zei hij, zouden we die nog hard nodig hebben.

'De locatie,' zei Warren hem na, veelzeggend. We zaten samen achterin onder het gebogen zeegroene dak, uitgeteld na de hele dag een feestje te hebben gebouwd. Het was vrijdag, wat altijd gevierd moest worden, en het was de week voor Thanksgiving.

Voor mij waren dat geen van beide dingen om vrolijk van te worden. Als we muziekrepetitie hadden, kon ik niet met Lila van de bushalte naar huis lopen, en in het weekend zag ik haar nooit, ook al stonden onze appartementgebouwen vlak naast elkaar. Doordeweeks lag ik 's avonds altijd wakker om te bedenken wat ik de volgende ochtend tegen haar zou zeggen en dan vroeg ik me af hoe ik haar kon vragen of ze mee wilde naar de film. Daar zou het natuurlijk nooit van komen, maar die winter was ik op vrijdagavond altijd op mijn wanhopigst.

Wat Thanksgiving betreft, mijn moeder had laten doorschemeren dat we dat jaar misschien niet naar Pittsburgh gingen om bij de ouders van mijn vader te eten. In het voorbijgaan had ze mij gepolst over de Horn of Plenty, een buffetrestaurant aan Route 8 waar we altijd met haar verjaardag naartoe gingen. Het was zo'n tent waar je zoveel kon eten als je wilde. Achter aan de stoomtafel had je een kok met een witte muts die een bloederig stuk rosbief stond te snijden onder een warmtelamp. Ik zei dat ik het best vond, maar op een bromtoon die betekende dat ik het niets vond.

'Hoor eens,' snauwde mijn moeder, 'je hebt het misschien niet in de gaten, maar de omstandigheden zijn veranderd.'

'Dat heb ik in de gaten,' zei ik.

'In dat geval hoef je hier niet de wijsneus te gaan uithangen. Ik zal je dit zo vriendelijk mogelijk proberen uit te leggen. Je vader lijkt er niet erg warm voor te lopen om dit jaar iets met zijn gezin te willen ondernemen. Ik wil dat wel, omdat ik denk dat het fijn zou zijn voor jou, maar als ik je vader bel en ik probeer het onderwerp aan te roeren, dan gaat hij daar niet op in. Ik zal mijn best doen om zoiets op touw te zetten als vroeger, maar ik zeg erbij dat het misschien niet gaat lukken. Stel je dat op prijs, of kan ik het net zo goed laten?'

'Weet ik veel,' zei ik.

'Weet jij veel,' zei mijn moeder uitdagend.

'Ik vind het best. Het is me om het even.'

'Ik begrijp niet waarvoor ik nog al die moeite doe,' zei ze. 'Het doet je duidelijk helemaal niets dat ik die mensen moet gaan vragen om ons een dienst te bewijzen, terwijl ik het liefst niets meer met ze te maken wil hebben.'

'Dat doet me wel iets,' zei ik, maar het was al te laat; ze keerde zich van me af, plofte op de bank neer en stak een sigaret op. 'The Horn of Plenty is prima.'

'Dat is lulkoek,' zei mijn moeder, terwijl ze haar aansteker op tafel mikte. Het ding viel op een tijdschrift en van daaraf op het tapijt. Mijn moeder zette de tv aan en keek me niet meer aan.

Ik had haar op die manier weleens ruzie zien maken en vooral horen maken met mijn vader, maar ik was er nog nooit het mikpunt van geweest, en ik had – al dan niet terecht – het gevoel dat ze misbruik maakte van mijn onervarenheid. Ik wist niet hoe ik terug moest bijten. De volgende ochtend deed ze alsof er niets gebeurd was. Ik was nog steeds boos. Ik was nog maar een kind en kon mij er niet zomaar overheen zetten.

Warren, de enige die ik in vertrouwen nam, verklaarde dat moeders zo rond de feestdagen nu eenmaal een beetje maf werden. We spraken erover in de bus, onderweg naar de locatie. Hij was het zat dat ik altijd zo negatief deed, zei hij. In de hoop dat het de muziekrepetitie een beetje draaglijk zou maken, hadden we na schooltijd op het parkeerterrein een enorme joint aangestoken, met als gevolg dat we nu niet terugschrokken voor gewichtige uitspraken.

'Stel eens dat jij je moeder bent.'

'Stel,' zei ik.

'Nou goed, dan ben ik jou en het is bijna Thanksgiving. "Ik heb een hekel aan Thanksgiving. Het kan me geen hol schelen of we kalkoen eten, het maakt me gewoon geen donder uit." Ik bedoel, zit ze er nu echt op te wachten om dat te horen?'

'Zit ik erop te wachten, bedoel je.'

'Correct,' zei hij.

'Maar zo zeg ik dat niet. En dat is ook niet waar het om gaat. Ze denkt dat ze mij een geweldige dienst bewijst, maar dat doet ze niet.'

'Ach zo. Dus je wilt naar de Horn of Plenty om blokjes kaas te eten voor Thanksgiving.'

'Dat is wat mijn moeder wil.'

'Jij, dus.'

'Alleen als ik mijn moeder ben.'

'Waar wil jij dan gaan eten met Thanksgiving?' vroeg Warren.

'Maakt me niet uit,' zei ik.

'Ach, rot toch op.'

'Inderdaad,' zei ik. 'Dat is zo ongeveer waar haar woorden op neerkwamen.'

'En gelijk heeft ze. Ik snap niet waarom jullie allemaal zo nijdig zijn.'

We staken de snelweg over. Meneer Eisenstat liep door het gangpad en deelde strooibiljetten uit met een foto van het meisje. Ik vond haar voornaam lelijk en haar achternaam zei me niets. Meneer Eisenstat hield het strooibiljet omhoog en sprak zo luid dat we hem allemaal konden verstaan, zelfs figuren als Warren en ik, die niet geïnteresseerd waren. Wat hij ons vertelde, stond ook allemaal op het strooibiljet, met uitzondering van één detail.

'Het is nu tussen de twee en drie uur geleden dat ze verdwenen is.'

Warren keek naar de sneeuw buiten, toen weer terug naar mij en schudde zijn hoofd. 'Voer voor de raven.'

'Diepvriesvoer,' zei ik. 'Wie is er hier nu negatief?'

We hadden geen idee waar we naartoe gingen. We waren nog maar kort op weg toen de bus vaart minderde en een weg op draaide met bomen aan de ene kant en een open veld aan de andere kant. Een man met een hoge rubberen laarzen liep over een dichtgevroren sloot en stopte telkens om te prikken, op zoek naar zachte plekjes. Op het veld waren twee honden die een man met een jagerspet met zich meetrokken. De mensen hadden hun auto's naast de kant van de weg gezet, tegen de richting in. Verderop lag een huis, maar zo ver gingen we niet. De bus stopte en meneer Millhauser zei: 'Hier is het.'

'Vorm tweetallen,' instrueerde meneer Eisenstat. 'Verlies elkaar niet uit het oog. We willen niet dat jullie ook nog vermist raken.'

'Wat een zakkenwasser,' zei Warren.

Toen we eenmaal buiten stonden, zag ik de watertoren. Meneer Chervenick liet ons zes aan zes over de weg marcheren, alsof we door de tunnel van een sportstadion liepen.

'Lopend waren we hier eerder geweest,' zei ik.

'Heb je die peuk nog op zak?' vroeg Warren.

Journaalploegen waren bezig met filmen, en toen we achter de keurig geklede reporters door liepen, staken we onze middelvinger op naar de hele stad Pittsburgh. Een proviandwagen van het Rode Kruis deelde gratis koffie en warme chocolademelk uit; bekertjes dwarrelden rond tussen de banden van de geparkeerde auto's. We volgden meneer Chervenick en passeerden het huis, als vanzelf allemaal in de pas.

Vlak voor het keerpunt werd de doorgang versperd door voskleurige paarden. Agenten stonden achter een lange klaptafel waarop een grote landkaart was vastgeplakt en even verderop was een vuilnisemmer neergezet waarboven een aantal mensen hun handen stonden te warmen. Terwijl wij in formatie bleven staan, sprak meneer Chervenick een agent met een klembord aan. Toen hij terugkwam, vertelde hij dat we het gebied onder de plas gingen uitkammen, waar ook anderen al gezocht hadden.

'Als je iets ziet waarvan je denkt dat het belangrijk is, raak het dan niet aan, maar laat het liggen. Haal mij of meneer Eisenstat erbij, en dan zorgen wij ervoor dat de juiste persoon er een kijkje komt nemen. Raak alsjeblieft niets aan waarvan je denkt dat het belangrijk is en haal het ook niet van zijn plaats. Ik kan daar niet genoeg de nadruk op leggen.'

'Hebben jullie allemaal tweetallen gevormd?' vroeg meneer Eisenstat, en toen niemand reageerde, vroeg hij: 'Wie van jullie heeft niemand?'

In het hoger gelegen bos wemelde het van de oude mensen met zwarte honkbalpetten, uitgereikt ter gelegenheid van het zeventigjarig bestaan van de Pullman-Standard autofabriek.

Terwijl we de heuvel af liepen in de richting van de plas, kwamen we een gemengd gezelschap tegen van mensen die ons gebied hadden afgezocht en nu zwaar ademden vanwege de klim.

De plas was dichtgevroren, maar het ijs was niet erg dik. In het midden lag een grijze vlek water. Meneer Chervenick floot, en toen wij de gelederen hadden gesloten en in de houding stonden, konden we het afvoerkanaal horen borrelen.

'We zijn verantwoordelijk voor het hele gebied vanaf hier tot aan het hek van de snelweg,' zei hij. 'Ik zou me kunnen voorstellen dat sommigen van jullie wel vertrouwd zijn met dit terrein.' Er werd hier en daar gegrinnikt, maar niet door mij of Warren. 'We gaan ons nu verspreiden, en geef je ogen goed de kost. Het is een heel klein meisje dat we zoeken. Als ik vijf keer een kort fluitsignaal geef, moet iedereen zich weer hier verzamelen.' Hij blies één keer om ons op pad te sturen.

Warren en ik struinden verder, en we hielden ons angstvallig aan de voetafdrukken die er al lagen. De sneeuw was te koud om compact te worden en knerpte onder onze laarzen alsof er iemand met zijn tanden knarste. Ik had nog maar een keer met eigen ogen een dode gezien en die had in een kist gelegen: mijn grootmoeder Sellars. Het beeld dat ik voor ogen had, was gebaseerd op de stripverhalen die ik in mijn jongensjaren las:

The Witching Hour, Weird War, The House of Mystery. Ik stelde me een meisje voor dat bevroren was en blauw, met één grijpende hand die door de ijskorst naar boven stak. Haar ogen zouden doorschijnend grijs zijn, met net zo weinig kleur als een gebakken ui. We schuifelden verder en tuurden onder de besneeuwde struiken door, in de hoop iemand verderop te horen krijsen. De laarsafdrukken stopten, en wij ook.

'Daar beneden zal ze niet zijn,' redeneerde Warren.

'Ze is vast verdronken in de plas.'

Boven ons in het bos werd iets door een megafoon geblèrd. We bleven beiden stokstijf staan en wachtten af, maar er gebeurde verder niets. We liepen door, maar nu langzamer.

'Zeg,' zei Warren, 'heb je die joint nou nog bij je of niet?'

Ik keek in mijn doosje Marlboro en porde de sigaretten in het rond tot ik hem in het oog kreeg. Hij was vrij groot en het vloeipapier was donker gevlekt. 'Waar kunnen we dit het beste doen?'

We keken allebei om ons heen of er geen agenten waren.

'Laten we naar de buis gaan,' zei Warren, die doelde op de plek waar het beekje onder de heuvel verdween, om daarna onder de snelweg door te stromen. Die buis was gemaakt van golfplaten en een kleine meter in doorsnee. Daarnaast lag een afvoerkanaal met tralies ervoor, bedoeld om in het geval van een stortbui het overtollige water op te vangen. Dat alles lag verscholen in een greppel, en als er iemand van de bewakingsdienst langskwam, kon je daarin wegduiken en je verschuilen tot de kust veilig was. En in het geval van een zuippartij kon je daar ook ongestoord plassen.

Ik aarzelde, want ik bedacht dat het een heel geschikte plek was voor een kind om te verdrinken.

'Ik mag aannemen dat ze daar het eerst gekeken hebben,' stelde Warren mij gerust. 'Ze hebben plattegronden.'

Terwijl we ons een weg baanden door de struiken, viel ons op dat het aantal voetafdrukken verminderde.

'Het zijn er nog wel een paar,' zei Warren.

'Toch is het niet veel,' zei ik.

Maar toen we bij de greppel aankwamen, was de sneeuw aan weerszijden van het beekje platgetrapt en met modder besmeurd.

'Zie je wel?' zei Warren.

Het ijs dat op het water lag, stopte een paar meter voor de buis. Het beekje stond hoog, maar roerloos en het water was bruin als koffie. Het sijpelde met een zuigend geluid de afvoerpijp in. Warren wierp een steelse blik over de verhoging om te kijken of er iemand in de buurt was.

'Niks aan de klauw,' zei hij, en we gingen op de tralies boven de afvoerpijp zitten. Ik stak de joint tussen een krokodillenklem en gaf hem door aan Warren, samen met de groene Bic-aansteker van mijn moeder. Hij inhaleerde diep, hield de rook vast in zijn longen, gaf de peuk aan mij terug en blies een wolkje uit.

'Liever dit dan dat gekut op het voetbalveld,' zei hij.

Ik knikte, genoot van de prikkeling die de eerste trek bij mij opriep, en gaf het klemmetje weer terug.

'Ik voel me geweldig positief,' zei ik. Warren knikte omzichtig. De rush kwam meteen opzetten, maar langzaam, een tinteling die zich langzaam langs de kaken verspreidde, als een Spaanse peper met een verbluffend scherpe nasmaak. David Larue, die me de stuff verkocht had, zei dat het Colombiaanse was. Zelf dachten we eerder aan Mexicaans. De smaak was een beetje wrang, maar je hield er een aangename roes aan over die niet al te heftig was voor een dag op school.

Warren en ik gaven hem aan elkaar door tot hij uitging, en daarna hielden we hem boven een hoge vlam en inhaleerden we de rook van het zwart geblakerde stompje.

'Als je wil, kun je er nog wel een hit uit halen,' zei Warren.

'Heb jij dat nodig dan?'

Ik gooide het peukje in het water. We zagen hoe het aarzelend op de stroom werd meegevoerd in de richting van de buis. De bewegingen van de joint leken veelbetekenend, alsof zich een onontkoombaar drama voltrok. We waren apestoned.

'Dank je,' zei Warren.

We zaten er een tijdje bij te zwijgen, in hogere sferen, en namen onze nieuwe omgeving op.

'Het is gewoon klote, zoveel gezeik als dit is,' zei Warren, en ik wist waar hij op doelde.

'Je kunt maar beter kijken of er niet ergens een agent rondhangt.'

'Achtervolgingswaan,' zei Warren, maar hij stond op om een kijkje te nemen. 'Niets.'

In het water dreef een doorweekt wantje. Roze en wit, volgens een of ander patroon.

'Moet je dat wantje zien,' zei ik.

'Niet aanraken,' zei Warren. 'Je mag het niet aanraken.'

Langzaam als een boomblaadje dreef het wantje over het bruine water naar de buis. Ik brak een tak af van een struik.

'Vooruit dan,' zei Warren. 'Nu heb je geen keus.'

De tak was te kort, en ik moest me over het water heen buigen. Ik wist het wantje een keer aan te raken, en daarna dreef het de andere kant op. Ik klauterde de greppel op, stak het water over en klauterde weer omlaag, terwijl Warren achter mij aankwam. Van deze kant kon ik er ook al niet goed bij. Warren ging een langere tak zoeken, en intussen hield ik het wantje in de gaten. Hoe dichter het bij de buis in de buurt kwam, hoe meer het daardoor leek te worden aangetrokken.

'Opschieten,' zei ik. 'We raken het nog kwijt.'

'Ik kom al,' zei Warren.

Ik zat op mijn knieën aan de rand van het beekje en keek toe, en ineens dacht ik een tweede wantje naar het oppervlak te zien drijven, maar nee, er zaten vingers aan en een gezwollen blauw armpje. Het gezicht van het meisje borrelde op uit het water, nog steeds omkneld door haar capuchon, met een bontrand die besmeurd was met modder, net als het touwtje dat onder haar kin zat vastgeknoopt.

Ik holde. Ik holde de berm op, regelrecht naar Warren, die bezig was een groene tak aan een struik te ontworstelen. Ik probeerde hem erover te vertellen, maar de woorden bleven in mijn keel steken.

'Daar,' zei ik. 'Modder,' zei ik. 'Jasje.' Het leek die quiz op tv wel, *Password*, de laatste paar seconden van het spel, als ze alle hints op een rijtje hadden.

Warren nam me mee bij de arm en samen liepen we naar de rand van de greppel om erop neer te kijken.

Ze lag op haar rug. Haar mond en haar ogen waren open en ze dreef met haar hoofd vooruit in de richting van de buis. Een van haar laarzen was los geraakt.

We renden weg.

'Meneer Chervenick!' riep Warren.

'Meneer Chervenick!' riepen we.

Terwijl ik in de auto zat te wachten, sprak meneer Chervenick met mijn moeder. Zoals gewoonlijk was ze laat. De avond was al ingevallen en het was bijna etenstijd. Het sneeuwde nog steeds, de ruitenwissers beschreven hun bogen in de maat en de koplampen gaven de vlokken een kunstmatig, theatraal aanzien. Ik wilde een sigaret opsteken, maar omdat ik in de auto zat, durfde ik dat niet aan. Ten slotte hield meneer Chervenick de schooldeur voor haar open en ze liep voor de motorkap langs. Ze stapte in en maakt haar riem vast, maar zette de automaat nog niet in zijn vooruit.

'Je had er niet bij gezegd dat jij het was,' zei ze.

'Ik en Warren,' zei ik.

'En hoe voel je je nu?'

'Goed.'

'Meneer Chervenick vertelde dat je behoorlijk van streek was.'

'Op het moment dat het gebeurde, ja. En Warren ook. Net als alle anderen. Maar ze hebben ons gewoon weer de bus in geloodst. Sommige meisjes moesten huilen.'

'En jij?' vroeg mijn moeder.

'Ik weet niet. Ik was verdrietig, geloof ik.'

Mijn moeder schoof een stukje mijn kant op en sloeg een arm om me heen. Ik liet dat toe. Meneer Chervenick was weg.

'Maar nu voel je je goed,' zei ze. 'Weet je dat zeker?'

'Ik heb honger,' zei ik.

'Weet je wiens dochtertje dat was?'

'Haar naam zei me niets.'

'Ze was het meisje van Annie van Dorn. Annie, die ken je toch nog wel?'

Het was lang geleden dat ik voor het laatst aan haar gedacht had, maar nu dook ineens mijn vroegere verliefdheid weer op, gecombineerd met het beeld van het ruggelings wegdrijvende meisje. Terwijl mijn moeder vertelde, leek de Annie die ik gekend had te verdwijnen, en werd ze zoveel ouder dat ik me geen voorstelling meer kon maken van hoe ze eruitzag. Ik was nog steeds high en mijn gedachten gingen alle kanten op; als vanzelf bracht ik het verhaal van Annie in verband met dat van mijn moeder, met een man die weggaat en een kind dat zoekraakt.

'Ik zal een keer langs moeten bij mevrouw Van Dorn,' zei ze. 'Het zou fijn zijn als jij meekwam.'

Dat wilde ik wel, zei ik.

Mijn moeder vertelde me niets over hoe haar dag geweest was. Zonder iets te zeggen, reden we langs het huis van de familie Van Dorn – het was er donker – en ons eigen oude huis. Ik dacht aan Annie toen ze kwam oppassen, zoals ze met haar boeken en haar golvende haar uit de bestelwagen van haar vader sprong.

We kwamen aan op Foxwood en voor het uitstappen vroeg mijn moeder: 'Weet je zeker dat het wel met je gaat?'

'Ik heb haar maar een paar seconden gezien.'

'Dat is lang genoeg, bij zoiets als dit. Ik zou graag willen dat je iets voor me doet.'

'Wat?' vroeg ik. Ik was moe. Ik wilde eten en tv kijken.

'Ik heb volgende week een afspraak met dokter Brady, en ik wil graag dat je meekomt. Ik denk dat je hem wel aardig zult vinden. Hij is echt heel sympathiek.' Ze begon een heel verhaal op te hangen en ik wist dat haar besluit vast stond.

Ik gaf toe en zei: 'Nou goed.' Ze sloeg haar arm weer om me heen en daar zaten we, in het licht van de buitenlantaarn. Het voelde alsof ze me nooit meer wilde loslaten. Toen ze dat toch deed, zag ik dat ze gehuild had. Het was maar één traan, die ze met een gehandschoende vinger van haar wang veegde. Ze probeerde te glimlachen.

'Wat eten we vanavond?' vroeg ik, echt uit nieuwsgierigheid, en niet omdat ik dacht dat het haar aan het lachen zou maken.

De volgende dag na de lunch verscheen onverwacht de Nova van mijn vader voor de deur. Het was weliswaar zaterdag, maar we hadden niets afgesproken, en na die rampzalige vorige keer wist ik eigenlijk niet of hij me nog wel wilde zien, en ik hem. Tot mijn eigen verbazing was ik blij met zijn komst. Mijn moeder vroeg of hij binnenkwam voor een beker warme chocolademelk.

'Straks misschien,' zei hij aan de deur. 'Maar Arthur en ik moeten nu eerst aan de slag.'

Ik deed snel mijn jas en handschoenen aan, want ik wilde niet dat ze ruzie kregen. Mijn liefste wens was dat ze weer bij elkaar kwamen, maar als ze samen onder een dak waren, had ik altijd het gevoel dat er geweld dreigde, of beter gezegd, dat er een wankele vrede tussen hen heerste, zelfs als ze beleefd deden, zoals nu. Hoewel dat gevoel niet verdween als ik alleen me ze was, zag ik ze toch liever elk apart.

Mijn moeder kwam op de overloop staan om ons uit te zwaaien. 'Veel plezier,' riep ze.

'Waar gaan we naartoe?' vroeg ik toen we op de snelweg zaten.

'Wat denk je?' vroeg mijn vader.

'Pizza eten?'

Mijn vader lachte. 'Mis.'

'Dan weet ik het niet.'

'Wat is het liefste dat je zou willen op de hele wereld?' vroeg mijn vader.

'Autorijden,' zei ik.

'En dat is precies wat we gaan doen. Ik ga je rijles geven.'

'Hoezo?'

'Hoezo?' vroeg mijn vader, die deed alsof zijn neus bloedde. 'Omdat je het nog niet kan.'

Ik was niet echt boos op hem en liet het er maar bij zitten.

'Arthur,' zei mijn vader, en hij slaakte een zucht. 'Het is waar, je moeder heeft erover gebeld. Maar daar ben ik blij om.'

'Ik ook,' zei ik. Het was een wapenstilstand waar we geen van beiden veel vertrouwen in hadden. De weg klom omhoog en de Nova begon vaart te minderen. Mijn vader schakelde terug. Achter ons lag de stad in de kristalheldere kou te dampen.

'Ik ga verhuizen,' zei mijn vader. 'Heeft je moeder dat al verteld?'

'Nee.'

'Nou, dan vertel ik het je nu. Begin volgende maand krijg ik een andere woning, gemeubileerd en met een keuken.'

'Dat is fijn,' zei ik, maar dat was niet wat ik dacht. Ik wist niet wat dit te betekenen had, alleen dat ze het me beiden weleens eerder hadden mogen vertellen.

Ter hoogte van de high school ging mijn vader de weg af. We staken de brug over, draaiden de toegangsweg op en reden door tot aan het parkeerterrein. Die was leeg en in zijn geheel overdekt met een vers laagje sneeuw. Op de kappen van de straatlantaarns zaten meeuwen die bij de plas leefden en regelmatig deze kant op kwamen vanwege de vuilnisbakken die hier stonden. Mijn vader reed door tot op het midden van het parkeerterrein, zette de motor af en bood me zijn sleutelring aan. De ring lag op zijn vlakke hand, als een gevaarlijk insect.

'Ben je er klaar voor?' vroeg hij, en ik besefte dat ik voorlopig niet meer aan dat meisje kon ontkomen, noch aan degenen die meenden dat ze extra aardig voor me moesten zijn. Ik kon daar wel mee leven. Hoewel hun medeleven en mijn verdriet een beetje door elkaar liepen en geen verbinding aangingen, was het goed bedoeld. Ik wilde proberen dit geschenk te nemen voor wat het was.

Op zondag werd er in de stad een dienst gehouden voor Annies dochter, in de presbyteriaanse kerk die de Van Dorns vroeger bezochten. Ik moest mijn oude kostuum aan, met broekspijpen die veel te kort waren. De kerk zat boordevol. Mijn moeder beloofde dat we niet lang zouden blijven. Behalve mijn vader kende ik verder alleen Annie, die vooraan zat, zodat ik haar niet echt zag. Terwijl de predikant maar praatte en praatte, bedacht ik hoe eigenaardig de betrekkingen waren tussen mijzelf, het meisje en haar moeder; een vreemde, verborgen driehoeksverhouding. Toen we haar gingen condoleren, stond mijn vader achter ons in de rij alsof we nog altijd een gezin vormden. De mensen bleven even staan om Annies hand en die van haar moeder vast te houden en een paar woordjes te spreken. Ze zag er bijna net zo uit als in mijn herinnering: mooi, met stijl haar dat glanzend afstak tegen haar zwarte jurk. Mijn verliefdheid van vroeger kwam weer bovendrijven en raasde als een drug door mijn aderen. Terwijl ik wachtte tot mijn moeder haar woordje gedaan had, dacht ik aan Lila en kwam weer tot bezinning.

Annie zei dat ze me niet meer herkende. 'Met al dat haar,' plaagde ze.

'Het spijt me,' zei ik. Ik vroeg me af of iemand haar verteld had dat ik degene was die haar dochtertje gevonden had, maar bedacht toen dat het niet waarschijnlijk was. Het was voor haar van geen belang.

'Dank je, Arthur.'

'En mijn man Don zul je ook nog wel kennen,' zei mijn moeder, die over mij heen reikte om hem bij de elleboog te pakken.

'Maar natuurlijk. Hoe zou ik meneer Parkinson kunnen vergeten.'

Buiten stonden televisiecamera's. We liepen met zijn drieën naar het parkeerterrein, met mijn moeder en vader voorop, die over Thanksgiving spraken. In de auto vertelde mijn moeder dat we naar Pittsburgh gingen. Dat voelde niet als een overwinning.

Op maandag ontmoette ik Lily en Lila aan het begin van de oprijlaan. Ik had gedacht dat ze zouden beginnen over het meisje dat ik gevonden had, maar toen we achter elkaar de knisperende helling op liepen, ging het erover hoe achterlijk het was dat we de vrijdag na Thanksgiving gewoon naar school moesten. Zij zouden op bezoek gaan bij hun tante in York, die voor Harley-Davidson werkte. (Nee, zei Lily, haar tante reed zelf geen motor.) De hele zoektocht leek hun te zijn ontgaan. Misschien hadden ze geen tv en lazen ze de *Eagle* niet. Of misschien had het gewoon hun belangstelling niet. Ik wilde alleen met Lila zijn en haar erover vertellen, om te kijken of ze me wilde troosten, maar met Lily erbij was dat ondenkbaar, en toen we de bocht om gingen en Foxwood uit het oog verloren, bedacht ik dat het chiquer zou zijn als ze het van iemand anders hoorde. Ik zei ook niet tegen Lila dat ik haar het hele weekend wanhopig gemist had, of dat ik ons volgend jaar zomer samen in de Sky Vue drive-in-bioscoop zag zitten, op de achterbank van onze Country Squire. In plaats daarvan bleven we bij de poort staan wachten en deelden we een sigaret met zijn drieën, en toen de bus kwam, stapte ik in en liep direct door naar achteren.

Warren zat in het hoekje en had zijn capuchon zo strak mogelijk aangetrokken. Hij liet zijn ogen achter in hun kassen rollen en zijn tong uit zijn mond hangen.

'Zit niet zo te zieken, klootzak,' zei ik, waarna ik op mijn stoel

plofte en hem een por tegen zijn arm gaf om hem te doen ophouden.

'Nachtmerries gehad?'

'Ik niet,' zei ik, naar waarheid. 'En jij?'

'Eentje. Ik droomde dat we deze week elke dag muziekrepetitie hadden.'

'Dat is geen droom.'

'Nee, maar wel een nachtmerrie. Zeg, waarom stonden onze
namen niet in de krant? "Twee vrijwilligers", dat was alles wat er
stond.'

'Dat zijn wij,' zei ik, en ik zong de slotregel uit het liedje van
Jefferson Airplane: *We are volunteers of America.*

'Hé, Arty!' riep Todd Johnson van de andere kant van het
gangpad. 'Volgens Warren heb je in je broek gepiest van de
angst.'

'Vergeet het maar, Tojo.'

'Was ze helemaal slijmerig en vunzig?' vroeg hij, en hij trok
een vies gezicht. Ik merkte dat iedereen om ons heen gestopt
was met praten. Ik had gedacht dat ik plezier zou beleven aan dit
aspect van de roem, het navertellen, maar ineens wilde ik het er
niet meer over hebben.

'Nee,' zei ik, en ik haalde mijn schouders op. 'Ze was verdronken, dat is alles. Ik ken haar moeder nog van toen ik klein was.'

Zo ging het de hele dag door. Rond de lunch was ik het zat dat
anderen op me af kwamen in de verwachting dat ik wel even
mijn gemoed zou uitstorten. Ik at mijn kaastosti en keek omhoog naar de klontjes boter die aan het gaatjesplafond hingen.
Ik haalde mijn schouders op en vertelde dat ik Annie nog van
vroeger kende. Ze leken allemaal in mij teleurgesteld, alsof ik
een spelbreker was. Ik was opgelucht toen de bel ging en ik het
muzieklokaal in kon vluchten.

Het repeteren ging slecht die week, misschien omdat we de
vrijdag gemist hadden, zoals meneer Chervenick beweerde. We
hadden de moed opgegeven, zei hij; we moesten ons maar eens

bezinnen op de vraag of we eigenlijk wel een echt orkest wilden zijn.

'Jawel,' zei Warren naast me. 'Een heel slecht orkest.'

Op alle drie de dagen sneeuwde het en terwijl ik mijn stappen van vijfenzeventig centimeter zette en de omtrek van de tornado volgde, loerde ik naar de voetbrug, vanuit de overtuiging dat we een tweede kans zouden krijgen het meisje te vinden, dit keer levend.

Lila en Lily spraken er met geen woord over. Toen we woensdagochtend de bus zagen aankomen en de peuk lieten rondgaan voor een laatste trekje, zei ik te hopen dat het leuk werd in York.

'Wat ga jij doen?' vroeg Lila, en ik vertelde het haar.

'Jij ook een fijne tijd,' zei ze.

'Dat zal wel lukken,' zei ik, waarna ik mezelf in de bus wel voor mijn kop kon slaan vanwege mijn suffe antwoord.

Warren las mijn gedachten en schudde zijn hoofd, grijnzend. Hij had er een gewoonte van gemaakt haar Delila te noemen en met zijn vingers in mijn haar te knippen.

'Ik wil je er niet meer over horen,' zei ik. 'Hou je kop.'

Op Thanksgiving viel er een natte sneeuw en Armstrong hakte ons in de pan met 48-6. In de laatste minuten van de eerste helft stelden we ons netjes in het gelid op, achter de eindzone, klaar voor ons optreden. Als ons team won, zouden we mogen meedoen met het staatstoernooi in Philadelphia, maar we stonden al met drie touchdowns achter. De tribunes zaten vol teleurgestelde fans die met kleine, harde vlakgommetjes gooiden in de vorm van de Liberty Bell. Onze bladmuziek raakte doorweekt van de sneeuw.

'Dit is het moment van de waarheid,' zei meneer Chervenick om ons op te jutten. 'Nu moet blijken of jullie uit het juiste hout gesneden zijn.'

Onze tambour-maître blies drie keer op zijn fluit en we marcheerden het veld op. De tribunes werden leger; de mensen gingen naar de wc en naar de geïmproviseerde kraampjes waarvan de opbrengst ten goede kwam aan de Parent-Teachers Association. Het veld was er beroerd aan toe; in het midden was het gras verworden tot een koud, plakkerig slijk, en langs de zijlijn waren de zoden intact, maar bevroren. Warren liep naast me en toen de voorste rij trommelaars al bijna op het middenveld stond, gleed hij uit en viel op de grond. Tijdens de repetities hadden we geleerd om het te negeren als iemand het verknalde, want anders zou dat toch alleen maar de aandacht trekken, maar ik kon Warren niet zomaar in de modder laten liggen. Ik stopte om hem een hand toe te steken en de trombonist achter mij sloeg me tegen de grond. Ik wist dat de mensen op de tribune ons uitlachten, ook al werd dat overstemd door de klanken van 'Proud Mary'. In gedachten zag ik meneer Chervenick aan de zijlijn staan en wanhopig met zijn hoofd schudden, en het duurde even voordat ik overeind kon komen. Warren stopte me mijn pet toe, ik greep naar mijn instrument en samen renden we tussen de anderen door naar onze lege plek. Toen de muziek ons even een moment rust gunde, wierp ik een steelse blik omlaag. Mijn trombone was besmeurd, er hing een klompje gras aan het waterklepje, mijn uniform was geruïneerd... en het idiote was dat er ineens tranen bij mij opkwamen, al sloeg het werkelijk nergens op. Maar ik kon daar niet weg, want dan zou ik de symmetrie van de blazerssectie verstoren, en tegen de tijd dat we weer moesten invallen, had ik mezelf weer onder controle, al vroeg ik me af of iemand er iets van gezien had. Ik nam me voor om te zeggen dat het alleen de natte sneeuw was.

'Geen zorgen, Arthur, Warren,' zei meneer Chervenick toen we van het veld af kwamen. 'Het waren barre omstandigheden.'

'Het was kut-met-peren,' zei Warren.

'Weet ik,' zei meneer Chervenick. 'Maar wat doe je eraan?'

Toen ik thuis was en mijn moeder het uniform uit mijn gymtas haalde, zei ze: 'Maar je bent gevallen. Ach, liefje, heb je je pijn gedaan?' Ze had haar mouwloze blauwe jurk al aangetrokken voor het etentje, maar haar gezicht was nog niet opgemaakt.

'Waarom denk je toch altijd dat ik het niet aankan als er een keertje iets gebeurt?' vroeg ik. 'Ik ben volmaakt in orde.'

'Het lijkt me anders duidelijk van niet,' zei ze, maar in het voorbijgaan, terwijl ze naar de badkamer liep. We waren nog niet echt te laat, maar de roekeloosheid waarmee ze tussen de meubels doorliep, wees mij erop dat ons vertrek aanstaande was. 'Ik leg dit even in een sopje, want anders krijg ik het nooit meer schoon. Er is nu vast geen wasserette open.'

Terwijl zij water in de waskuip liet lopen, liep ik naar mijn kamer en ging daar op bed zitten. Mijn kleren voor het etentje lagen als een harnas voor me klaar. Een donkere broek, een wit overhemd. Een gestreepte das; vroeger kwam mijn vader altijd achter me staan om me daarmee te helpen. Ik trok de broek aan en ging weer zitten.

'Kleed je je om?' riep ze om me aan te sporen.

'Ja,' zei ik, terwijl ik op het bed ging liggen.

Een paar minuten later wierp ze een blik in de kamer. 'Ik ga nu weg, of je nu meekomt of niet. Er staat nog wel een restje kip in de koelkast.'

Ik trok het overhemd aan en stopte het in, rukte de pluizige grijze sokken over mijn enkels. Mijn nette schoenen waren te klein, zodat mijn tenen knelden. Ik liep de kamer uit en droeg de das als een slang voor me uit.

'Wat ben jij ineens netjes!' grapte mijn moeder. Ze pakte de das aan, maakte er een lus in en keek er eens goed naar. 'Oké,' zei ze, 'ik denk dat ik het nog wel weet.' Ze ging voor me staan, schoof de das om mijn nek, sloeg de flap kruiselings over de knoop, binnenlangs en erdoorheen. 'Til je kin eens op.' Ze trok de knoop strak aan en fatsoeneerde het boordje. Gedurende al die tijd zag ik haar staan in haar blauwe jurk; ik bedacht hoe mooi haar krachtige armen waren en vroeg me af wat mijn vader ervan zou denken.

'Je ziet er mooi uit,' zei ik.

'Dank je,' zei ze. 'We komen nog te laat.'

En inderdaad. Mijn grootouders, mijn tante en mijn vader zaten in de woonkamer en hadden hun eerste glas al bijna op. Mijn vader had zijn pak aangetrokken en leek een dunnere versie van mijn grootvader, die ik nooit anders gezien had dan in het pak. Mijn grootmoeder droeg een parelketting en mijn tante een vestje van kasjmier. Het hele huis rook naar een zware vleessaus en naast de staande klok stond een dure stereo waaruit de zacht vloeiende klanken van een strijkkwartet klonken. Mijn moeder, met haar blote armen en blauwe hakken, leek te opzichtig gekleed.

'Louise,' zei mijn grootvader. 'Wat wil je drinken?'

'Misschien een drupje scotch?' vroeg mijn moeder, die naar zijn glas wees. Ik zag dat zowel mijn tante als mijn grootmoeder witte wijn dronken.

'Arthur?' Hij vroeg dat op amicale toon, alsof we samen in zaken waren. Alsof ik naar iets anders kon vragen dan het gebruikelijke gemberbier.

Mijn moeder zat naast mijn vader op de bank, en ik in de hoek. Op de glazen tafel voor ons stond een bord met crackers en een soort smeerkaas, maar het was zo netjes in de kamer dat ik daar niet op durfde aan te vallen.

'En?' vroeg mijn tante. 'Hoe was de schoolreünie?'

'Leuk,' zei ik. 'Behalve dat we verloren hebben.'

'Wat jammer nou.'

'In de pauze ben ik nog onderuitgegaan in de modder.'

'Vertel,' zei mijn grootmoeder.

Ze namen allemaal nog een glaasje en daarna verkasten we naar de eetkamer. De tafel was gedekt met waterkaraffen, wijnglazen, kleine en grote vorken en lepels, het zilveren kommetje met suikerklontjes, die ik er als kind altijd uit gapte. Naast de stoel van mijn grootvader stond een wagentje op twee wielen, bestemd voor alles wat hij ons zou opdienen: de kalkoen, de aardappelpuree, de vulling, de gegratineerde doperwten, de raapstelen en de zilveruien in roomsaus. Er steeg rook op uit het luchtgaatje van de sauskom; aan weerszijden van de tafel stond een schaaltje van kristalglas met cranberrysaus. Terwijl mijn grootmoeder de kaarsen aanstak en de lampen dimde, stonden we allemaal achter onze stoel te wachten, op dezelfde plek waar we elk jaar met Thanksgiving en Kerstmis gestaan hadden. Mijn vader stond naast mijn moeder, klaar om haar stoel aan te schuiven. Ik moest aan Astrid denken, want haar stoel stond tegen de muur, ongebruikt. Dit jaar zou ik voor het eerst een beetje elleboogruimte hebben. Verder was alles als vanouds.

'Zullen we?' zei mijn grootvader, en we gingen zitten.

'Donald?' vroeg mijn grootmoeder.

We bogen ons hoofd.

Ik was er tamelijk zeker van dat ik niet in God geloofde – vooral op deze dag – en voor mij was dit een lastig moment van de maaltijd. Normaal gesproken weigerde ik mijn handen in elkaar te vouwen en 'amen' te zeggen, maar vanwege de stilte en de ernstige gezichten van mijn dierbaren kostte het me weleens moeite om me niet schuldig te voelen, en lichtelijk verdoemd. Nu mijn vader zijn gebed uitsprak alsof er niets veranderd was, nu hij met een lijstje kwam van alles waarvoor we dankbaar waren, bedacht ik een lijstje voor mezelf. Lila. Warren. Astrid, die weigerde met mijn vader te praten. Mijn moeder, die kennelijk nooit bij mijn grootouders in de smaak was gevallen. En ja, ook mijn vader, die ik nu voor de derde keer zag in twee maanden tijd, wat te danken was aan het stomme toeval dat ik een dood meisje in een afvoerkanaal had zien drijven. Ik wist dat niemand er vanavond over zou beginnen, en ik dacht aan Annie en mevrouw Van Dorn, die ook ergens Thanksgiving vierden. Mijn moeder had nog geen tijd gehad om bij hen langs te gaan. Ik keek de tafel rond en had het gevoel dat wij – mijn moeder en ik – niet hier thuishoorden, waar we niet langer welkom waren, maar bij hen, waar dat ook was. Het was eerder een wens dan een gebed, iets nogal onnozels.

'En bovenal,' zei mijn vader, 'danken wij U, die ons heeft samengebracht.'

'Amen,' zeiden we allemaal.

ACHT

De cameraploegen komen midden op de dag, als het licht goed is, en Brock kan ze niet tegenhouden. De televisiestations uit Pittsburgh zijn zo attent om een eindje verderop langs de weg te gaan staan, maar het lijkt wel of er om de andere dag een ploeg is uit Erie of Wheeling die doorrijdt tot aan het huis. Het is de tijd van het jaar, denkt Brock; de mensen hebben vrij en iedereen wil er het fijne van weten. Hij heeft Annie op tv gezien, hoe ze vanachter een gordijn naar buiten loerde. De camera's die met hun lenzen over de besneeuwde bomen strijken. Naar het journaal kijken ze niet meer, en ze hebben de bezorging van de *Eagle* stopgezet.

De politie komt elke dag langs om telkens dezelfde verklaring van Annie af te nemen, en daarna maken die lui een wandeling rond de plas en als ze een mogelijke aanwijzing zien, zakken ze op hun hurken. Brock is twee keer verhoord en beide keren heeft hij volgehouden dat hij in het winkelcentrum was om inkopen te doen voor Kerstmis. Hij laat ze de zak met speelgoed zien die in de kast ligt, en als hij de barbie ziet die nog in de doos zit en inderdaad voor Tara bedoeld was, realiseert hij zich hoe groot zijn leugen is en hoe klein hij is van geest. De inspecteur lijkt hem te geloven, hoewel hij er beide keren bij zegt dat ze later misschien nog eens willen verhoren. Brock begint over de cameraploegen, maar de inspecteur zegt dat ze daar niets aan kunnen doen; het is een openbare weg.

Annie heeft een verzoek ingediend om Glenn een straatverbod op te leggen. Na de herdenkingsdienst heeft hij haar bedreigd, hij zei dat hij niets meer te verliezen had, dat ze hem alles had ontnomen. Hij was niet dronken geweest, maar wel totaal van de kook; hij had zich volkomen belachelijk gemaakt. Het draaide erop uit dat Brock hem daar in de gehuurde limousine een afranseling moest verkopen, waar iedereen bij was. Als het avond wordt, komt hij altijd weer opdagen; hij zit zich in de stuurcabine te bedrinken en roept hun van alles toe. 'Ongeschonden zal ik dit hellevuur doorstaan,' brult hij. 'O, Heer, ontferm U over de rechtvaardigen en vel Uw oordeel over de goddelozen.'

Annie verliest haar zelfbeheersing, gaat op het trapje staan en roept: 'Klootzak! Laat me met rust!' Als Brock thuiskomt, zit ze op de bank, uitgeput, met de revolver van haar vader in haar hand geklemd.

Brock belt de politie, die komt om Glenn te arresteren en op te sluiten voor de nacht. De volgende avond is hij terug en na twaalf flesjes bier is hij een en al godvrezendheid. Hij heeft ontslag genomen en is bij zijn ouders vertrokken. Annie vraagt zich af of Brock niet beter thuis kan blijven van zijn werk.

Voor het geld hoeft hij het niet te doen. Dat hebben ze zat. Met de post komen cheques uit verafgelegen staten, kinderen sturen hen briefjes van één dollar, muntgeld dat op systeemkaarten is geplakt. De meeste afzenders bieden hun condoleances aan, maar er zijn ook een paar anonieme brieven bij van mensen die hen ervan beschuldigen dat ze Tara vermoord hebben, of dat Annie het in haar eentje gedaan heeft, met allerlei gruwelijke details, als een detective op tv die er plezier in heeft een moordzaak uit de doeken te doen. Er zijn ook snoeshanen bij die net zo schrijven als Glenn praat, vindt Brock. In hun beverige handschrift geven ze te kennen dat haar dood de wil van God is, als boetedoening voor hun zonden. Ze vergelijken Annie met Eva. Brock vraagt zich af wie hij in dat geval is. Gezien de poststempels komen die brieven uit alle windstreken; sommigen zetten er zelfs gewoon hun naam onder. Hij vindt het ongelofelijk dat zoveel verschillende mensen dezelfde idiote dingen beweren.

'Ach ja,' zegt de inspecteur, die ze toevoegt aan zijn uitpuilende bruine envelop, 'het wemelt van de gekken.'

Maar Brock wil niet thuisblijven. Hij vindt het vreselijk om Tara's kamer te zien, de roze verf en de kleine sprei met hartjes. Hij heeft niet om haar gehuild, en dat zit hem niet lekker. Hij vindt dat hij moet rouwen, maar als hij een televisiereclame ziet met Pino of een vroegwijs kindsterretje, voelt hij alleen woede, gevolgd door schaamte. Hij houdt zichzelf voor dat ze dood is, dat ze voorgoed weg is en nooit meer terug zal komen. Het is alsof hij het weigert te geloven, maar het is waar en hij wil dit niet uit de weg gaan. De oude mensen die hij verzorgt in het tehuis leiden daar zo'n geïsoleerd leventje dat ze met hem omgaan alsof er nooit iets gebeurd is, en dat bevalt hem wel. Hij vindt het fijn om zijn lunchpauze door te brengen met Tricia en Neil Young, hij houdt van haar manier van lachen, haar zware borsten. Thuis zou hij niets omhanden hebben. Hoewel ze een ander nummer hebben gekregen, houdt de telefoon niet op met rinkelen; ze trekken de stekker eruit en zodra ze die er weer in steken, gaat hij af, als een bom. Om daaraan te ontsnappen, gaat Annie elke dag naar haar moeder. Ze zitten daar de hele middag te praten; als Brock langs haar moeders huis rijdt, ziet hij haar auto op de oprit staan en dan weet hij dat hij weer voor het eten moet zorgen. Een instanthamburgermenu, of tonijn met noedels uit de oven. Hij kan haar dat niet kwalijk nemen, dat begrijpt hij best. En dat doet hij ook niet. Hij voelt zich schuldig, en daarom maakt hij zich zorgen dat ook Annie zich schuldig voelt, als moeder, en dat ze zich straks niet alleen voor hem afsluit, maar voor de hele wereld. Haar enkel is genezen, maar ze is nog niet aan het werk. 's Avonds ligt ze op de bank naar comedyseries te kijken, en intussen schranst ze koekjes van Archway. Brock krijgt de zenuwen van dat ingeblikte gelach. Ze gaat vroeg naar bed en hij heeft ervaren dat hij daar maar beter niet achteraan kan gaan. Ze slikt medicijnen. Sinds Tara er niet meer is, hebben ze niet meer gevreeën. Hij heeft het erover gehad met Tricia. Hij heeft zelfs al overwogen om Barb te bellen.

De vrijdag na Thanksgiving krijgt hij zijn looncheque en onderweg naar huis gaat hij die innen, want hij wil een of twee flessen wijn in huis halen. Misschien dat het misloopt, maar als hij zijn doel niet bereikt, zal hij er in elk geval nog een plezierige roes aan overhouden. Hij loopt een drankwinkel binnen en pakt twee flessen Almaden Mountain Rhine van de plank, de witte wijn die ze lekker vindt. Het sneeuwt en Brock legt het plastic tasje op de zitting naast hem, zodat de flessen niet gaan rollen. Als Glenn er staat, dan is hij daar klaar voor. Onder zijn stoel ligt een breekijzer van tweeënhalve centimeter dik; daar kun je iemands arm mee breken.

Maar de wegen rond het huis zijn uitgestorven. De dag loopt al ten einde; net als hij op het huis af rijdt, springen de lampen van de watertoren aan. De Maverick staat op de oprit; er is een stuk plastic over het gebroken ruitje gespannen, vastgemaakt met plakband. Pas als hij zijn auto erachter zet, ziet hij dat de voordeur openstaat en de gang van het huis donker is.

Brock rent door de tuin en neemt het trappetje met twee soepele sprongen. Alleen boven het fornuis brandt licht. Op een stuk aluminiumfolie ligt een bloederige klomp hamburgervlees te ontdooien.

'Annie?' roept Brock, en hij rent naar de slaapkamer. Het is daar een klerezooi, net als in de kamer van Tara; en dan te bedenken dat de volgende week de Kinderbescherming langskomt.

Een routinekwestie, zegt de inspecteur, maar Brock vindt het van weinig kiesheid getuigen. Het was een ongeluk. Annie kon het niet helpen.

Ze is niet binnen. Haar laarzen zijn weg, haar jas, zelfs haar handschoenen. Hij trekt de voordeur achter zich dicht en blijft op de veranda staan. In de tuin ligt afval van de mensen die ge-zocht hebben, vastgevroren in de sneeuw. Het vat dat de politie gebruikt heeft om een vuurtje in te stoken, staat nog altijd achter aan de weg, recht voor het bospad dat naar de plas leidt.

Brock loopt onder de blauwe gloed van de watertoren de weg af, op zoek naar sporen. Er zijn te veel oude voetafdrukken. Hij vindt het onvoorstelbaar dat er zoveel mensen waren die geen van allen iets konden uitrichten. Ze zal het hem nooit verge-ven dat hij die dag zo laat was. Hij loopt het bospad op, begeeft zich tussen de bomen. Hij is opgegroeid bij zijn tante in de stad, en de stilte benauwt hem een beetje. Boven hem tjirpt een eek-hoorn, druk bezig met een moeizaam verworven eikel. Brock vraagt zich af of Annie een stommiteit zou kunnen begaan. Gezien haar driftbuien was dat zeker niet uit te sluiten. Hij komt langs de aarden wal met de besneeuwde schuttingpalen en volgt het pad naar de top van de heuvel, waar hij de omgeving overziet.

En dan ziet hij haar, onder hem, een zwarte gestalte, midden op de plas. Ze zit op het ijs te roken; de gloeiende as is als een ster in het donker. Brock is opgelucht en tegelijk zakt de moed hem in de schoenen; hij heeft genoeg van haar ellende. Hij vindt het vreselijk van zichzelf dat hij zo ongeduldig is. Net als al degenen die hebben meegezocht, kan hij niets voor haar doen.

Hij zwaait, maar ze kijkt niet op, en hij baant zich voorzichtig een weg naar beneden. Dan staat hij aan de oever en hij weet zeker dat ze hem kan zien. Maar ze doet net of hij er niet is en hij zet één voet op het ijs. Aan de rand is het zacht en zijn teen gaat erdoorheen. Hij zet een stap terug, met een kletsnatte voet. In dit licht is het moeilijk te zien waar het ijs begaanbaar is.

'Annie,' roept hij.

Ze drukt haar peukje uit, kijkt niet op.

'Annie, alsjeblieft.'

Hij loopt langs de oever, probeert het hier en daar, en als hij een plek vindt waar het ijs hard lijkt, gaat hij er voorzichtig op staan. Het kraakt niet en buigt ook niet mee. Hij houdt zichzelf voor dat het moet kunnen, gezien de vorst van de laatste dagen. Zijn werkschoenen met rubberen zolen zijn hier niet op gemaakt. Met kleine stapjes gaat hij op haar af; haar donkere contouren raken langzaam gevuld. Ze zit naar voren met haar handen onder haar oksels, turend tegen de wind in.

Brock gaat naast haar op het ijs zitten. Zijn broek vriest meteen vast.

'Heb je het niet koud?' grapt hij.

Annie draait haar hoofd en kijkt hem aan, geeft er voor het eerst blijk van dat ze zijn aanwezigheid heeft opgemerkt. Ze werpt een blik op het ijs en daarna op het bos. Een vlok blijft aan een van haar wimpers hangen en ineens weet hij weer waarom hij zijn hele hebben en houwen met Barb voor haar had opgegeven.

'Ken jij een zekere Patricia Farr?'

Zelfs in deze kou voelt Brock zijn hele hoofd warm worden. De inspecteur, denkt hij. Wat een klootzak. 'Dat is een meisje bij mij op het werk.'

'Lag je met haar te neuken toen het gebeurde?'

'Ze is dik,' zegt Brock, alsof dat er iets toe doet, en meteen schaamt hij zich. Zijn tante had gelijk: hij verraadt iedereen.

'In Susan's Motel.'

'Op dat moment deed ik kerstinkopen.'

'Was het dezelfde kamer?' vroeg Annie. 'Heb je wijn over haar heen gegoten en het in de badkuip gedaan, net als met mij?'

'Nee,' zegt Brock, maar alleen omdat een ander antwoord ondenkbaar is. 'Laten we naar binnen gaan.'

'Nee,' zegt Annie.

'Ik heb nooit gezegd dat ik zou blijven.'

'Dan kun je nu gaan,' zegt ze. 'Dat wil je immers. En ik ook.'

Na twintig minuten komt hij overeind en gaat rondjes lopen. Hij is nog niet half zo warm gekleed als zij, maar lijkt immuun voor de kou. Het is donker. De wind blaast door de bomen en het verkeer op de snelweg neemt af. Het is vreemd, denkt Brock, maar hij is niet meer bang om door het ijs te zakken.

Het is halftwee en Rafe moet morgen werken. Hij hoopt dat Glenn, die al drinkt sinds hij op borgtocht vrij is, nu snel van zijn stokje gaat. Rafe kan weer dokken, maar dat vindt hij niet erg. Zijn ouders hebben hem geld en het huis nagelaten, en waar moet hij het anders aan besteden? Glenn is zijn kameraad, een prutser, net als hij. Anderen zullen geen hand naar hem uitsteken.

Ze zitten in de keuken, slaan het ene na het andere glas Jack Daniel's achterover en spoelen dat telkens weg met Duke-bier. Bomber ligt boven te slapen. In de kamer ernaast klinkt 'Bell Bottom Blues' van Derek and the Dominos, de band van Eric Clapton. Glenn zit maar wat te brabbelen; hij lacht om zijn eigen grapjes en murmelt zijn religieuze geleuter. Rafe houdt hem alleen gezelschap; voor elke twee borrels van Glenn drinkt hij er één en intussen houdt hij de klok in de gaten. De tafel is plakkerig en ligt vol met sigarettenpeukjes en pindadoppen, het advertentiekatern uit de zondagskrant. Glenn heeft al een paar keer zijn glas omgestoten. Een paar uur geleden hadden ze het avondeten al eens ter sprake gebracht, en nu heeft Glenn honger.

'We moeten straks wel iets te kotsen hebben,' zegt hij. 'De Burger Hut is tot elf uur open.'

'Glenn, mijn beste, het is halftwee in de ochtend. Alles is dicht, man.'

'Krijg de tering.'

I don't want to fade away, zingt Clapton. *Give me one more day please.*

Rafe neemt een kijkje in het keukenkastje. 'Er is soep. Tomatensoep, kip met vermicelli.'

'Soep,' zegt Glenn. 'Ik wil iets om op te kauwen, niet een of andere kuttige soep. Weleens vermicelli gekotst?'

'Iets anders hebben we niet.'

'Waarmee voedde Jezus de grote schare?' Zo nu en dan kan Glenn losbarsten in een oeverloze parabel; Rafe wordt er helemaal gestoord van. Het is nog erger als hij midden in de kamer op zijn knieën zakt. Rafe begrijpt dat hij volkomen van de wijs is vanwege Tara en houdt hem goed in de gaten, voor het geval hij er weer een eind aan wil maken. Soms zegt Glenn dat hij naar de apotheek moet voor een nieuwe dosis medicijnen, maar Rafe heeft hem nog nooit zijn pillen zien slikken. Ook weet hij niet waar Glenn overdag uithangt. Toen hij eerder die week thuiskwam, zat Glenn op precies dezelfde plek als nu, doorweekt van kop tot teen, met druipende kleren en laarzen die onder de modder zaten. Toen Rafe vroeg wat er gebeurd was, vertelde Glenn dat hij geprobeerd had naar huis te gaan, maar ze wilden hem daar niet. Dat was het enige dat hij erover kwijt wilde en Rafe zag een wezenloze blik in zijn ogen die hem vertelde dat hij er maar beter niet op door kon gaan. Glenn heeft tijd nodig, denkt Rafe, net als hij toen zijn moeder was gestorven.

'Vis, of iets dergelijks. Weet ik veel. We hebben hier geen vis.'

'Sodemieter maar op,' zeg Glenn. 'Ik heb toch geen honger.' Hij legt zijn hoofd op zijn armen.

I don't want to fade away, jammert Clapton.

'Kom op, man. Laat ik je naar bed brengen.'

'Nog een laatste neut,' zegt Glenn. Hij tilt zijn hoofd op en schenkt in tot het glas overloopt. De whisky kleurt de miniadvertenties donker. 'Doe je mee?'

'Ik moet morgenochtend werken.'

'Je doet mee. Hierzo.' Hij staat op, wankelend, en al morsend strompelt hij de kant van Rafe op.

'Kijk nou uit wat je doet, man.'

Glenn kijkt omlaag. 'Sorry, man. Kut zeg, het is de vloer maar.'

'Het is de vloer van mijn moeder.'

'Het spijt me, oké?' Glenn pakt het krantenkatern van tafel en zwabbert daarmee in de richting van de gemorste whisky. 'Zo.

En nu drinken. Hierzo.' Hij geeft Rafe het bijna lege glas, grijpt naar de hals van de fles en zet hem ondersteboven aan zijn lippen. Rafe ziet zijn adamsappel klokken; er zit nog een bodempje in en Glenn wil hem leegdrinken. Rafe wil de fles van hem afpakken, maar doet het niet. Het is gemakkelijker zo.

Glenn slaat alles naar binnen en zet de fles met een klap op het aanrecht. 'Tering tyfus, die is doodgeslagen.'

'Oké, man. Tijd om te gaan pitten.' Rafe draait hem met één hand de andere kant op en duwt hem in de richting van de deur. Glenn zigzagt, begint te slingeren alsof de whisky nu pas toeslaat en knalt met zijn hoofd tegen de deurstijl. Hij valt achterover, in de armen van Rafe.

Glenn moet lachen. 'Dat voelt best lekker,' zegt hij, en voordat Rafe hem ervan kan weerhouden, pakt hij de deurstijl, zet zich af en ramt er dan met zijn voorhoofd op in, met een kracht alsof hij met een hamer op een spijker slaat. Het is geen grap; hij wil ermee doorgaan. Van boven klinkt dreigend geblaf van Bomber.

Rafe worstelt om Glenn de hal in te krijgen en samen, met elkaar verstrengeld, duiken ze op de grond. Glenn verzet zich niet meer. Terwijl er een druppel bloed over zijn voorhoofd omlaag loopt, kijkt hij op naar Rafe, die hem op de grond drukt.

'Glenn. Man, wat doe je nou?'

'Geen idee,' zegt Glenn, die glimlacht, oprecht verbaasd. 'Wat doe ik nou?'

'Man,' zegt Rafe, die moet hijgen vanwege de worsteling, 'man,' maar hij weet niet wat hij moet zeggen. 'Dit kun je niet maken, man.'

May maakt Tara's bed op, stopt de sprei in rond het katoenflanellen kussentje, zet Winnie de Poeh aan de ene kant en haar grote konijn aan de andere kant. Nijn-nijn. Ze loopt naar de plank en zet de ruggen van de boeken recht. *Goodnight, Curious George, Where the Wild Things Are.* May slaat een boekje van

Dr. Seuss open en bladert, verbaasd dat ze de rijmpjes nog uit haar hoofd kent.

> *In het donker*
> *bij de zee*
> *vonden we hem*
> *en namen hem mee*
> *namen we hem mee naar huis*
> *want mijn moeder is niet thuis*
> *als die hem ziet*
> *mag het niet.*

May zet het boekje terug op de plank. Ze heeft hier geen tijd voor. Nog twintig minuten en dan komt de mevrouw van de kinderbescherming. May zou het niet eens geweten hebben als Brock niet gebeld had. Annie lijkt zich er niet druk om te kunnen maken. Ze ziet die inspectie als een belediging en weigert er iets voor te doen. May is de hele ochtend bezig geweest met het schrobben van de keuken en de badkamer en intussen heeft Brock gestofzuigd. Dat kwam als een schok; May had die zorgzaamheid nooit achter hem gezocht. Hij is speciaal voor de gelegenheid naar de kapper gegaan, en hij heeft een ribbroek en een net overhemd aangetrokken. Ze hadden het zo met elkaar geregeld dat ze Annie naar de winkel stuurden voor melk en verse groente, om de koelkast een goed gevulde indruk te geven. Annie leek blij dat ze de deur uit kon. Ze is nu net terug en zit beneden op de bank naar haar soap te kijken. May zou willen dat ze iets anders had aangetrokken dan haar spijkerbroek – een broekpak of zo – en dat ze zich een beetje had opgemaakt. Het is die lui ernst.

'Wat kunnen ze me dan nog maken?' had Annie haar gevraagd, en May wist daar geen antwoord op. Het slaat nergens op, nu Tara er niet meer is. May is er zelf ook boos om, maar ze kan het niet hebben dat er nog iets met Annie zou gebeuren.

May tilt de wasmand op en zet die naast het dressoir van Tara op de grond, om de kleren te gaan opbergen die ze bij haar thuis gewassen heeft. Sokjes, onderbroekjes, broekjes met tierelantijnen, maillots, tuinbroekjes, colletjes, sweatshirts. Er zitten kleren bij die May voor haar gekocht heeft, koopjes uit het winkelcentrum. Ze herkent cadeautjes voor haar verjaardag, voor de kerst. Straks gaat het allemaal naar de kringloopwinkel, denkt ze. Ze zet de schoentjes naast elkaar in de kast, trekt de jurkjes op de hangers recht. Als ze klaar is, blijft ze nog even met de lege wasmand voor de geopende kastdeur staan kijken. Het is echt een leuke kinderkamer. Ze herinnert zich hoe Annie en Glenn de muren schilderden en het tapijt legden. May had hun het ledikant uitgeleend dat Charles voor Raymond gemaakt had, en waarin later ook Dennis en Annie sliepen. Dat was nog geen vier jaar geleden, denkt May. Hoe heeft het zo ver kunnen komen?

'Daar is ze,' roept Brock van beneden.

'Dat is vroeg,' klaagt May, en ze haast zich met de wasmand de trap af. Die mand is van haar en ze weet niet waar ze hem moet laten. Ze was ervan uitgegaan dat ze nog tijd genoeg had om hem in de auto te zetten.

Buiten komt de vrouw de oprit op gereden. Een grote zwarte Galaxie 500 met witte zakelijke letters op het portier, te klein om te kunnen lezen. Brock neemt de wasmand van May over en dendert de trap op.

Annie doet met tegenzin de tv uit, alsof dit niets met haar te maken heeft.

'Probeer beleefd te blijven,' zegt May.

Annie loopt langs haar heen naar de deur en trekt die open, wacht tot de vrouw het gazon is overgestoken. Voor May is ze een onbekende. Ze heeft donker gepermanent haar en is jong, vóór in de dertig, met een dure wollen jas die tot aan haar kuiten reikt en een grote zwarte handtas. Ze heeft een documentenkoffertje bij zich en als ze bij de veranda aankomt, ziet May dat haar handschoenen van echt leer zijn, met barstjes bij de knokkels. Als ze 'hallo' zegt, houdt ze de 'o' te lang aan. Uit Pittsburgh, denkt May. Zal wel gestudeerd hebben.

Haar naam is Sharon. Ze doet haar handschoenen uit om hun de hand te schudden. Een enkele zilveren armband, elegant. Brock stelt zich voor zonder te zeggen wat zijn relatie is tot Annie. Hij neemt haar jas aan en hangt die in de kast. Daaronder draagt ze een mosterdgeel topje, een zwarte rok, een donkere maillot en modieuze kniehoge laarzen. Vergeleken met haar ziet Annie er beroerd uit.

'Voor het moment wil ik alleen jou spreken,' zegt Sharon, en Annie gaat haar voor naar de keuken. May loopt erachteraan en vraagt of Sharon koffie wil. Ze zegt: ja, lekker. May heeft het gevoel dat ze het goed aanpakt. Ze heeft koekjes gebakken en zet ze tussen hen in op tafel. Ze wacht tot de koffie is doorgelopen en luistert mee.

Sharon opent haar koffertje en begint formulieren in te vullen, waarbij ze Annie een aantal eenvoudige vragen voorlegt. May heeft Annie gevraagd om niet te roken, maar nee, ze moet er meteen weer eentje opsteken en zwaait met haar sigaret in het rond, terwijl ze zich van elke vraag kort afmaakt. May herkent dat toontje; Annie heeft nu al haar belangstelling verloren. Sharon concentreert zich op haar administratie en lijkt het niet op te merken.

'Voor de wet zijn we nog steeds getrouwd,' zegt Annie. 'Vijf jaar in augustus.'

'En de naam van je dochter?'

'Tara. Tara Elizabeth.' May bespeurt een verandering in de manier waarop ze dat zegt, een verharding.

'Geboortedatum?'

May kent alle antwoorden.

'Goed,' zegt Sharon, die haar formulier compleet heeft. 'Dat hebben we gehad.' Ze scheurt hem langs een perforatie in twee-en en legt beide helften terzijde.

De koffie is klaar, maar May wil blijven. Ze staat aan het aanrecht met haar rug naar de tafel en wacht op wat komen gaat.

'Mevrouw Van Dorn?' vraagt Sharon. 'Ik ben bang dat de rest van het gesprek vertrouwelijk van karakter is, dus als u het niet erg vindt...'

'Nee,' zegt May, 'ik wilde net gaan inschenken.'

Annie staat op. 'Ga jij maar, mam.' Ze neemt de bekers van haar over en schenkt in met één hand op het deksel.

May heeft nog geen stap verzet.

'Het is al goed,' zegt Annie, en May ziet wel in dat ze gelijk heeft, dat deze vrouw haar niets zal kunnen maken.

'Ik ben in de woonkamer,' zegt May, maar zelfs dan aarzelt ze nog even en tijdens het weglopen werpt ze een blik over haar schouder alsof Annie haar misschien nog nodig heeft.

De eerste dag dat Annie weer aan het werk gaat, moet ze een zondagsbrunch verzorgen. Dat is een gemakkelijke dienst, met een lopend buffet. Ze hoeft alleen maar de drankjes te noteren en zo nu dan een warmhoudbak met worstjes naar de gedekte buffettafel te sjouwen. Er komen gezinnen die nog op de kerkgang gekleed zijn, meisjes die zijn uitgedost in bloesjes met doorzichtige mouwen, jongens met fluwelen knickerbockers. Annie buigt zich naar hen voorover en hoort ze vragen naar cranberrysap en cola.

'Wat zeg je dan?' dringen hun moeders aan.

'Alstublieft.'

Als Annie achter de bar staat, zet ze de glazen naast elkaar op het dienblad, in dezelfde rangschikking als aan tafel: champagnecocktail, witte wijn, wodka-jus, champagnecocktail, cola, bier, champagnecocktail, bloody mary, bloody mary. Het is alweer even geleden en ze maakt fouten, biedt haar excuses aan en ruilt drankjes om. Als Barb hier was, zou ze Annie ermee geplaagd hebben, maar de andere meisjes negeren het. In de personeelskamer weten ze niets anders te zeggen dan dat het hun spijt, dat ze blij zijn dat ze terug is. Annie weet dat het alleen uit bezorgdheid is. Ze willen haar geen pijn doen.

In het restaurant voelt ze dat de leden van de Country Club naar haar kijken, dat ze zich afvragen waarom ze niet thuis is en wat ze zouden doen als hun zoiets zou overkomen. Een oudere dame aan een tafeltje in de hoek die ze al maanden bedient, grijpt naar haar pols en zegt: 'Ik zou willen dat ik iets te zeggen wist.'

'Dank u,' zegt Annie, om haar zo ver te krijgen dat ze loslaat.

Het is niet alleen maar ellende. Het blijft druk; rond halftwee komt een nieuwe lichting binnenzetten. Annie dwingt zichzelf om mee te gaan in het ritme van klaarzetten, opdienen, afruimen en dan weer klaarzetten. Het is anders dan thuis, waar ze de hele dag aan niets anders kan denken. Het gebeurt maar af en toe dat ze even van de wijs is gebracht en uit gewoonte denkt ze dat ze straks Tara moet oppikken bij haar moeder.

Als ze pauze heeft, rookt ze in haar eentje een sigaret op de laad- en losplaats, met gekruiste armen tegen de kou. Het benedendeel van het parkeerterrein is leeg en met sneeuw overdekt en daarachter strekt zich een fairway uit, een witte laan met aan weerszijden bomen. Op de weg rijdt een auto voorbij en ze denkt aan de zondagen dat Barb hier stond te paffen terwijl zij en Brock in Susan's Motel zaten. Zodra ze sterk genoeg is, zal hij bij haar weggaan; dat weten ze allebei. In zijn ogen is de strijd al half gewonnen; de kinderbescherming heeft haar van elke blaam gezuiverd. Hij zal nooit weten hoe het is om kinderen te hebben, denkt ze. Hij doet beleefd, gaat niet tegen haar in, probeert aardig te blijven. Annie vraagt zich af wat ze nu eigenlijk in hem zag. Iemand om te neuken. Ze rookt de Marlboro tot aan de lettertjes en mikt hem dan van het plateau in de sneeuw, kijkt toe hoe hij daar een gaatje brandt. Ze is niet sterk genoeg, denkt ze, en misschien zal ze dat ook nooit worden. Hij mag gaan. Uiteindelijk doet hij dat toch wel. Ze loopt naar het toilet, duwt een staafje kauwgom in haar mond, fatsoeneert haar kapsel, en is weer klaar om haar publiek tegemoet te treden.

Ze heeft nog geen tijd gehad om de Maverick naar de garage te brengen. Als ze naar huis rijdt, gaat het plastic in het raampje bol staan en drukt het tegen haar schouder. Zelfs met de verwarming in de hoogste stand is het stervenskoud. Het wordt tijd dat ze zich weer eens om dat soort kleine dingen gaat bekommeren. Ze wordt al doodmoe als ze eraan denkt. Ze moet onder een brug door en stelt zich voor dat ze het stuur prijsgeeft en de auto op de pijler loslaat. Ze zou gewoon haar handen op schoot kunnen leggen, haar ogen kunnen sluiten en dan plankgas. Maar dat doet ze niet. De brug, beklad door tieners – '*Joann I love U 4ever Dave*' – raast boven haar langs. Intussen is ze zich af gaan vragen wat ze die avond met het eten doet.

Als ze thuiskomt, is Brock bezig gevulde kip met barbecuesaus te maken, uit een pak. De Steelers hebben weer gewonnen. Op de salontafel staan drie lege bierflesjes, een weinig subtiele hint dat hij niet naar Susan's Motel gegaan is voor zijn Patricia. Hij kan het net zo goed laten; volgens de inspecteur doen ze het in de lunchpauze. Hij heeft haar een foto van het meisje laten zien. Ze heeft een onderkin en kroeshaar. Annie kan er met haar verstand niet bij.

'Hoe ging het op je werk?' vraagt Brock.

'Goed,' zegt Annie.

'Ga je morgen weer?'

'Ik heb gezegd van wel.'

'Ik vroeg me af hoe jij je zou voelen na vandaag.'

'Ik ben moe,' zegt Annie, die op de bank neerploft. 'Het voelt alsof ik werk verzet heb.'

'Mooi,' zegt Brock, overdreven opgewekt. Hij komt de kamer binnen met een ovenwant waarmee hij een vleesvork vasthoudt. 'Dat is goed nieuws.'

'Alsjeblieft,' zegt Annie, 'hou op met die lulkoek en doe een beetje normaal.'

Ze kan zien dat Brock uit zijn vel zou willen springen, maar dat hij zich inhoudt vanwege haar. Ze weet niet wat erger is, dat hij doet alsof er niets gebeurd is of dat hij medelijden met haar heeft.

In de daaropvolgende week draait ze elke dag dagdienst en daarna is ze op tijd thuis om eten klaar te maken. Ze leest de post, schrijft bedankbriefjes aan de mensen die haar een cheque hebben gestuurd. Op zaterdag, als de Maverick bij de garage is, neemt Brock haar en haar moeder mee om kerstinkopen te doen. Kerstmis is nog twee weken te gaan en het winkelcentrum is tjokvol. Ze ziet overal kinderen, hoort hun gekrijs uit de amusementshal. Ze negeert de mensen die haar nawijzen. Het enige dat haar dwarszit, is de rij kinderen die staat te wachten voor de Kerstman. Er is een meisje bij dat Tara's jas aanheeft. Ze moeten stoppen en omdraaien, en ze duiken een restaurant in, de Potato Patch, zodat Annie even kan uitblazen.

'Het is misschien beter om te gaan,' zegt haar moeder tegen Brock. 'Dit was misschien niet zo'n goed idee.'

'Maak je om mij geen zorgen,' zegt Annie. 'Ik moet alleen iets eten.'

Haar moeder kan er maar niet over uit hoe lekker de taco's zijn, maar ze lopen niet meer terug langs de nagebouwde Noordpool. Het is goed, bedenkt Annie, dat ze nog niet alles aankan. Het is een stukje van Tara dat ze niet te gemakkelijk wil kwijtraken.

Op haar vrije dag rijdt ze naar de begraafplaats, zet haar auto langs de kant van de weg en loopt een eindje terug, tussen de grafstenen door. Haar moeder heeft voor hen allemaal een plekje gereserveerd – voor zichzelf, Annie, Raymond en Dennis – al denkt ze niet dat ze daar gebruik van zullen maken. Tara ligt naast Annies vader. Er staat een ingemetselde vaas voor zijn graf. Annie heeft overwogen ook voor Tara zo'n vaas te laten neerzetten, maar haar moeder raadde het haar af.

'Als het waait, heb je er niets aan,' had haar moeder gezegd, en inderdaad, er was maar een licht briesje voor nodig en dan kieperden de bloemen al ondersteboven op de grond. Toch heeft Annie een boeket bij zich en ze gebruikt haar vingers om de sneeuw rond de stelen aan te drukken. Ze heeft anderen gezien die alleen zijn en hier met hun dierbaren komen praten – vooral oude Poolse vrouwtjes –, maar zelf heeft ze niet het gevoel dat ze hier dichter bij Tara of haar vader is, eerder het tegendeel. In het geval van haar vader kan ze daar wel mee leven; ze accepteert het feit dat er de nodige tijd overheen is gegaan.

Op warme dagen in augustus nam hij haar vaak mee uit vissen bij het nieuwe meer. Met handvaardigheid had ze een geglazuurd aardewerken potje voor hem gemaakt, en die gebruikte hij om zijn Lucky Strikes in uit te drukken. Als het potje vol zat, gingen ze weer op huis aan. Ze had foto's in de lijst van haar spiegel gestoken waarop je haar op de betonnen scheepshelling zag staan, terwijl ze een pin omhooghield waaraan ze baarzen, zonnevissen en een toevallige forel had geregen. Zij in haar eentje; haar broers waren daar te oud voor. 'Ze kunnen de pot op,' zei haar vader dan altijd, terwijl hij onderuitgezakt op zijn koelbox zat, met zijn hoofd op een oranje reddingsvest. 'Genieten van het leven, daar hebben ze geen kaas van gegeten.'

Annie had geweigerd hem op te zoeken in het ziekenhuis; ze sprak via de telefoon met hem en zei dat ze wel kon wachten tot hij thuis zou komen.

'Blijf niet te lang wachten,' had hij gezegd met een stem die aan flarden was.

'Wil je dat ik naar je toekom?' vroeg ze.

'Het lijkt me beter van wel.'

'Hoorde je nu wat hij zei?' vroeg haar moeder, die meeluisterde via het toestel in de keuken.

'Ja, ik heb het gehoord!'

'Ik wil niet dat jullie tweeën ruzie met elkaar maken,' zei haar vader, en dus maakten ze ruzie in de auto.

Nu ze daar in de kou op haar hurken zit, mist ze hem nog maar een klein beetje. Wat ze wel mist, is om Tara vast te houden, haar haren te borstelen, te voelen of er nog een tandje door-breekt. Ze heeft geen grafsteen nodig om aan haar te denken.

Soms komt haar moeder mee en soms gaat ze alleen. Annie ziet haar voetafdrukken en die van een man, Glenn, waarschijn-lijk. Sinds zijn tweede arrestatie heeft ze hem niet meer onder ogen gekregen. Annie maakt zich weleens zorgen om wat er gaat gebeuren als Brock bij haar vertrekt; misschien dat hij dan probeert om iets met haar uit te halen. Ze heeft haar revolver geladen.

Zijn vader heeft gebeld om haar te vertellen dat Glenn rade-loos is, dat hij niet meer weet wat hij doet. Annie heeft Frank Marchand altijd sympathiek gevonden, maar hij vergist zich; Glenn is ziek. Of het nu depressiviteit is of een of andere gees-tesziekte, hij spoort niet en misschien is hij zelfs gevaarlijk; ze wil geen enkel risico nemen.

'Vanuit jouw standpunt gezien kan ik je geen ongelijk geven,' geeft Glenns vader toe.

Als ze niet moet werken en Brock wel, mijdt ze het huis en brengt ze de tijd met haar moeder door. Haar moeder zegt dat ze maar beter bij haar kunnen intrekken. Het slaat nergens op, twee huizen. Annie vertelt haar niet dat Brock nu elk moment kan vertrekken; dat zou haar alleen maar nog meer in de kaart spelen. Ze drinken koffie, spelen gin rummy en praten over de scheiding van meneer en mevrouw Parkinson.

'Na drieëntwintig jaar,' zegt haar moeder.

'En ze leken me altijd zo gelukkig,' zegt Annie, die een kaart weglegt. Haar moeder laat het tegenwoordig toe dat ze binnens-huis rookt, alsof ze het op een akkoordje hebben gegooid.

'De nieuwe bewoners zijn vriendelijke mensen.'

'Waar komen ze vandaan?' vraagt Annie, om het gesprek gaande te houden. Het is al namiddag, het licht achter de ramen begint te doven. Ze houdt de klok boven de koelkast in de gaten; nog even en dan kan ze veilig naar huis. Haar moeder loopt met haar mee naar de deur en – alweer een nieuwe gewoonte – omhelst haar. Terwijl Annie achteruit wegrijdt, blijft ze in de kou staan zwaaien.

De weg is leeg, het vlaggetje van de brievenbus staat omhoog. Brieven uit Bradford, Kane, Altoona. Hun aantal neemt af en Annie is daar blij om. Ze heeft nog twintig minuten totdat Brock thuiskomt, en voordat ze haar jas en haar laarzen uittrekt, zet ze een ketel water op. Ze vindt een pot pastasaus in de kast en een doos spaghetti die met plakband is dichtgemaakt. Brood, boter. Ze zet het vroege journaal aan om wat leven in de brouwerij te brengen en gaat dan aan het aanrecht staan, roert wat van haar eigen kruiden door de saus. De vloer is ijskoud en na nog eens goed te hebben doorgeroerd, gaat ze naar boven om haar pantoffels te zoeken.

Als ze aan haar voeteneind zit om ze aan te trekken, merkt ze dat er iets veranderd is in de kamer. Het is moeilijk om er de vinger op te leggen: er is iets weg wat er eerst ook al niet was. De stereo van Brock, dat is het. Ze loopt naar de kast. Zijn kleinere helft is leeg; er hangen geen klerenhangers aan de roede. Hij heeft zijn tandenborstel laten liggen, misschien met opzet. Zijn scheermesjes en scheercrème, zijn nagelschaartje, ze zijn verdwenen. Annie doet zijn lades open in het dressoir. Leeg.

Ze wist dat hij zou weggaan, maar nu het gebeurd is, put ze daar geen troost uit. Hij had het ten minste aan haar kunnen vertellen. Maar zo werkt dat niet bij Brock.

Beneden staat de saus te borrelen, spuwend als een warmwaterbron. Het fornuis is een beestenboel. Ze draait het vuur uit, gaat aan tafel zitten en ziet dat ze de tandenborstel nog in haar hand houdt. In de kamer naast haar gaat de nieuwsuitzending maar door en door. Ze staat op, loopt naar de voordeur, opent die en gooit de tandenborstel de tuin in. Hij stuitert nog een klein stukje door over de sneeuw. Ze slaat de deur dicht, zet het nieuws uit en gaat op de bank zitten. Daarna gaat ze liggen en kijkt ze door het raam naar de lucht buiten. Ze herkent het geluid van de auto nog voordat ze hem ziet, een schel metaalachtig gekletter dat haar aan een speelgoedautootje doet denken.

De gele kever komt in zicht en Annie rent op haar pantoffels naar buiten. Barb draait de oprit op en zet de auto achter die van haar.

'Hij heeft me gebeld om het te vertellen,' zei Barb. Ze laat Annie haar tas zien met de fles erin, en ze vallen elkaar in de armen.

'Het spijt me,' zeggen ze beiden tegelijk.

'Citroen!'

'Ik ben je een Coke schuldig,' zegt Annie, maar ze kan het janken niet laten.

'Nou ophouden,' zegt Barb, die zelf ook al begint.

In het geboortedorp van de vaders van Glenn had je een plein met bankjes, schommels en wippen. Hij kan zich niet meer herinneren wie van hen tweeën hem daarmee naartoe nam. Het plein staat op geen enkele foto; Glenn moet het uit zijn hoofd tekenen. Hij wordt laat op de dag wakker en zit daarna in zijn lange onderbroek aan de eetkamertafel, zwoegend met zijn kleurpotloden op het tekenblok. Het perspectief en de verhoudingen kloppen niet, maar dat is niet belangrijk. Hij ziet de straten voor zich, de stoffige zomerdagen. Voor de winkel die zijn vader beroofd heeft, staan twee benzinepompen met glazen bollen waarin je het geelbruine vocht ziet rondschuimen. Glenn heeft niet geprobeerd zijn vader te tekenen. In gedachten ziet hij hem patience spelen in zijn cel, met een gezicht dat gelijk is aan het zijne, en hij denkt dat hij zijn vader nu eindelijk begrijpt, dat de banden van het bloed sterker zijn dan hij gedacht had.

Hij laat Rafe alleen de dorpsschetsen zien en zijn portretten van Tara, die hij heeft nagetekend van foto's. De tekeningen van zijn oude huis en van Annie heeft hij plat onder zijn matras gelegd; als hij alleen is en ze tevoorschijn haalt, zijn ze vlekkerig, en de onderkant van de matras ziet rood van het grafiet. Hij herinnert zich hoe ze zich aan hem gaf, denkt dan aan Brock. Hij kan niet meer bij het huis langs, want dan verdwijnt hij achter slot en grendel. 'U bent nog jong,' had de rechter gezegd voordat hij Glenn een voorwaardelijke straf oplegde. 'Als ik u was, zou ik het zinkende schip verlaten en een nieuwe start maken.'

Glenn is de weg wel voorbijgereden en hij heeft de omgeving afgezocht naar de auto van Brock. Hij weet dat Annie weer avonddienst heeft, en dat betekent dat zij en Barb het hebben bijgelegd. Als hij in de vroege uurtjes wakker wordt omdat hij moet plassen, ziet hij haar in gedachten voor zich, alleen in huis, in slaap verzonken, met de revolver van haar vader op het nachtkastje naast haar. Hij denkt aan de kamer van Tara en de sneeuw die over haar graf stuift. Zijn bestelwagen staat buiten; Bomber ligt te slapen op een stapeltje vuile kleren. Glenn stapt in zijn warme bed en ligt naar het plafond te staren.

'Ik zou willen dat U mij zei wat ik nu moet,' bidt hij.

Aan het eind van de volgende middag zit hij te werken aan Tara's kin, maar ineens stopt hij met tekenen en legt hij zijn potlood neer. De foto is afkomstig uit de serie van het winkelcentrum, de laatste die van haar gemaakt is. Hij is er nooit toe gekomen Annie of haar moeder een setje te geven. Hij neemt er van elke afdruk twee – de pasfoto, de afdruk van dertien bij achttien en die van twintig bij achtentwintig – en stopt ze in een envelop.

Eenmaal onderweg besluit hij dat het niet genoeg is; hij keert de wagen en rijdt naar het winkelcentrum. Het duurt even voordat hij een winkel heeft gevonden waar ze fotolijsten verkopen. Hij heeft alleen geld voor één van de mooiere, grotere lijsten, terwijl hij er twee nodig heeft. Hij vraagt de kassajuffrouw of hij met een cheque kan betalen.

'Alle bekende creditcards,' zegt ze.

'Ik heb zo'n ding niet,' zegt Glenn.

De rij achter hem wordt langer.

'Ik kan ze voor u opzij zetten.' De kassajuffrouw wil de lijsten al van de toonbank halen, maar Glenn zegt: 'Laat maar', en hij pakt ze op en loopt de winkel uit.

'Meneer,' hoort hij haar roepen. 'Meneer!' Hij zet het op een hollen, duikt tussen het slenterende publiek met hun kerstinkopen door. Het is geestig, zoals ze uit elkaar gaan om hem door te laten. Glenn moet erom lachen.

Annie draagt een plastic bak met fruitsalades en lege schaaltjes naar de keuken, maar dan zegt Barb dat er telefoon voor haar is. Met een zwaai zet ze de bak van haar schouder op het aanrecht, waarna bordenwasser Mark hem begint leeg te ruimen en de onaangeroerde meloenballetjes en halve aardbeien met zijn verbonden handen in de afvalpers propt. Ze veegt haar eigen handen aan haar schort af en pakt de hoorn op.

'Glenn is hier net geweest,' zegt haar moeder. 'Het leek me beter om je te waarschuwen.'

'Ben je ongedeerd?'

'Met mij is niks aan de hand. Weet je nog de foto's die hij had laten maken? Die kwam hij langsbrengen.'

Annie weet niet waar ze op doelt.

'Van Tara,' zegt haar moeder aarzelend. 'Ze zijn heel leuk geworden. Hij heeft er eentje laten inlijsten, of misschien heeft hij dat zelf gedaan, dat weet ik niet. Ik zei dat hij het setje voor jou wel aan mij kon afgeven, maar dat wilde hij niet.'

'Heb je de politie gebeld?'

'Hij deed heel aardig. Hij heeft hier zelfs een kopje thee gedronken.'

'Dus je hebt niet de politie gebeld.'

'Jawel,' zegt haar moeder. 'Ik dacht wel dat jij dat zou willen.'

'Goed zo.'

'Ik vraag me alleen af wat jij denkt dat ze eraan kunnen doen.'

'Ik heb geen idee,' zegt Annie, 'maar ik ben blij dat je ze gebeld hebt.'

Barb zegt dat ze vanavond wel bij haar kan slapen, als ze er tenminste geen bezwaar tegen heeft na haar man nu ook haar bed te delen. Ze maakt er een grapje van. De hemel zij dank voor Barb.

Het werk is een ramp. In een van de plastic bakken blijkt een scheur te zitten en de olie uit de caesar salad laat een vetspoor achter op haar schouder. De dagschotel is zeekreeft uit Maine en ze heeft een hekel aan het vocht en de kuit, de rode karkassen, de scherpe poten. Bordenwasser Mark duwt ze in de afvalpers en sluit de opening met een bord af, zodat de botjes niet als granaatscherven door de lucht vliegen. Ze dienen het toetje op en terwijl hun klanten zitten na te tafelen met hun Irish coffee, nemen ze tien minuten pauze.

Annie en Barb gaan naar de laad- en losplaats om een sigaret op te steken. Het is zo koud dat ze de vuilcontainer niet kunnen ruiken en er is een heldere lucht; de sneeuw op de fairway fonkelt in het licht van de sterren. Een enkele felle lamp werpt banen van licht uit over het interieur van de geparkeerde auto's. Ze hebben weleens mensen gezien die het op de achterbank deden, zelfs in januari. Ze zoeken een stapel melkkratten af, op zoek naar twee schone exemplaren, die ze ondersteboven zetten om op te kunnen zitten.

'Waarom kom je niet gewoon bij mij wonen?' vraagt Barb, die de draad oppakt van het gesprek dat ze al de hele dag voeren.

'Dat is lief van je,' zegt Annie, 'maar ik geloof niet dat ik er klaar voor ben om het huis op te geven. Al klinkt dat misschien vreemd.'

'Dat klinkt helemaal niet zo vreemd.' Barb blaast een kringetje rook uit en port erin met haar Marlboro. 'Ik weet het niet, hoor, maar ik denk dat je moeder gelijk heeft. Het zou veiliger zijn.'

'Ach ja,' zegt Annie, niet omdat ze het ermee eens is, maar meer om aan te geven dat ze het er niet meer over wil hebben.

Van verderop komt zachtjes een bestelwagen aangereden; het geluid van de motor bereikt hen met een paar seconden vertraging. De wagen neemt de bocht naar de Country Club, rijdt tussen de verlichte pilaren van de ingang door en steekt daarna de opgehoogde weg over, langs hole tien en de waterhindernis.

'Hij zou hier nooit durven komen,' zegt Annie, die opstaat. Ze bevinden zich in de schaduw van de openstaande deur.

Barb raakt even haar arm aan. 'Misschien dat hij ons niet gezien heeft. Als hij het tenminste is.'

'Hij is het.'

De koplampen vervolgen hun weg naar de zwarte rand van het clubhuis en verdwijnen dan om de hoek.

'Zou hij weten dat hij hier moet zijn, aan de achterkant?' vraagt Barb. Zij is nu ook overeind gekomen.

'Daar staat mijn auto.'

'Laten we naar binnen gaan.'

'Nee,' zegt Annie. 'Ik ben het strontzat.'

'Ik ga de politie bellen.'

'Nee, blijf hier, bij mij. Ik wil dat je mijn getuige bent.'

De wagen doemt achter aan het parkeerterrein weer op en komt heel langzaam dichterbij. Het is die van hem. Annie stapt naar voren en gaat in het licht staan, aan de rubberen rand van de laad- en losplaats. Ter hoogte van haar auto remt hij even af, maar daarna rijdt hij door. Misschien dat hij haar gezien heeft. Als hij een vuurwapen op zak heeft, is ze er geweest. Hij kan de pot op.

'Hé!' roept ze, en ze wuift met haar handen boven haar hoofd alsof ze een trein wil aanhouden. 'Klootzak!'

De bestelwagen neemt een bocht en komt nu recht op hen af, met verblindende koplampen. Annie herkent de harige contouren van Bomber op de passagiersplaats. De wagen stopt recht voor de losplaats, blijft daar staan ronken. Vanachter de laadbak stijgt witte rook op.

'Je bent gek,' zegt Barb.

Het portier gaat open en Glenn stapt uit. Hij heeft een pakketje bij zich, waarschijnlijk de foto's waar haar moeder over sprak.

'Annie.'

'Je mag hier helemaal niet zijn,' zegt ze. 'Het is jou bij wet verboden om minder dan honderd meter bij mij vandaan te staan.'

'Ik heb een paar foto's bij me van Tara. Je moeder dacht dat je ze wel mooi zou vinden.' Hij loopt naar het plateau en houdt het pakket voor zich uit, voorzichtig, alsof ze een pistool op hem gericht houdt.

'Ik wil ze niet,' zegt Annie.

'Maar ze zijn van Tara.'

'Ik zei dat ik ze niet wil.'

'Ik leg ze hier neer.' Hij bereikt het plateau en legt het pakketje aan haar voeten, begint dan achteruit terug te lopen.

'Waarom luister je niet?' vraagt Annie. 'Ik wil ze niet. Ik wil helemaal niks van jou.' Ze raapt het pakket op – het is zwaarder dan ze gedacht had – en smijt het zijn kant op. Het valt kletterend op de grond.

Glenn stopt met achteruitlopen en kijkt haar aan.

'Laten we naar binnen gaan,' zegt Barb, die haar bij de arm pakt.

'Dat is onze dochter,' zegt Glenn, die naar Annie wijst. 'Dat is ons eigen bloed wat je daar op de grond gooit.' Hij draait zich om en loopt naar zijn bestelwagen.

Annie rent de trap van het plateau af, grist het pakketje van de grond en vliegt op hem af. Tegen de tijd dat ze bij hem is, is hij al half de cabine in geklommen. Ze gooit hem het pakket in zijn gezicht, gaat er met haar vuisten achteraan en roept: 'Klootzak!' De claxon klinkt. Glenn duwt haar van zich af, maar ze werpt zich weer op hem en krabt met haar nagels zijn gezicht open. Bomber trekt Glenn aan zijn arm, grommend, en Glenn roept dat hij los moet laten. Annie hoort achter zich het geblèr van Barb, maar ineens is haar hoofd als verlamd, slingert ze achterover de cabine uit en landt ze met een harde klap op de sneeuw. Hij heeft haar neergeschoten, denkt ze, maar zeker weten doet ze het niet. Ze voelt een hitte opkomen die haar naar het hoofd stijgt, die haar vult en overrompelt.

Glenn heeft zich over haar heen gebogen. 'Het spijt me,' zegt hij telkens weer, terwijl hij een hand aan zijn wang houdt en in het rond kijkt alsof hij hulp zoekt.

'Maak verdomme dat je wegkomt,' dreigt Barb vanaf de los- en laadplaats. 'Ga weg en laat je rotsmoel hier niet meer zien.'

'Gaat het met je?' vraagt Glenn aan Annie.

Ze voelt haar neus en haar tanden niet, alleen iets nattigs. Ze probeert haar armen, voelt dat ze die nog kan bewegen en komt overeind. Er zit bloed op haar uniform.

'Jij gaat de nor in,' zegt Annie.

Barb belt Annies moeder en daarna neemt ze haar mee naar de Eerste Hulp. Annies neus is niet gebroken; er zit alleen een tand los en ze krijgt een paar hechtingen in haar mond. Voorlopig mag ze alleen maar zachte dingen eten.

'Dus u zegt dat uw ex dit gedaan heeft?' vraagt de verpleegster.

'Mijn man,' zegt Annie, waarna ze weer een formulier moet invullen met iemand van de politie. Ja, ze wil een aanklacht indienen en nee, ze weet niet precies wat zijn verblijfplaats is.

Als ze in de auto zitten, vraagt Annie aan Barb: 'Heb jij gezien hoe hij het gedaan heeft?'

'Niet echt. Het leek alsof je zomaar ineens achteroverviel.'

'Dus hij heeft me maar één klap verkocht.'

'Eén was genoeg,' zegt Barb.

'We hadden meteen naar binnen moeten gaan.'

'Shit,' zegt Barb, 'en ik maar denken dat ik beter mijn mond kon houden.'

Als Annie de volgende ochtend wakker wordt, heeft ze korstjes op haar lippen. Barb ligt beneden op de bank te slapen. Als ontbijt kauwt ze op een banaan en dat doet pijn. Alles wat ze drinkt, doet pijn. Roken gaat nog redelijk; als ze inhaleert, prikt het een beetje.

'Ik heb hem altijd al een klootzak gevonden,' zegt Barb.

'Dat was hij vroeger anders niet,' zegt Annie. 'Hij is veranderd. Ik weet niet wat er met hem gebeurd is.'

'Je bent heel vriendelijk voor hem en dat heeft hij niet verdiend.'

Ze zitten te kijken naar *Let's Make a Deal* en Annie moet ineens denken aan al die dozen met troep die hij in de kelder heeft opgeslagen. Samen met Barb sjouwt ze die de trap op en brengt ze naar buiten, zet ze keurig opgestapeld onder aan de oprit. Ze belt de vader van Glenn.

'Gaat het met je?' vraagt hij. 'We hoorden van de politie wat er gebeurd is. Ze kunnen hem nergens vinden.'

'Dus u weet zelf ook niet waar hij is.'

'Rafe zei dat hij gisteren in de loop van de avond de deur uit is gegaan.'

'Nou, ik heb hier een heleboel van zijn spullen die ik niet meer kan bewaren, en als niemand ze komt ophalen, komen ze onder de sneeuw te zitten.'

'Ik kom ze wel halen,' zegt zijn vader. 'Het spijt me vreselijk allemaal. En mijn vrouw ook.'

'Dat weet ik,' zegt Annie.

Als hij komt aanrijden, kijkt ze vanachter het raam toe. Hij opent de kofferbak en de achterportieren, en laadt zijn grote Plymouth langzaam vol, terwijl hij af en toe een blik werpt op het huis. Hij lijkt ouder geworden sinds de laatste keer dat ze hem zag. Hij pakt een zware doos die hij eerst op de bumper tilt, om er daarna een sjor aan te geven en hem in de kofferbak te plaatsen. Tegen de tijd dat hij halverwege is, heeft hij een rood gezicht en moet hij hijgen. Ze heeft met hem te doen; het is zijn schuld niet. Ze had hem graag geholpen. Ze hoopt dat Frank er begrip voor heeft dat ze het niet kan opbrengen.

NEGEN

Dokter Brady hield zijn praktijk in de binnenstad, boven de Hot
Dog Shoppe. Je moest via het restaurant naar binnen, linksaf
een deur door, en daarna kwam je uit bij brievenbussen, onder
aan een steile, donker geverniste trap. De linoleumvloer was
oud en bobbelig. Boven zag je rond de reling van de trap zes
dichte deuren, genummerd 1 tot en met 6, als in een droom. Het
was een oud pand, en terwijl dokter Brady mijn problemen aan-
kaartte en ik ze afzwakte, hoorden we via het verwarmingsroos-
ter de wirwar van gesprekken uit de Shoppe opstijgen, gecombineerd met het gekletter van borden. Omdat ik bij de Burger
Hut werkte, had ik geleerd geen vertrouwen te hebben in eten
dat bereid was door iemand anders dan ikzelf, maar ik werd in
verleiding gebracht door de lucht van gebakken ui die door de
vloerplanken naar boven sijpelde, en na ons gesprek stormde
ik dan de trap af en verorberde twee chili dogs met uien en
kaas.

Mijn moeder vroeg echtscheiding aan en omdat mijn vader
die niet aanvocht, was alles binnen een week geregeld. Mijn
vader woonde niet met iemand samen, maar hij vertelde me wel
dat hij een relatie had. Hij wilde eerlijk zijn tegen mij, en terwijl ik achteruit in bochtjes reed en moest inparkeren, vertelde
hij dat mijn moeder van haar bestaan op de hoogte was. Hij zei
dat op een ernstige, schuldbewuste toon, maar sprak ook met
trots, alsof hij half verontwaardigd was dat hij mijn goedkeu-
ring moest vragen.

'Heeft ze jou daar iets over verteld?' vroeg hij.

'Nee,' zei ik, want ik wilde er eigenlijk niet van weten.

'Haar naam is Marcia Dolan en ze werkt in de stad, in het nieuwe filiaal van de Mellon Bank. Ze heeft twee dochters, beiden heel wat jonger dan jij.' Hij zweeg even alsof hij op een reactie wachtte, alsof ik bekend was met die vrouw en een oordeel over haar had.

'Oké,' zei ik.

'Misschien kunnen we een keer met zijn drieën een hapje eten.'

'Ja, hoor.'

Dokter Brady wilde van mij weten waarom ik daar ja op gezegd had.

'Ik zei: "Ja, hoor,"' corrigeerde ik hem. 'Dat is iets anders.'

'Maar wat wilde je daar dan precies mee zeggen tegen je vader?'

Hij hoefde mij niet te vertellen dat ik ongelukkig was met de situatie. Alle betrokkenen wisten dat. Waar mijn moeder op hoopte, was dat dokter Brady haar kon vertellen waarom de vondst van het kleine meisje mij zo weinig leek te doen. Halverwege het uur bracht hij het gesprek op de zoektocht, die ik van minuut tot minuut moest navertellen, waarbij ik de joint door een sigaret verving.

'En toen je haar zag,' vroeg hij, 'wat ging er toen door je heen?'

'Ik was bang,' zei ik.

'Waarom?'

'Ze was dood,' bracht ik hem geduldig in herinnering.

Voordat mijn moeder me kwam ophalen, moest ik mijn twee hotdogs naar binnen schrokken en toen we in de Country Squire naar huis reden, voelde ik ze rondkolken in mijn maag.

'Een goed gesprek gehad?' vroeg ze.

'Ik neem aan van wel,' zei ik.

'Waar hebben jullie het vandaag over gehad?'

'Dezelfde dingen als altijd.'

Mijn moeder slaakte een zucht; ze was mijn onverschillig-heid zat. 'Ik weet dat je het maar niks vindt, maar ik denk dat het goed voor je is. Het lukt mij niet jou over die dingen aan de praat te krijgen.'

'Zoals wat?' vroeg ik. 'De vriendin van papa?'

'Zoals waarom je altijd maar stoned bent en je nergens iets om lijkt te geven, behalve jezelf.'

'Wat een gezeik,' zei ik, wat niet meer was dan een binnens-monds gemopper, maar daarna gaf ze me een klap. Ze boog zich over de voorbank heen en sloeg me met de rug van haar hand op mijn voorhoofd.

'Dat soort taal wil ik niet van je horen.'

Ik keerde me af naar het raampje, weerspannig, met een boos-aardige trots dat ik niet hoefde te huilen.

'Sorry,' zei ze nors, maar dat was geen verontschuldiging, en ze begon te vertellen hoe vervelend haar dag geweest was, alsof dat een reden was.

Ik zat erbij en deed alsof ik niet luisterde. Buiten zag ik witte velden, beschut door omheiningen van opgewaaide sneeuw. Dit keer zou ik als winnaar uit de strijd komen, en daarom kost-te het mij geen moeite om het haar te vergeven. Ik had dat niet moeten zeggen. Ik had ook veel ergere dingen kunnen zeggen. Ik had naar haar minnaar kunnen informeren. ('Waarom deed je dat dan niet?' zou dokter Brady vragen.) Het was een mooie klap geweest, vond ik. Ze had niet eens gekeken; ze had gewoon uitgehaald met haar arm en mij een lel voor mijn kop verkocht.

Die avond belde Astrid. Toen ik de hoorn overnam, vroeg ze of het goed ging met alles.

'Hoe bedoel je, "met alles"?' vroeg ik. Sinds ik het meisje ge-vonden had, hadden we elkaar niet meer gesproken.

'Ik bedoel jij. Hoe is het met jou?'

'Goed,' zei ik, vanwege mijn moeder, die op de bank zat.

'Mamma zegt dat ze je een klap in je gezicht heeft gegeven.'

'Klopt.'

'Ze is er helemaal overstuur van.'

'Ja,' zei ik, alsof ik me afvroeg wat ze daarmee wilde zeggen.

'Dus wil je alsjeblieft tegen haar zeggen dat het niet erg is? Ze is totaal geflipt. Dit is nieuw voor haar. Ze heeft ons nog nooit geslagen. En papa ook niet.'

'Weet ik.'

'Dus je zegt tegen haar dat het goed is, oké? Mijn god, elke keer als ik bel, is er weer iets anders aan de hand. Ze denkt dat je helemaal geflipt bent vanwege het dochtertje van Annie.'

'Ik niet,' zei ik.

'Meen je dat nu echt, of zeg je dat alleen maar? Want dat is waar ze zich zorgen om maakt.'

'Alles gaat prima.'

'Als dat zo is, des te beter, en zo niet, dan doe je maar alsof en zorg je ervoor dat ze het gelooft.'

'Ik meen het,' zei ik, iets te hard, zodat mijn moeder een blik mijn kant op wierp.

'Want als je het nog even volhoudt, dan ben ik er over vier maanden, maar als deze ellende zo doorgaat, dan moet ik verlof aanvragen wegens familieomstandigheden, en daar heb ik dus geen trek in.'

'Zoiets zou ik niet op mijn geweten willen hebben,' schamperde ik.

'Goed dan,' zei Astrid. 'Oké. Hoe was Thanksgiving?'

Onder de muzieklessen en tijdens de naschoolse repetities verdroegen we de hoon van onze medemuzikanten met een gemaakte onverschilligheid. De modderbroertjes, zo noemden ze ons, maar dat duurde maar één wedstrijd, want toen maakte een jong meisje dat klarinet speelde zo'n spectaculaire val dat ze haar pols brak. Meneer Chervenick jutte ons op voor de laatste thuiswedstrijd, die nog twee weken op zich liet wachten. Hij herinnerde ons er telkens aan dat die zou plaatsvinden op de dag na Beethovens verjaardag, en we oefenden de opening van de Vijfde Symfonie. Da-da-da-daaa. Dat liep dan over in 'Fanfare for the Common Man', een favoriet van zowel de blazers als de slagwerkers. In muzikaal opzicht was de fanfare er sinds de voorgaande zomer op vooruit gegaan, zei meneer Chervenick, maar de tornado, die bleef een aanfluiting. Hij was als een coach die ons na een slechte wedstrijd ervanlangs gaf.

'Voordat ik doodga, zou ik graag één keer meemaken dat het goed gaat,' zei hij vanaf zijn kleine verhoging. 'Ik denk niet dat jullie de groep zijn die het gaat lukken. Het zou me hogelijk verbazen als het wel zo was. Ik geloof wel dat jullie ertoe in staat zijn. Iedereen is ertoe in staat. Neem willekeurig honderdtwintig kinderen die hier op school zitten, en ze zijn in staat om de tornado te doen, maar ze moeten het wel willen. Zoiets moet je willen met alles wat je in je hebt. Jullie moeten ieder voor zich tegen jezelf zeggen: "Ik, in eigen persoon, ga ervoor zorgen dat het goed gaat." Er is niemand anders die dat voor je doen kan. Nu weet ik ook wel dat de kansen van ons footballteam zijn verkeken, maar dat geldt niet voor ons. Dus doen we nu net als zij, en verknallen we onze laatste kans?'

'Nee!' riepen we allemaal. Ik had besloten dat ik hem wel mocht als hij zich zo druk stond te maken.

'Of zijn wij degenen die het eindelijk gaat lukken?'

'Ja!'

'Zijn wij uit het goede hout gesneden?'

Warren gaf me een tikje op mijn schouder. 'Waar heeft die man het in godsnaam over?'

Ik haalde mijn schouders op en brulde: 'Ja!'

Vanwege die repetities en mijn gesprekken met dokter Brady reed ik nog maar een keer per week met Lila mee naar huis. En ik had haar zonder bril gezien. Toen we een keer in de kou de heuvel op liepen, raakte haar bril beslagen en deed ze hem af om de glazen schoon te vegen. Ze was niet ineens mooi geworden, maar wel kwetsbaarder, met kleine oogjes, alsof ze net wakker was. Ik fantaseerde erover om haar op vrijdagavond bij mij thuis te vragen, als mijn moeder naar het café was met haar vriendinnen. We zouden high worden en tv kijken met alle lampen uit, precies zoals al die verliefde stelletjes in de reclames op tv, behalve dat niemand ons zou lastigvallen. 's Ochtends zagen we elkaar onder aan de heuvel en dan begroetten we elkaar stijfjes; we zeiden: 'Lila', 'Arthur', en als ik alleen in bed lag, hoorde ik haar mijn naam uitspreken en zag ik ons samen in de woonkamer onder de deken van mijn moeder liggen, met onze kleren her en der op de grond.

Dokter Brady vertelde ik daar allemaal niets over.

Tegen Warren had ik mijn mond moeten houden.

'Ze ziet er niet uit,' zei hij. 'Ik begrijp niet wat je jezelf allemaal in je hoofd haalt, man.'

'Ik haal mezelf niks in mijn hoofd,' zei ik. 'Mijn hoofd staat er helemaal buiten.'

'Hé, je hoeft je van mij niks aan trekken! Vraag haar dan mee uit, of zo.'

'Dat zal ik doen.'

'Ja vast,' zei hij.

Twee dagen later stond Lila onder aan de trap op me te wachten. Ze was alleen.

'Hé,' zei ik, verbaasd.

'Hé,' zei ze.

Lily lag met griep in bed.

'Wat betekent dat ik de volgende ben die ziek wordt,' zei Lila.

We liepen over de weg het bos in. De oprit was met sintels bestrooid en we knerpten de heuvel op. Er kwam een bestelwagen achter ons aan en net als Lila stapte ik naar de linkerkant van de weg en ging daar op de afbrokkelende rand staan wachten tot de wagen gepasseerd was. We zeulden weer verder de heuvel op en zeiden geen van beiden een woord, alsof we Lily nodig hadden om met elkaar te kunnen praten.

Ten slotte hield ik halt. Dat was halverwege de klim, midden tussen de bomen. Lila zette nog een paar stappen en bleef daarna staan, keek naar mij om.

'Zullen we er samen eentje roken?' vroeg ik.

'Oké.' Ze kwam aarzelend teruggelopen.

Ik gaf de sigaret aan haar over na zelf een eerste trekje te hebben genomen, voorzichtig, zonder hem echt tussen mijn lippen te klemmen. Ik deed mijn handen in mijn zak en blies een wolkje rook uit.

'Wat dacht je ervan om er een dagje tussenuit te knijpen?'

'Om wat te doen?'

'Weet ik veel. Beetje rondhangen.'

'Waar?'

'Hier.'

'Ik moet van alles doen,' zei Lila. 'En je weet dat ik niet gebruik.'

'Dat hoeft ook niet,' zei ik, maar ik voelde me in het defensief gedrongen; het zou op niets uitdraaien.

'En jij hebt repetitie.' Ze wees met de sigaret naar mijn koffer, alsof ze die als belastend materiaal kon aanvoeren.

'Je hebt gelijk. Stom idee van mij.'

Ze sprak me niet tegen, gaf alleen de sigaret terug.

'Weet je waar ik graag naartoe zou willen? Deel twee van *The Godfather*,' zei ze, alsof we over films hadden gesproken.

'Ja,' zei ik somber, spijtig. 'Die draait nu in de stad.'

'Hij schijnt heel goed te zijn, maar ook heel gewelddadig.'

'Dat las ik in de krant, ja.'

'Die vriend van jou, Warren, zei dat je er misschien wel met mij naartoe zou willen.'

Ik dacht twee dingen tegelijk: dat het hem geen bal aanging en dat ik hem op mijn blote knietjes mocht danken.

'Zei hij dat echt?' vroeg ik, helemaal beduusd. 'Ja, dat zou ik wel willen. Als jij wilt. Die film schijnt echt heel goed te zijn.'

'Dat wil ik wel.' Lila nam de sigaret van me over, nam een laatste trekje en mikte hem met een boogje in de sneeuw. Ze draaide zich om en begon weer te lopen. Ik bedacht dat ik had moeten proberen om haar te kussen, en haastte me om haar bij te benen.

'Wanneer?' vroeg ik, totaal aan haar genade overgeleverd.

Op het parkeerterrein nam ik Warren te grazen. Ik sloeg van achteren mijn armen om hem heen en tilde hem van de grond.

'Ik wist dat je het zelf nooit zou durven,' verklaarde hij.

'Niet waar,' zei ik, 'dat is god-dom-me-niet-waar,' en als een ware held vertelde ik hem het hele verhaal.

'Ik weet niet uit wat voor gezin ze komt,' zei mijn moeder, die er niet helemaal gerust op was omdat Lila op Foxwood woonde, 'maar ze is vast een heel aardig meisje.' Ze vond het prachtig, zei ze, maar ik zou pas haar auto mogen lenen als ik mijn rijbewijs had. Mijn vader gaf haar daarin gelijk.

'Dus vertel maar wie van ons tweeën zaterdag voor chauffeur mag spelen,' zei ze.

Daar hoefde ik niet lang over na te denken. Onze auto kon ik nog wel schoonmaken, maar de oude Nova van mijn tante, die was hopeloos. Mijn moeder beloofde dat ze niet via de binnenspiegel naar ons zou loeren.

Na die ene keer dat ze me geslagen had, hadden we het weer bijgelegd. Ik wist dat ze te veel wenste te bereiken en zij wist dat ik niet getroost wenste te worden. Zij was veeleisend en ik was ondankbaar. We waren van elkaar afhankelijk, maar zonder veel voor elkaar te willen wijken. We zouden beiden hebben gewild dat Astrid erbij was. We verstarden beiden als mijn vader zijn vriendin ter sprake bracht.

Mijn moeder bezocht dokter Brady op donderdag aan het eind van de middag, als ze klaar was met werken. Soms zag ik haar dan pas als ze me bij de Burger Hut kwam oppikken, maar omdat het bijna Kerstmis was, vroeg ik of ze me dit keer een lift kon geven naar de stad, zodat ik mijn kerstinkopen kon doen terwijl zij boven de Hot Dog Shoppe ons nieuwe leven probeerde te duiden. De straten waren vies van de sneeuw en met klatergoud versierd, terwijl voor het warenhuis van Woolworth een parttime kerstman stond die onvermoeibaar met zijn bel klingelde. Daarmee schopte hij het langsrijdende verkeer danig in de war, want in de binnenstad van Butler had jaren geleden een groot blindeninstituut gestaan, en als de stoplichten in beide richtingen op rood sprongen en de voetgangers mochten oversteken, klonk er altijd een aanhoudend geklingel, als van een huisbel die met een pinnetje was vastgezet, zodat er maar niemand zou worden aangereden. Ik bleef een tijdje staan kijken voor de met fluweel beklede etalage van juwelier Milo Williams en fantaseerde over een geschenk voor Lila. Ik zag mezelf al op de plakkerige vloer van de bioscoop op mijn knieën zakken, en het doosje als een oester voor haar openklappen. Ik had veel gewerkt die herfst, met als gevolg dat er meer geld op mijn rekening stond dan ooit. Ik wist alleen niet wat ik iedereen cadeau moest doen.

Voor twee van hen was het geen probleem. Voor mijn vader zou ik gereedschap kopen. Welk gereedschap, dat bespraken we wel de volgende keer dat hij belde; in zijn geval hoefde het nooit een verrassing te zijn. Astrid hield van fotografie. De laatste paar jaar had ik fotorolletjes voor haar gekocht. De anderen, daar moest ik een slag naar slaan. Ik had wel wat ideeën voor mijn moeder – een elektrische deken, een elektrisch oventje – maar ze leken me nogal saai en onpersoonlijk. Mijn grootouders, mijn tante, dat was altijd lastig. En Lila.

Ik had een eenvoudige vierentwintig karaats gouden ketting van Milo Williams op het oog, en ging zelfs zo ver om de man achter de balie te vragen of ik hem van dichtbij mocht bekijken. Hij schoof het glazen deurtje opzij, viste de ketting uit de vitrine en drapeerde die met een elegant gebaar over mijn hand. De ketting voelde koud aan en een beetje stroef. In gedachten zag ik hoe het goud zou afsteken tegen Lila's warme hals. Ik stelde me voor hoe ze er een schuine blik op zou werpen, tevreden.

'Hoe duur?' vroeg ik, en de man gaf me zijn prijs.

Ik gaf hem zijn ketting terug, drapeerde die over zijn hand. Als het afspraakje verkeerd liep, zat ik ermee opgezadeld. En als het goed liep, moest ik dan ook iets voor Lily kopen?

Op zaterdagmiddag hield mijn vader mij voor dat ik me geen zorgen hoefde te maken. Ik zat achter het stuur van de Nova en oefende om in drie keer te keren. Ik keerde, reed vijftig meter door, keerde nog eens en reed dan weer terug.

'Dit is haar afspraakje,' zei mijn vader. 'Hou dat goed in je achterhoofd, Arty. Gedraag je als een heer, en jullie zullen je allebei prima vermaken. Wees geen inktvis. En als ze wil, geef je haar aan het eind van de avond een kus.'

Ik wilde alleen maar horen dat ik me geen zorgen hoefde te maken, en negeerde dan ook pertinent de rest. We gingen een tijdje achteruit inparkeren, en de achterste wieldop schampte langs de trottoirband.

'Oké,' zei hij ten teken dat we klaar waren voor die dag, en ik wilde mijn riem al losmaken.

'Ho ho ho,' zei hij. 'Zou je het misschien iets vinden om voorzichtig naar mijn appartement terug te rijden?'

'Ja,' zei ik. Omdat ik het niet wilde verknallen, probeerde ik noch te gretig, noch onverschillig te klinken.

'Ik zeg wel welke kant je op moet,' zei hij.

Ik had nog nooit op een doorgaande weg gereden, en nu ging ik zelfs de snelweg op. De snelheidsmeter liep op tot tachtig. De Nova zoemde onder mijn voeten. Ik voelde me licht, euforisch.

'Hou je spiegels in de gaten,' zei mijn vader. 'Kies een punt op de motorkap, trek van daar een lijn naar de middenstreep en hou dat vast. Ervaar de volle breedte van de rijbaan.'

'Dit is heerlijk,' zei ik.

'Ja toch?' zei mijn vader. 'En je doet het prima.'

In de buurt van de stad wees hij me op een afslag en ik stuurde de auto die kant op.

'Zachtjes remmen,' zei mijn vader. 'Zachtjes. Zachtjes.'

Zijn nieuwe appartement maakte deel uit van een klein L-vormig complex met een gevel van houten panelen, bevlekt met water dat uit de regenpijpen was gelekt. MARYHAVEN zeiden de letters op het gegraveerde houten bord bij de ingang. Mijn vader had zijn eigen genummerde parkeerplaats. Ik bracht de auto tot stilstand, zette het pookje in de parkeerstand en draaide de motor uit.

'Heel netjes,' zei mijn vader, die de sleutels van mij overnam. 'Binnen heb ik nog een verrassing voor je.'

Ik dacht aan de stereo waarop ik gehoopt had, of misschien was het alleen de staat van het appartement zelf, dat er goed uitzag, vond ik, toen hij de deur voor me opende. Er stonden echte meubels, en planten, en er was een keuken met een raam. Een vrouw met donker haar die ongeveer net zo oud was als mijn moeder stond op van de bank waarop ze had zitten lezen. In haar hand hield ze koffie in een beker die mij niet bekend voor kwam.

'Arthur, dit is Marcia,' zei mijn vader. 'Marcia, mijn zoon Arthur.'

'Arthur,' zei ze, en ze gaf me een hand. Ze miste een stukje voortand. Ze was kleiner en magerder dan mijn moeder, en in tegenstelling tot haar droeg ze geen sieraden of make-up. Ze verzoop bijna in haar trui.

'Aangenaam kennis te maken,' zei ik.

'Je vader vertelde me dat je een afspraakje hebt voor vanavond.'

'Dat klopt,' zei ik, verbolgen.

'Ze gaan naar de nieuwe *Godfather*,' bracht mijn vader in.

'Dat is een hele goeie. Don en ik vonden hem allebei erg de moeite waard, wat bijna nooit voorkomt.'

Ze vroeg of ik koffie wilde, maar mijn vader zei dat ik alleen maar even zijn nieuwe appartement kwam bekijken. Hij liet me de slaapkamer en badkamer zien, die allebei ruim waren. Ik herkende onze oude handdoeken en de gevlochten blauwgroene stoel, maar verder was alles nieuw voor me, en exotisch. Naast het bed zag ik een aquarium met een maanvis en op het dressoir van Astrid stond een cassetterecorder die groter was dan die van Warren. Er lag een leeg cassettedoosje bij van Beethovens zevende symfonie.

'In A-majeur,' zei ik, hen imponerend met de feitenkennis van meneer Chervenick. 'Opus 92.'

'Dat is waar ook,' zei Marcia. 'Je vader vertelde dat je muzikaal onderlegd bent.' Ze was knap om te zien en, meende ik nu, jonger dan mijn moeder. Haar spijkerbroek was wit rond de naden en hier en daar versleten.

'Niet echt,' zei ik. 'Ik zit in het eerste jaar.'

'We moesten maar eens gaan,' zei mijn vader, 'als we Assepoester tenminste nog naar het bal willen brengen.'

Op weg naar buiten probeerde ik het hele appartement in mijn hoofd te prenten, alsof ik een spion was die achteraf, thuis, zijn geheimen wilde ontrafelen.

'Kom weer eens langs,' zei Marcia aan de deur, terwijl ze nog altijd haar beker vasthield. 'Dan kun je een hapje mee-eten.'

'Doe ik,' zei ik.

In de auto, voordat we achteruit wegreden, vroeg mijn vader: 'Dat was een hele verrassing, zeker?'

'Ja,' zei ik, 'inderdaad.'

'Nou, maak je borst maar nat. We denken erover te gaan trouwen.'

Ik wist daar niets op te zeggen.

'Niet heel snel, maar na verloop van tijd. Misschien ergens volgend jaar.'

'Weet mama ervan?' vroeg ik, alsof ze daar nog iets over te zeggen had.

'Ze vindt het niet leuk, maar ze weet ervan.'

'En Astrid?'

Mijn vader zweeg even. 'Het is mij onbekend wat je moeder wel en niet aan je zus doorvertelt.'

'Tegen mij heeft ze niets gezegd,' zei ik.

'Dat weet ik. Dat wilde ik zelf doen.'

Ik keek door de voorruit naar de gevlekte panelen. Binnen werden steeds meer lampen ontstoken. Elk raam was van een ander appartement.

'Alles goed met jou, Arty?'

'Ja, hoor,' zei ik. 'Maar ik wil liever niet te laat thuis zijn.'

Terug in Foxwood leek mijn moeder te weten dat we Marcia gezien hadden. 'Jullie zijn laat,' beet ze mij toe, maar haar woede was voor mijn vader bestemd. Terwijl ik me klaarmaakte voor mijn afspraakje met Lila, maakten zij ruzie in de woonkamer. Het zat me niet lekker dat ik geen tijd meer had om te douchen. Ik wilde niet horen wat ze elkaar te zeggen hadden en dus zette ik *Led Zeppelin III* op, maar zelfs dat was niet hard genoeg, en tijdens het luisteren naar 'Gallows Pole' hoorde ik mijn moeder steeds weer roepen: 'Ik wil het niet hebben dat jij mij of mijn zoon zoiets aandoet,' en mijn vader die zei: 'Dit heeft niets meer met jou en mij te maken. Het spijt me, maar die tijd is voorbij.'

Ik deed mijn nieuwe ondergoed aan, mijn mooiste ribbroek en mijn witte overhemd, waarvan ik de bovenste twee knoopjes open liet. Daarna trok ik mijn cowboylaarzen aan, maar vanwege de sneeuw bedacht ik me en stelde me tevreden met mijn alledaagse wandelschoenen. Als we maar niet laat kwamen, want dan moesten we vooraan zitten. In de woonkamer klonk een harde klap.

'Nu heb ik er genoeg van,' brulde mijn vader. 'Arty, ik ben weg.'

Ik hoorde de deur opengaan en terwijl hij naar zijn Nova liep, stond mijn moeder buiten met een iele, overslaande stem naar hem te krijsen. Ik zat op de rand van mijn bed en bracht in alle rust een scheiding in mijn haar aan. Net als bij alles wat er die winter gebeurde, was ik vast van plan mijn geluk er niet door te laten bederven.

TIEN

Glenn is bijna door zijn voorraad benzine en hondenvoer heen. Hij gaat de parkpolitie uit de weg en trekt het meer rond, van het ene overnachtingskamp voor padvinders naar het andere. De hutjes zijn poepbruin geverfd en bekrast met initialen, en over de raampjes is metaalgaas gespannen om te voorkomen dat wasberen de matrassen gebruiken om te gaan nestelen. Er zijn twee primitieve bedden die uit de muur naar voren steken. Glenn dacht eerst dat hij meer kleren had moeten meenemen, maar nu is hij blij dat hij het niet gedaan heeft. Hij wil al die bezittingen niet meer. Hij heeft zelfs het album met foto's uit Gibbsville weggegooid. Hij draagt een enkele gekreukelde foto van Tara en Annie op zijn hart, en als hij slaapt, houdt hij die in zijn handen.

Hij heeft zijn slaapzak bij zich en een deken die hij van Rafe geleend heeft, maar sommige nachten zijn zo koud dat hij het erop waagt om de motor te starten, en als die eenmaal warm is, zet hij de verwarming aan en drukt zich voorover tegen het dashboard om de luchtstroom te voelen. Bomber ligt voor de passagiersstoel op de grond en kijkt schuin omhoog naar het lampje van de radio bij nacht.

'We zouden daarvan onze belijdenis moeten maken,' betoogt de radiopredikant. 'Als God die ziekte uit ons midden verwijdert, dan heeft de zonde, Jezus zij geloofd, geen vat meer op ons. Als God die ziekte uit ons midden verwijdert, dan heeft Satan ons niet meer in zijn greep. Dat weten we, omdat we in de Bijbel hebben gelezen dat er geen zonde is zonder Satan, en dat de zonde niet van God komt, maar van de Boze. God zal jou niet vergeten; nee, jij bent het die God vergeet, en als je denkt dat God je dreigt te ontglippen, dan is het alleen de Boze die je leven binnenglipt. Maar luister goed. God is nog altijd bij je. Hij heeft je nooit in de steek gelaten. Hij is nu, op dit moment, dicht bij je in de buurt. Het enige wat je hoeft te doen, is Hem weer in je leven aanvaarden.'

Glenn strekt zich uit over de voorbank, kijkt op naar de kleine gaatjes in de bekleding van het dak, het matte koepelvormige lampje, en hij bedenkt dat het maar de halve waarheid is wat er op de radio gezegd wordt. Niemand is bij voorbaat vergeven. Deze man kan de zonden van Glenn niet op zich nemen, hij kan hem geen absolutie verlenen; dat gebeurt pas bij het Laatste Oordeel, als de doden worden opgenomen of neergeworpen. Dat heeft niets te maken met welk radioprogramma ook, met een Schriftlezing of de politie. Het heeft niets te maken met deze zondige wereld.

Het volgende programma bevalt hem beter, een jongere vrouw uit North Carolina met een trillende en overslaande stem als van een countryzangeres die zich smekend tot haar minnaar richt, bang dat ze verkeerd begrepen wordt. Ze klinkt onzeker, alsof ze zichzelf wil overtuigen. Glenn kent dat gevoel.

'Want weet je, de mensen willen zo'n leven niet. Het is zo saai, Rita, zeggen ze tegen me; er is geen lol aan. Maar als je uit het water bent opgestaan, dan weet je dat de liefde voor God nooit saai is. "En mijn geloof zal uw dorst lessen als een beker die overloopt." De mensen zijn uitgedroogd; ze lijken wel levende doden en ze zijn bang. Ze weten niet wat het water bij hen zal uitrichten, en daarom zijn ze bang.'

Het is warm in de auto. Glenn ziet de benzinemeter in het rood staan en zet de motor uit. Bomber gromt even en gaat dan liggen. Hij heeft nog niets te eten gehad. Dat spijt Glenn, maar hij heeft alleen nog een beetje voor morgenochtend. Hij voelt zelf ook het zeuren van zijn lege maag. Gisteren heeft hij voor de lunch zijn laatste blikje tonijn gehad, en voor het avondeten zijn laatste crackers. Dat was aan de oever van het meer, waar hij de sneeuw in het zwarte water zag vallen en dacht aan Kerstmis in Gibbsville, de bevroren ramen in het huis van zijn vader. Hij doopte zijn laatste cracker in het ondiepe water en toen het vocht zich verspreidde en de cracker op zijn tong uit elkaar viel, beloofde hij zijn vader hem nooit te zullen vergeten. Hij is die dag in de hut gebleven, warmde daar zijn vingers aan een kaars en werkte aan een tekening van zijn vader, voor zover hij zich die herinnerde. Na een tijdje gaf hij het op; hij zag dat hij zichzelf getekend had. Hij hield het vel papier boven de vlam, waarna het op de grond viel en hij toekeek hoe het verteerde tot een vliesdunne zwarte as.

In plaats van te eten, ging hij bij het water de Psalmen zitten lezen tot het donker werd.

> *Heer, mijn God, bij U schuil ik,*
> *bevrijd mij van mijn vervolgers, red mij,*
> *ze zullen mij nog verscheuren als leeuwen,*
> *mij meesleuren zonder dat iemand mij redt.*

Hij was er niet vanuit gegaan dat hij die nacht zou kunnen slapen, en het verbaast hem dan ook niets op zeker moment Bomber te horen snurken. Het is stil in het bos; de wind is gaan liggen. Hij heeft zoveel regels onderstreept in zijn bijbel dat hij die bij kaarslicht niet meer kan lezen. Hij zou de radio wel willen aanzetten, maar hij is bang dat de accu leeg raakt. Hij denkt aan North Carolina, de zware ondoordringbare mist in de Blue Ridge Mountains en de zee die je daar in het donker op de zandbanken hoort slaan. Uit het water opgestaan, had ze gezegd. Dat is hij. Zijn naam is niet eens Marchand. Als kind moest hij zijn echte naam hebben geweten, hij moet die hebben nagezegd op de manier van Tara, die keer dat hij haar in het ootje nam en deed alsof hij haar naam vergeten was: 'Tara Elizabeth Marchand.'

'Glenn Allen Marchand,' zegt hij nu, terwijl alleen zijn hoofd nog uit de slaapzak steekt. Bomber snurkt verder. Het stuur houdt het maanlicht gevangen en de voorruit is bezaaid met sterren. Jezus is zijn Verlosser, zijn zwaard en zijn toeverlaat. Jezus zou hem nooit vergeten.

Hij klemt de foto onder zijn kin en sluit zijn ogen. 'Jezus,' zegt hij, 'hier is Glenn.'

Hij wordt wakker om halfdrie, kwart voor vier, een paar minuten over zes en dan ten slotte om negen uur, als Bomber hem likt. Glenn neemt de twee witte helften van Bombers kop tussen zijn handen en kijkt hem in de ogen, blauw als keelpastilles. Van zo dichtbij doen die pupillen hem denken aan mensen die in een shock verkeren – hij heeft ze weleens behandeld – en aan hoe hij er zelf moet hebben uitgezien toen hij op de vloer van zijn appartement lag, als een drenkeling op het droge. Hij hoeft daar alleen maar aan te denken en hij voelt zichzelf al uit zijn lichaam opstijgen en ten hemel varen. Hij weet nog hoe hij daar op de grond ontwaakte, zonder te beseffen dat het de slang in zijn keel was die hem verstikte, en dat de hand die hem de adem benam een zuurstofmasker omklemde. Hij was in de war geweest. Een stralend witte gestalte boog zich over hem heen; hij voelde alleen vermoeidheid en of hij nu gelovig was of niet, hij wist dat hij er klaar voor was om met deze engel mee te gaan.

Bomber jankt om zijn aandacht terug te krijgen.

'Ja,' zegt Glenn, 'jij bent mijn beste kameraad,' en hij krabt hem tussen de oren.

Hij schudt het zanderige restant van de zak in Bombers bakje, loopt met de tweede kom naar de oever om een beetje water te halen en gaat in het geopende portier naar de etende hond zitten kijken. Het is iets minder koud vanochtend; zijn laarzen laten een donkere afdruk achter in de zachtere sneeuw. Er stijgt een damp op van het ondiepe water en verderop ligt een nevel op het meer. Het is tien uur en er dreigt iets; de wind voert een metaalgrijs getinte lucht mee. Hij hoeft zich niet te haasten; hij heeft de hele dag. Na de lunch gaat ze naar haar moeder. Hij stapt de auto uit en kijkt in zijn portefeuille of hij genoeg geld heeft om te tanken. Geen probleem. Als Bomber klaar is, pakt Glenn zijn bakje en keilt hij het als een frisbee in het water.

Bomber ziet hem zijn waterbak oppakken.

'Wat?' vraagt Glenn. Als hij ook die heeft weggekeild, steekt hij een briefje van tien bij zich en gooit zijn portefeuille erachteraan. 'Zo goed?' vraagt Glenn met zijn armen wijd. 'Staan we nu quitte?'

Hij ruimt de hut op en verzamelt het geplette doosje van de Ritz-crackers, de blikjes, de bierflesjes die niet eens van hem zijn. 'Alleen een uilskuiken zal verzuimen om hier zijn eigen troep op te ruimen,' zegt een uil in boswachtertenue op een verbleekte poster. Rond een uur of elf is hij klaar voor vertrek. Voordat hij het terrein verlaat, stopt hij even bij de uitgang om al het afval in een hol groen vuilnisvat te gooien. Hij stelt zich voor wat er zou gebeuren als hij Nan belde, wat ze tegen hem zou zeggen. Hij had verwacht dat ze na de dood van Tara wel van zich zou laten horen, maar nee. Hij stuitert over een hoge stoeprand heen, omzeilt het hek dat met een ketting is afgesloten en rijdt het park uit, langs het verlaten huisje van de kaartverkoop. Hij neemt de snelweg en rijdt over een brug met uitzicht op een uitloper van het meer. Hij ziet hoe het water zich terugtrekt, volgt het met zijn ogen totdat het achter de bomen verdwijnt, om daarna de weg af te gaan kijken, of er nergens politie rijdt.

De radio staat op hetzelfde station als gisteravond en er klinkt onbestemde gospelmuziek. Het klinkt te gladjes, vindt Glenn, met allemaal hoge stemmen en stroperige violen. Hij vindt zijn 8-sporencassette van Cat Stevens en duwt die in de gleuf, valt middenin 'Moonshadow'.

Oh, if I ever lose my eyes, zingt Cat, *Oh, if.../ I won't have to cry.*

In Prospect stopt hij bij een tankstation van Sinclair, gelegen aan de winkelboulevard. Met twee vingers steekt hij de pompbediende zijn gevouwen briefje van tien toe. De jongen – een mager joch met zijn pols deels in het gips – wast de voorruit, werpt een bewonderende blik op Bomber en vraagt Glenn of zijn olie nog moet worden nagekeken. Glenn vraagt zich af hoe hij hier later aan terug zal denken, wat hij tegen de politie zal zeggen.

'Prettig weekend,' zegt de jongen.

'Als ik dat nog mag meemaken,' zegt Glenn.

Rafe is op zijn werk. De ramen zijn donker en aan de dakrand hangen druppelende ijspegels. Glenn legt de deken die hij geleend heeft op de tuinbank en duikt in zijn dashboardkastje om een stukje papier te zoeken voor een briefje. Hij vindt niets bruikbaars en scheurt daarom een blanco bladzij achter uit zijn bijbel.

'Bedankt voor het onderdak,' schrijft hij. 'Hou je taai. Je kameraad, Glenn-man.'

Dat lijkt weinig als je bedenkt wat Rafe allemaal voor hem gedaan heeft, maar hij wil niet te veel heisa maken of de verkeerde dingen zeggen. Als hij van de veranda terugloopt, kijkt hij naar zijn twee paar voetafdrukken in de sneeuw en blijft even staan. Hij ziet het maagdelijke wit terzijde van het pad en laat zich achterover in het korstige sneeuw vallen, zwaait met zijn armen en benen, zodat het lijkt alsof er een engel is neergestreken. Hij staat op, schudt de sneeuw van zijn jas, zakt op zijn hurken, trekt met zijn vinger een pijl en schrijft: 'IK'.

Als hij rijdt, gooit hij al zijn kleinere spullen het raam uit en in de achteruitkijkspiegel ziet hij ze alle kanten op vliegen en stuiteren. Zijn vuile overhemden en broeken, zijn opgerolde sokken. Hij legt zijn bijbel op het dashboard, naast het blauwe zwaailicht van de vrijwillige brandweer, en hij haalt het hele handschoenenkastje leeg. Kaarten klapperen op de wind en scheuren langs hun versleten randen. De losse munten hoort hij niet eens rinkelen.

'Wat zit je nou te kijken,' zegt hij tegen Bomber.

Hij stopt op het parkeerterrein van een Foodland-supermarkt

om de slaapzak in de container voor tweedehands spullen te proppen. De laadbak van zijn bestelwagen is bezaaid met blikjes, maar daar begint hij niet aan; het kost te veel tijd. Op de plek waar de winkelwagentjes staan, ziet hij een collie die aan een paal is vastgebonden en op zijn baasje wacht. Bomber zit naar die hond te kijken.

'Je zegt het maar,' zegt Glenn. 'Wat wil je?'

Als hij op weg is naar huis komt uit tegenovergestelde richting een politiewagen aangereden. Zijn hart krimpt ineen en slaat dan van schrik op hol. Hij werpt een blik op de snelheidsmeter en blijft recht voor zich uit kijken, maar wel met een blik in de achteruitkijkspiegel. De patrouillewagen wordt kleiner en kleiner, totdat hij het dak met de gedoofde zwaailampen achter de horizon ziet verdwijnen. 'Niks aan de hand,' zegt hij, om daarna harder te gaan rijden; zijn opwinding ebt langzaam weg. Hij merkt dat hij hoofdpijn heeft. En het moeilijkste moet nog komen.

Thuis verloopt alles volgens plan. De auto van zijn vader staat er niet. Glenn stapt uit en legt Bomber aan zijn ketting. Hij wil niet dat de hond sporen achterlaat in huis. De achterdeur is open en hoewel er niemand thuis lijkt, roept Glenn voor de zekerheid toch nog even: 'Hallo?' Het is de bridgedag van zijn moeder. Uit gewoonte trekt hij even de koelkast open. De aanblik van al die koele, glanzende etenswaren maakt hem misselijk en hij laat de deur dichtvallen. Hij loopt naar de wapenkast in de achterkamer, waar zijn vader de hagelgeweren heeft opgeborgen. Op slot. De sleutel moet te vinden zijn in de secretaire van zijn moeder, in de la waar ze haar postzegelrolletjes bewaart, haar oude munten. En inderdaad.

Hij loopt terug door de woonkamer en stopt om een blik op de kast te werpen, waar niet alleen de handbeschilderde Japanse borden van zijn moeder staan, maar ook foto's: Glenn op de middelbare school, Patty in haar marine-uniform, Richard met zijn kinderen in Tucson. Er is ook een gevernist stuk drijfhout waar een klok zonder cijfers van gemaakt is, met daarop zijn vader en moeder die staan te wuiven op het strand. Iedereen lijkt gelukkig. Haar verzameling kinderlepeltjes hangt in een speciale houder die zijn vader voor haar verjaardag gekocht heeft, souvenirs van NIAGERIA FALLS, FORT LIOGONIER, ATLANTIC CITY, zoals de steeltjes duidelijk maken. Onderweg had Glenn bedacht dat hij nog even naar boven kon om een blik te slaan op zijn kamer, maar nu hij deze herinneringen aan vroeger ziet, staat hij er als verlamd naar te kijken en hij begrijpt dat hij zijn plan in dat geval nog onmogelijk zou kunnen doorzetten.

Hij pakt een nieuwe Kaliber 12 en een doos patronen. Meer dan hij nodig heeft, denkt hij. Hij draait het glazen deurtje weer op slot, legt de sleutel terug op zijn plek. In de keuken scheurt hij een vel van de keukenrol die op het aanrecht staat en terwijl hij achterwaarts naar de openstaande deur loopt, veegt hij zijn laarsafdrukken weg. Op de veranda overweegt hij een briefje achter te laten, maar wat zou hij moeten schrijven?

Het spijt me.

Het ging gewoon niet.

Bedankt voor alles.

Het ligt niet aan jullie.

Met het jachtgeweer opengeklapt over zijn arm maakt hij Bomber van de ketting los. Glenn opent het portier voor hem en stapt dan aan de andere kant in. Hij schuift het geweer onder zijn stoel, bergt de patronen op in het dashboardkastje.

'Oké,' zegt hij tegen Bomber. 'Je laatste kans om ertussenuit te knijpen.'

'Goed dan,' zegt Glenn, alsof de hond antwoord heeft gegeven.

Hij mijdt de doorgaande wegen, volgt de sintelweggetjes die de akkers in rechthoeken verdelen. De sintels kletteren tegen de wielkasten. Hier wonen de rijkere armen, in stacaravans of vervallen boerderijtjes die overeind worden gehouden met triplex en zilverkleurige Celotex-isolatieplaten. Rook stijgt op uit hun metalen schoorsteenpijpen. Hij passeert een paar nieuwere veebedrijven; dat zijn geen boerderijen, maar lange aluminium schuren die omringd worden door hoge metalen hekken. Het vee is in kooien ondergebracht en hun koppen zitten klem in een halsbeugel, zodat ze alleen nog maar kunnen eten en steeds dikker en dikker worden, totdat een vrachtwagen ze komt halen. Het begint te sneeuwen; de wind blaast de vlokken zijdelings over de weg. Al na een paar minuten moet hij zijn ruitenwissers aanzetten om nog iets te kunnen zien. De verwarming loeit. Hij rijdt ongezien achter de golfbaan van de Country Club door, in de beschutting van de bomen, en in gedachten ziet hij haar voor zich in werkkledij. Hij had haar willen slaan, maar toen ze op de grond lag, kon hij dat niet.

Maar het hoort ook helemaal niet gemakkelijk te zijn, bedenkt hij, en om zichzelf aan te sporen, denkt hij aan Tara, hun laatste dag samen, toen ze naar de Aquazoo waren geweest in Pittsburgh. Het was een nieuw gebouw en binnen was het klam. Hij moest hun beide jassen dragen. In de hal was een waterval die over een afstand van twee verdiepingen omlaag stortte, in een vijver die glinsterde van de muntjes. Tara moest lachen om de pinguïns in hun koude ruimte achter het glas. De octopus was schuw, lag achter een kei te slapen. Ze dwaalden rond over de benedenverdieping, badend in de blauwe gloed van de watertanks, en hand in hand zagen ze het licht over de huid van de dolfijnen rimpelen. Glenn kocht een vlakgom voor haar in de vorm van een walvis. Rafe had gelijk; zij was alles wat hij had. Hij denkt dat hij ertoe in staat is, dat hij het door kan zetten. Hij is al zo ver gekomen.

Hij zet de muziek uit en remt af voor de ingang van de begraafplaats. De sneeuw is zo vers dat hij er niet zeker van kan zijn dat hij alleen is, maar als ze de heuvel op rijden, ziet Glenn geen mens. Er staan metalen standaards met goedkope rouwkransen en linten die fladderen op de wind. Er klapperen speelgoedvlaggetjes. Bomber wil mee en Glenn opent zijn portier. Hij laat de motor draaien, met de verwarming en de ruitenwissers aan. Bomber sprint weg over de sneeuw en kijkt om, alsof hij hoopt dat ze gaan spelen.

In de afgelopen paar dagen is iemand langs geweest. In de vaas van Annies vader staat een verwelkte rode roos, de kleur van de liefde. Glenn pakt hem eruit en legt hem aan de voet van Tara's steen. Hij knielt neer in de sneeuw, buigt zijn hoofd boven zijn gevouwen handen. Een paar rijen verderop is Bomber rondjes aan het rennen. Daarachter staat de bestelwagen te ronken.

'Here, mijn God,' zegt Glenn op, 'als ik iets heb misdaan, als er onrecht kleeft aan mijn handen, als ik goed met kwaad heb vergolden, of mijn belager zonder reden heb beroofd, laat dan de vijand mij achtervolgen, mij inhalen, vertreden en vertrappen in het stof, mij beroven van mijn eer en mijn leven. Amen.'

Hij pakt zijn handschoenen op en blijft naar haar steen kijken, met een achternaam die niet klopt, die niet eens van hem is. Op die manier zullen ze ook hem begraven. Dat maakt niet uit, denkt hij; de ornamenten van de wereld zijn alleen maar van klei. Ik ben geboren uit het water. Op de laatste dag zal ik verrijzen.

Glenn gaat op zijn rug naast het graf liggen en zwaait met zijn armen en benen. Terwijl hij zijn engel maakt, komt Bomber naar hem toe gelopen en besnuffelt zijn gezicht.

'Vort,' zegt Glenn, en weg is hij.

Op het moment dat hij van de begraafplaats wegrijdt, komt er net een andere bestelwagen aangereden, donkergroen. Achter het stuur zit een oudere man met een jagershoed. Glenn zwaait, maar krijgt geen reactie.

Om bij het huis van Annie te komen moet hij helemaal om de stad heen rijden of zich op de snelweg wagen. Het is niet meer zo druk op de weg als rond lunchtijd, maar hij wil niet het risico lopen dat hij telkens stil komt te staan voor rood. Hij volgt de oprit naar de snelweg en zet de muziek harder, zodat die boven het geraas van de motor uitklinkt. *Oooh baby baby it's a wild world*, zingt Cat. *It's hard to get by just upon a smile.* Een waar woord, denkt Glenn. Hij ziet nergens politie.

Hij neemt de afslag van de high school en rijdt langs het volle parkeerterrein. Daar hadden ze voor het eerst met elkaar gevreeën. In de zomer, in zijn Impala. Hij herinnert zich het dunne spoortje zweet onder haar beha, hoe koud het was toen ze eenmaal uit de kleren waren, hoe de achterbank piepte onder zijn knieën. Ze keken uit op een stad die als een smeulend kampvuur lag te glinsteren. Het was eind juni, bijna zomer. Hij voelde dat hij door een weerstand heen brak en ze gromde door opeengeklemde kaken, met ogen die groot waren van de pijn. Ze had hem niet verteld dat ze nog maagd was; hij dacht dat hij iets niet goed deed. Ze probeerde hem gerust te stellen; 'Geeft niet, geeft niet,' zei ze keer op keer. De volgende dag rook de achterbank naar bloed en hij reed met de ramen open. Hij kocht twee luchtverfrissers, plastic dennenboompjes die aan een touwtje hingen. Het beestenbos, noemde Annie ze toen. Een plek waar ze de beest konden uithangen. Dat was de tijd dat ze wild met haar hoofd schudde, op haar onderlip beet en lachte. De gebouwen zijn hetzelfde en ook het uitzicht is onveranderd; er zijn alleen andere auto's en andere jongeren voor in de plaats gekomen. Het is Glenn een raadsel hoe het allemaal zo gelopen is.

Op de toegangsweg tot de middle school staat geen auto op de loer. Hij is paranoïde en verwacht overal politie. Hij neemt zich voor Turkey Hill straal voorbij te rijden als hij ergens in de buurt auto's ziet. Het sneeuwt nog steeds, maar niet meer zo hard, dikke vlokken als poedersuiker die smelten voordat de ruitenwissers ze te grazen krijgen. De bomen worden langzaam wit. Als de weg in zicht komt, mindert hij vaart, kijkt eens goed naar het huis van Clare Hardesty, haar lege oprit, en rijdt dan door over het kruispunt, zonder te stoppen.

'Wat zie je allemaal?' vraagt hij aan Bomber, die jankt en naar het portier klauwt, omdat hij gezien heeft waar ze zijn.

Glenn werpt een blik opzij, ziet het blauw van de watertoren, kijkt dan weer opzij, de weg op. Nergens iemand te zien. De velden zijn leeg, de Maverick staat er niet. Voor zover hij kan zien, is het donker in huis. Vijf over twee. Hij is tevreden. Hij heeft hier hard voor gewerkt.

Hij slaat de eerste zijweg in, keert, rijdt terug de andere kant op. Hij mindert vaart, doet zijn knipperlicht aan en slaat linksaf, Turkey Hill op.

Now I've been smiling lately, zingt Cat Stevens, *thinking about the good things to come.* Hij drukt op 'Eject' en draait de knop uit. Hij rijdt nu langs de rand van het bos, tuurt door de bomen, kijkt over zijn schouder naar de weg. Niets, niemand.

'Jij blijft in de auto,' zegt hij tegen Bomber.

Hij rijdt voorbij de oprit en de brievenbus, waarvan het vlaggetje omlaag staat. En inderdaad, het is donker in huis. Achter aan de weg moet hij uitstappen om een vuilnisvat opzij te zetten dat hem in de weg staat, en als hij erlangs is, moet hij die weer terugzetten. Bomber wil weten wat er allemaal gebeurt en beide keren gaat hij op de stoel van Glenn zitten. 'Schuif eens op,' zegt Glenn. Hij vraagt zich af hoe lang het zal duren voordat de sneeuw zijn sporen heeft uitgewist.

De weg loopt dood voor een besneeuwde aardwal en daar parkeert hij de auto. Hij buigt zich voorover om het jachtgeweer onder de stoel vandaan te halen en duwt per ongeluk op de claxon.

Zijn hoofd schiet omhoog en hij snakt naar adem.

Het bos is stil en de sneeuw valt loodrecht omlaag.

'Hou je hoofd erbij.'

Hij pakt het jachtgeweer en steekt er een paar patronen in. Hij verdeelt de andere patronen over zijn zakken.

'Ik wil je niet horen blaffen,' waarschuwt hij Bomber, en voordat hij uitstapt, wrijft hij hem over de zachte vacht van zijn borst. 'Ik ben straks terug.'

Buiten is het opvallend warm en stil: hij hoort alleen vogels en het druppelende smeltwater, met ver op de achtergrond het gezoem van de snelweg. De sneeuw is zo hard dat je er sneeuwballen van kunt maken en hij glijdt niet weg. Hij ruikt de onderliggende modder. Hij baant zich een weg door de struiken, houdt met een hand de geweerlade vast en houdt zijn andere arm gestrekt om zijn evenwicht te bewaren en zich met zijn vingers tegen boomstammen af te zetten. Als hij het pad rond de plas nadert, hoort hij het afvoerkanaal. Dat doet hem denken aan de zoektocht, hoe hij tussen de pijnbomen door stommelde, totdat iedereen met een megafoon bij elkaar werd geroepen, waarna bleek dat hij er met zijn vaderlijke intuïtie kilometers naast had gezeten.

De agent die hem begeleidde, had een walkietalkie bij zich en zocht contact met de basis. 'Ik ben hier in gezelschap van de echtgenoot,' zei hij, en hij liet zijn knop los.

'Zeg hem dat het ons vreselijk spijt,' knetterde een stem van ver.

De agent rende met hem mee naar het beekje waar ze zeiden dat ze was aangetroffen. Annie was al ter plaatse, in de armen van haar moeder. Ze drukte een papieren zakdoekje tegen haar wangen en stond te huilen van woede. Brock stond terzijde en durfde haar niet aan te raken.

'Waar is ze?' vroeg Glenn aan de inspecteur.

'De jongens zeggen dat ze uw dochter hier gezien hebben. Ze dreef mee op de stroom.' Hij wees naar de afvoerpijp die onder de heuvel doorliep.

Glenn sprong in het water. Het stond nog geen meter hoog. De agent worstelde om hem weer op het droge te krijgen en stond daarna tussen hem en het water alsof hij twee vechtersbazen uit elkaar wilde houden. Glenns dijbenen waren ijskoud en zijn spijkerbroek woog zwaar. Zelfs nu vindt hij dat ze hem niet tegen hadden moeten houden. De politie moest er een duiker bij halen. Tegen de tijd dat die man klaarstond, was het al donker, en ze stonden erbij in de gloed van de felle lampen die aan de struiken waren gehangen, in afwachting van het moment dat de man in zijn duikerspak haar aan de enkels uit de pijp had getrokken. Glenn sprong voor de tweede keer het water in, zodat nu ook zijn geleende broek doorweekt raakte. Annie krijste en krijste.

Sinds die dag is hij niet meer in het bos terug geweest. Hij is vergeten hoe heerlijk ze het vonden om op zomeravonden met een biertje in de achtertuin te zitten en naar de krekels te luisteren. In augustus keken ze naar de sterrenregens. Annie wilde een tuin met konijntjes voor Tara. Glenn had beloofd een tuinhuis voor haar te bouwen. Dat is nu verleden tijd, denkt hij. Het heeft geen zin dat allemaal weer op te rakelen.

Maar of hij het nu wilt of niet, als hij naar het huis sluipt, ziet hij dat de dakgoten verstopt zitten met bladeren en dat de tuinmeubels op de veranda staan te roesten. Er moet wel een jaarvoorraad aan lege sinasflessen staan. Hij had zijn hoop op dit huis gevestigd, hij had er plannen voor gemaakt. Hoe komt het toch dat alles op zo'n enorme puinzooi is uitgelopen?

De hordeur naar de veranda zit op slot. Hij pakt zijn sleutels en prikt een gaatje in de hor, trekt het open en steekt zijn hand naar binnen, schramt zijn pols. Het bloedt een beetje. Hij put er moed uit. Hij zet zijn hagelgeweer tegen de achterdeur van het huis en neemt een kijkje bij het badkamerraam. Hij trekt de mouw van zijn jasje over zijn vuist heen en geeft een klap tegen het ruitje, boven het grendelslot. Het glas rinkelt en valt op het tapijt. Ergens blaft een hond, maar geen Bomber. Glenn opent het raam en trek het gordijn opzij, klapt zijn geweer open en tilt zijn benen een voor een over het kozijn. Het glas op de badmat knapt onder zijn laarzen. Hij sluit het raam en trekt het gordijn weer dicht.

Hij loopt door het huis alsof het in brand staat, loopt systematisch de kamers af zoals hij dat als reddingswerker geleerd heeft. Hij gaat op Annies bed zitten en doorzoekt het nachtkastje. De revolver van haar vader is weg.

'Dom ben je niet,' moet hij toegeven.

Voor de zekerheid kijkt hij nog even in de bovenste la van het dressoir, rommelt tussen haar broekriemen, horlogebandjes en panty's die nog in hun verpakking zitten. In de kast staat een boodschappentas met cadeaus in kerstverpakking. Voor wie, vraagt hij zich af. Op het plakband heeft ze in het klein de initialen geschreven, voor het geval ze zou vergeten voor wie ze bedoeld zijn: MVD, DVD, RVD. Niets voor Tara, niets voor hem.

'Vrolijk kerstfeest,' zegt hij, en hij schopt de tas terug in de kast.

Tara's kamer is kort geleden gestofzuigd, haar bed is opgemaakt en het konijn dat hij haar gegeven heeft, zit met geopende armen te wachten. Op Tara's piepkleine kaptafeltje ligt een blote barbie op een bedje van kleren. Glenn zakt op zijn knieën, kijkt in het ovaalvormige spiegeltje en ziet tot zijn verbazing dat hij de loop van het geweer in zijn hand houdt en dat het dunne laagje vet besmeurd is met vingerafdrukken. Zijn vader foeterde hem altijd uit als hij zijn geweer verkeerd vasthield. Hij nam het dan van hem af en zei dat Glenn het pas weer terug mocht hebben als hij geleerd had zijn wapen met respect te behandelen. Als ze terugkwamen van de jacht, gingen ze altijd aan de eettafel zitten en terwijl zijn vader de wapens met een zachte doek schoonmaakte, las hij Glenn de les. Zijn moeder troostte hem met warme chocolademelk. 'Je vader wil dat je er verstandig mee leert omgaan,' zei ze dan.

Hij kijkt door het raam van Tara naar de achtertuin. Zijn voetafdrukken maken een haastige indruk en lopen in een rechte lijn van het bos naar de deur van de veranda. Het is nog geen halfdrie; rond vijf uur zullen de bandensporen zijn dichtgesneeuwd. Het zal als een verrassing voor haar komen.

Beneden controleert hij de ramen aan de voorzijde. Vanuit de stoel naast de deur kan hij tot voorbij de straatlantaarn de weg afkijken. Als hij achterover gaat zitten, is hij zelf niet te zien. Hij legt het geweer op schoot, vouwt zijn armen over elkaar. Hij kijkt om zich heen alsof hij bij de dokter in de wachtkamer zit, neemt alles in zich op. Annies tennisschoenen staan bij de voordeur, in afwachting van beter weer. Op de salontafel ligt een culinaire glossy, opengeslagen bij een foto van een overdadig chocolade-toetje. Hij voelt een kramp in zijn maag en schraapt zijn keel om dat gevoel te doen verdwijnen. Op het donkere tv-scherm is zijn hoofd niet meer dan een vlek die boven de welving van de bank uit steekt. Hij zwaait om zichzelf beter te kunnen zien. Daar is hij dan, de bijzondere gast van vandaag.

Na twintig minuten zet hij het geweer tegen de achterkant van de bank en trekt zijn jasje uit. Hij rekt zich uit, laat zijn hoofd heen en weer rollen over zijn nek, gaapt. Hij heeft slecht geslapen vannacht. Hij kan zich niet herinneren dat hij gedroomd heeft. Die ene psalm speelt al sinds gisteren door zijn hoofd, het beeld van een leeuw die met zijn voorpoten op Glenns borst staat en hem als een krant aan stukken scheurt.

Hij zakt op zijn knieën en buigt het hoofd boven zijn handen. 'Roep de boosheid van de goddelozen een halt toe en wees de rechtvaardige tot steun. U die hart en nieren doorgrondt, bent een rechtvaardige God.' Hij blijft zitten, met zijn ogen gesloten. 'Mijn naam is niet Glenn,' zegt hij. 'Ik ben opgestaan uit het water. Ik ben één met de geest van Jezus, door wie ik nooit zal sterven. Ik laat me niet door deze schaduwwereld voor de gek houden, maar ik zal eeuwig in de hemel leven. Amen.'

Hij staat op en voelt zich gesterkt; hij is er klaar voor. Elke twijfel, elke zwakte heeft hem verlaten, en zijn geloof vult de leegte die is achtergebleven. Hij is het licht en de weg. De vrouw van gisteravond had gelijk, denkt hij; van Jezus houden is nooit saai.

In de koelkast vindt hij plakjes vleeswaar, een soort Italiaanse worst met stukjes olijf en ham erin verwerkt. Hij laat het brood zitten, rolt gewoon de plakjes op en steekt ze in zijn mond. Terwijl hij de deur openhoudt, doorzoekt hij de groentela, op zoek naar kaas, maar ineens voelt hij zijn keel dichttrekken en begint hij te kokhalzen. Hij werpt zich over de afdruipplaat naar voren en zet zich schrap tegen het aanrecht, terwijl zijn kotsende geluiden door de gootsteen worden weerkaatst en versterkt. Na de eerste keer braken heeft hij niets meer om op te hoesten, alleen zurige gele slierten. Hij snakt naar adem van de inspanning en er komen tranen bij hem op. Hij laat de kraan lopen, spoelt zijn mond en spuugt het water uit. Als hij overeind komt, voelt hij dat zijn hoofdpijn terug is.

Hij loopt naar het voorraam, bang dat er iemand aankomt. De weg is leeg. De sneeuw valt. Het is nog maar net drie uur geweest en hij zou wel willen slapen. Hij gaat in zijn stoel zitten, neemt zijn wapen weer op schoot en kijkt de weg af. De middag begint al van kleur te verschieten, het licht in de kamer wordt grijs en in de hoeken wordt de schemering dieper. In gedachten ziet Glenn haar bij haar moeder aan de keukentafel zitten, hoe ze het daar probeert goed te praten dat ze Tara verloren heeft, dat ze Brock geneukt heeft. Toen hij nog op het autokerkhof werkte, moest hij er vaak aan denken hoe ze het deden in het bed dat hij gekocht had, en dan moest hij in zijn bespottelijke karretje naar een plek achteraan bij de omheining rijden om daar iets kapot te gaan smijten. Terwijl het werk hem goed beviel. Ook dat heeft ze hem ontnomen.

Hij ijsbeert, gaat aan de keukentafel zitten. Hij stampt de trap op en knielt neer voor Tara's bed, neemt het konijn mee naar beneden en zet het op de bank. Ze zal nu snel thuiskomen, door de voordeur. Hij moet haar handtas te pakken zien te krijgen, de revolver vinden. Daarna hoeft hij alleen nog maar zijn plan te volbrengen. Hij moet sterk zijn, vertrouwen hebben in zichzelf.

Als hij weer in zijn stoel zit, sukkelt hij in slaap en wordt dan met een schok wakker, alsof hij een nachtmerrie heeft gehad waarin hij werd neergestoken. Kwart voor vijf. Het is donker in de kamer. Buiten brandt de straatlantaarn en de lucht is een fractie lichter dan de dennenbomen. Hij denkt aan Bomber, hoopt dat hij ligt te slapen. Hij trekt zijn jas aan, trekt aan de herlader van zijn geweer, keert zich naar het raam toe en wacht af.

Hij zal het meteen zien als zij het is. Op de grille van de Maverick zitten oranje richtingaanwijzers, aan de binnenkant van de koplampen.

De sneeuw valt door het licht van de straatlantaarn omlaag. De brander van de verwarmingsketel slaat aan en komt suizend tot leven. De zon is onder, maar Glenn staat versteld hoeveel licht er nog is. Op de muur achter de trap is de schaduw van de spijlen te zien. Terwijl hij zich daarover verbaast, hoort Glenn een auto aankomen en als hij zich omdraait, ziet hij twee lichtpuntjes in het raam opduiken.

Het is te ver weg om de richtingaanwijzers te kunnen zien, maar als de auto onder de straatlantaarn door rijdt, herkent hij de kleur. Het is die van haar.

Hij laat zich van de stoel op de grond zakken, zit daar op zijn hurken en houdt de koplampen in de gaten. Als ze de oprit naderen, holt hij naar de deur en blijft daar staan, met het geweer voor zijn borst. Hij voelt weer dat hij aan zijn eigen zwakte dreigt te bezwijken, en hij denkt aan ouderling Francis. Het mededogen dat hij Glenn wilde bijbrengen, is van deze wereld, en daarom volstrekt onbetekenend. Zijn vlees is als gras.

O, roep de boosheid van de goddelozen een halt toe.

Hij hoort de holle klap van het portier. Hij moet naar haar handtas grijpen. Hij gaat met zijn rug tegen de muur staan, naast het lichtknopje.

En wees de rechtvaardige tot steun.

Voetstappen op de veranda, daarna getinkel, het gemorrel van de sleutel die in het slot wordt gestoken. Met een klik wordt de slotbout omgedraaid, de deur gaat open en zwaait zijn kant op.

Ze steekt haar hand uit naar het lichtknopje en hij grijpt naar haar arm, trekt haar met een zwaai naar binnen voordat ze tijd heeft om te reageren, te gillen of wat dan ook. Haar handtas valt tussen hen in op de grond. Ze ziet het geweer en probeert zich los te maken, maar hij heeft haar pols stevig vast.

'Glenn,' zegt ze. 'O mijn god, o mijn god. Glenn.'

Hij staat te dichtbij om zijn geweer op haar te kunnen richten. Hij duwt haar naar achteren, op de bank, en graait haar tas van de vloer. Ze moet huilen. Hij klapt zijn geweer open, legt die over zijn arm en trekt zich terug in de hoek bij de deur, die hij dichtgooit.

'Alsjeblieft,' zegt ze, en ze gaat staan, met haar armen voor zich uitgestrekt. 'Ik heb niks gedaan, Glenn.'

'Kalm nou.' Hij krijgt de knip niet open, en zij gaat maar door met smeken. 'Alsjeblieft,' zegt hij, 'hou toch eens op.'

De tas schiet open en de hele inhoud valt voor zijn voeten op de vloer. De revolver stuitert op het tapijt. Het is een groter wapen dan in zijn herinnering, een goedkope imitatie van een Colt. Hij houdt haar in het oog, en intussen zakt hij op zijn knieën om ernaar te grijpen. De revolver is geladen, ligt zwaar in zijn hand.

'Deze is van je vader,' zegt hij, half vragend. 'Ik herken hem nog van laatst.'

Annie schudt haar hoofd alsof ze het maar niet kan geloven. 'Glenn,' smeekt ze.

'Ssst,' zegt hij. 'Stil.'

Hij loopt om de bank heen met de revolver aan zijn zij, gericht op de vloer. Hij gaat achter haar staan en zij draait zich om, kijkt hem aan.

'Kijk voor je uit,' zegt hij. 'Maak je geen zorgen om wat ik doe.'

Hij zet het hagelgeweer tegen de televisie.

'Doe de lampen aan,' zegt hij, maar ze houdt zich stil. 'Ik wil me nu niet boos om je maken. Juist nu niet. Dus doe ze aan. Je mag lopen, dat geeft niet.'

Ze loopt achteruit om de bank heen, terwijl ze hem al die tijd aan blijft kijken. Hij houdt niet eens de revolver op haar gericht. Als ze op het knopje drukt, lichten de ramen op met een veelkleurig licht. Hij buigt zich voorover en ziet de lampjes, gedrapeerd over de kleine kornoelje in de voortuin.

'Doe nu de jaloezieën omlaag.'

Dat doet ze.

'Dank je,' zegt Glenn. Hij gaat op de bank zitten. Ze is gestopt met huilen, vraagt zich af waar hij op uit is, is op zoek naar een vluchtweg. 'Moet je werken vanavond?' vraagt hij, hoewel hij weet dat ze om zes uur moet beginnen.

'Ja.'

'Heb je al gegeten?'

'Nee.'

'Wil je iets hebben?'

'Alsjeblieft, doe het niet.'

'Ssst,' zegt hij.

'Alsjeblieft, Glenn, laat me nou gewoon gaan. Ik zal hier vertrekken. Ik ga heel ergens anders wonen, ik zweer het je...'

'Niet praten. Dat maakt het voor ons allebei alleen maar moeilijker. Voor mij is dit ook niet prettig.'

'Doe het dan niet.'

'Nee,' zegt hij. 'We doen het wel. We doen het wel, en dan hebben we het gehad. Ik ben al die ellende spuugzat en ik wil er een punt achter zetten.' Om zijn verhaal kracht bij te zetten, merkt hij, zit hij gebaren te maken met zijn revolver, en ze kan haar ogen er niet vanaf houden. Hij legt het wapen naast zich op de bank, zodat ze het niet ziet. 'Ga zitten,' zegt hij, en hij maakt een gebaar naar de stoel bij het raam. 'Nu.'

'Om wat te doen?'

'Ssst. Trek je laarzen uit.'

'Nee.'

'Alsjeblieft. Trek je laarzen uit.' Hij staat op, houdt haar de revolver voor, en ze begint haar veters los te maken. 'En ook je sokken. Hou je jas aan. Je kunt hem losknopen, als je wilt, maar hou hem wel aan. Goed. Nu gaan we naar de keuken. Mooi. Doe het licht in de gang aan. Goed. En die lichtknop rechts. Heel goed. En nu aan tafel gaan zitten. Zet je stoel naar opzij, zodat je benen er niet onder steken.'

Met zijn vrije hand trekt hij het keukenkastje naast de oven open en met een geweldig kabaal haalt hij er een grote pan uit tevoorschijn. Hij draait de linkerkraan open, laat het water warm worden en vult daarna de pan. Met het wapen nog steeds in zijn ene hand zet hij de pan naast haar voeten op de vloer. Hij legt de revolver zachtjes op het linoleum en steekt zijn beide handen in het water, drukt ze daarna op haar koude voeten.

'O god o god o god,' hijgt ze. 'Glenn, toe nou. Glenn.'

Hij masseert haar botten met het water, het vlezige deel van haar voetzool, haar tenen. Hij neemt een handvol water en wast haar voeten.

Als hij bijna klaar is, geeft ze hem een trap tegen zijn borst, maar niet hard genoeg om hem achterover te doen vallen. Hij grijpt naar haar benen en zij vervloekt hem; ze schreeuwt en haalt uit naar zijn hoofd. Een of twee klappen doen hem van pijn vertrekken, maar ze is niet sterk genoeg, niet groot genoeg. Hij heeft zich hier heel lang op voorbereid. Hij duwt haar van zich af en grijpt haar naar de keel, maar ze wil niet ophouden. Met zijn andere hand dekt hij haar ogen af en hij drukt haar tegen de stoelleuning, zodat ze dreigt te stikken. Ze weet niet waar de revolver is, kan er niet bij, en ten slotte raakt ze uitgeput en begint ze te huilen. Als ze het opgeeft, pakt hij een keukendoek en droogt haar voeten.

'Het spijt me,' zegt hij. 'Ik meen het. Weet je dan niet dat ik van je hou?'

Daar zegt ze niets op. Ze laat het hoofd hangen en kijkt hem niet meer aan. Haar nek is rood op de plek waar zijn hand was. De revolver interesseert haar niet meer.

'Je hoeft me niet te geloven,' zegt hij.

'Klootzak,' zegt ze.

'Laten we gaan.'

Ze wil niet overeind komen en hij moet haar met één arm optrekken. Hij duwt haar voor zich uit in de richting van de achterdeur, maar ze zakt in elkaar op de grond. Hij steekt de revolver achter zijn riem en tilt haar op, zeult haar mee naar de deur alsof ze dronken is. Hij knipt de buitenlamp aan en de achtertuin straalt van het licht; de sneeuw blinkt in een blauw schijnsel. Zijn voetafdrukken van vanmiddag zijn verdwenen.

Hij knippert met zijn ogen tegen de sneeuw en voelt dat de vlokken zijn oren kietelen. De wind, het verkeer. Nog voor ze bij de bomen zijn, begint ze te prevelen van de angst.

'Maak je geen zorgen,' zegt hij, en hij wrijft even over haar schouders. 'Het duurt niet lang meer. Alles zal goed komen.'

Haar voeten zinken weg in de sneeuw. Hij zou willen dat het anders kon en zonder goed te weten hoe het nu moet, tilt hij haar op en houdt intussen haar handen in de gaten. Ze huilt en wikkelt zich om hem heen om warmte te zoeken. Hij hoopt dat ze rustig blijft. Dit is het moeilijkste deel.

Hij stopt het wapen in zijn jaszak, neemt haar op schoot en laat zich op zijn zitvlak langs de heuvel omlaag glijden. In het donker hoort hij het water door het afvoerkanaal stromen. Dat onophoudelijke geluid helpt hem. Hij houdt haar vast aan de achterkant van haar jasje en leidt haar mee langs de plas. Van ver weg klinkt muziek, een flard uit een of andere mars die iedereen kent, een en al trommels en trompetten. Het geluid wordt overstemd door een vrachtwagen die hogerop over de snelweg raast. Ze strompelt voor hem uit.

'Nee,' zegt ze weer, terwijl ze het woord steeds een andere draai geeft. 'Nee, nee, nee, nee, nee.'

Ze nemen de brug over het afvoerkanaal en volgen een glibberig pad langs het beekje. Het pad is overwoekerd; ze stoten de sneeuw van de struiken. Takken zwiepen tegen hun armen. Hij controleert of hij de revolver nog op zak heeft, sluit zijn hand om de greep. Hij wil dit niet eindeloos rekken; het moet maar eens afgelopen zijn. Hij weet niet hoe hij het moet aanpakken.

Het beekje mondt uit bij de pijp die onder de heuvel door loopt. Het water staat hoog en brengt een iel, gorgelend geluid voort. Ze stopt. Hij stopt.

'Op je knieën,' zegt hij.

Ze begrijpt wat hij wil en knielt met haar gezicht naar het water, voetzolen die naar achteren steken. Hij haalt de revolver uit zijn zak. Hij streelt haar haar, het eerste dat hij ooit mooi aan haar had gevonden, en duwt haar hoofd dan zachtjes voorover.

'Zeg maar als je klaar bent,' zegt hij.

'Ik ben klaar,' zegt ze.

'Het spijt me,' zegt hij, maar hij wacht en draait zijn hoofd een beetje af om naar de muziek te luisteren.

'Ik ben klaar,' zegt ze nog eens.

De revolver slaat terug en zij spettert in het water. Vogels die geschrokken zijn van het schot klapwieken boven hem rond, onzichtbaar in het donker. Ze drijft in het beekje en knijpt alleen haar hand telkens dicht, alsof ze zich aan het water probeert vast te klampen. Glenn schiet de revolver op haar leeg, blijft nog even staan kijken naar de gaten in haar jas, haar blanke voeten, en rent dan weg.

Als hij het afvoerkanaal oversteekt, merkt hij dat hij nog steeds het wapen bij zich heeft en hij laat dat in het water vallen. Op de heuvel valt hij, klauwt zich een weg naar boven en ziet het licht van het huis achter de bomen. Er ligt een dik pak sneeuw, maar hij rent moeiteloos. De muziek is gestopt. Hij hoort niets, alleen het rumoer binnen in hem. Het is gebeurd, denkt hij. Hij heeft het volbracht.

Hij gooit de deur van de veranda open, de achterdeur. Hij rent door de gang en de keuken en komt in de woonkamer. Het hagelgeweer staat nog steeds op zijn plek. Hij is vergeten wat zijn plan was, gaat via de voordeur naar buiten en loopt de tuin door. De watertoren doet hem in het niet verzinken.

Bomber blaft en blaft maar, totdat Glenn zegt dat hij moet ophouden. De ramen zijn bevroren. Glenn stapt in, gooit het hagelgeweer op de passagiersstoel. De wagen wil meteen starten, maar de ruitenwissers doen het niet. Glenn laat zijn lampen uit en zoekt onder zijn stoel naar een krabber, maar die heeft hij weggegooid, samen met al zijn andere spullen. Hij is ook ergens zijn handschoenen kwijtgeraakt en dus moet hij de sneeuw met zijn blote handen te lijf. Hij doet de voorruit en de zijruit aan zijn eigen kant, en stapt daarna weer in. Hij opent zijn raampje en steekt zijn hoofd naar buiten om achteruit weg te rijden, maar hij is het vuilnisvat vergeten en zijn bumper klapt erbovenop.

'Kut.'

Het duurt even voordat de wielen greep op de weg krijgen; met brullende motor slingert hij langs de brievenbus. Hij weet dat hij in paniek is en knijpt in zijn stuur om zichzelf onder controle te krijgen.

'Licht,' zegt hij, en hij knipt zijn koplampen aan.

Als hij het stopbord nadert, ziet hij dat het echtpaar Hardesty thuis is; het gordijn van de woonkamer is dichtgetrokken. Hij wacht tot er een auto gepasseerd is, klapt intussen het hagelgeweer open en bergt het op onder zijn stoel.

'Goed. En nou kalm aan.'

Hij kijkt naar Bomber, maar weet niets tegen hem te zeggen.

Als hij de middle school voorbijrijdt, hoort hij sirenes, waarschijnlijk op de snelweg. En inderdaad, van achter de verhoogde brug ziet hij rode zwaailichten aankomen.

'Shit.'

Twee, misschien drie. Hij is erbij gelapt, waarschijnlijk door Clare Hardesty, of anders door zijn ouders, denkt hij. Hij had het plan opgevat om terug te rijden naar het meer, maar dat gaat niet lukken. Hij draait het parkeerterrein van de high school op, en bedenkt dat het geen slecht alternatief is. Butler in plaats van het meer, zijn onechte woonplaats in plaats van zijn echte. Hij is opgestaan uit het water, niet uit deze wereld van klei.

Het is al na zessen, maar de laatste auto's rijden nu pas weg. Hij ziet een lange jongen met een tuba sjouwen en een andere met een kleine trom onder zijn arm. Het orkest dat hij gehoord heeft. Een aantal van de muzikanten steekt in het licht van zijn koplampen de parkeerplaats over. Daarachter, op Far Line, schiet met loeiende sirenes een auto van de staatspolitie voorbij. Glenn had het zich niet ingebeeld; in de verte hoort hij er meer. Reken maar dat ze hem bij de lurven willen pakken, maar zo ver zal hij het niet laten komen. Het is nooit zijn bedoeling geweest dit te overleven.

Hij rijdt langs de toegangsdeuren, waar een paar tieners staan te wachten tot ze worden opgepikt. Bomber kijkt naar ze, kwispelt met zijn staart. Hij heeft te lang opgesloten gezeten en moet waarschijnlijk plassen. Glenn rijdt door tot achter het schoolgebouw en slaat dan de hoek om. Het achterste deel van het parkeerterrein is verlaten en in een felle gloed gehuld; de vuilnisbakken zijn met sneeuw overdekt. Vroeger had de jeugd de gewoonte hier met keien naar de kwiklampen te gooien, zodat er gevreeën kon worden. Hij herinnert zich de precieze plek waar ze gestaan hadden, de derde plaats van achteren. Hij zet zijn wagen op die plek neer, doet zijn lampen uit en houdt de verwarming aan.

'Moet je eruit?' vraagt hij aan Bomber, die hem bespringt. 'Oké, oké,' zegt hij.

Voordat hij het portier voor hem opendoet, houdt Glenn hem even vast, duwt zijn neus tegen de ruwharige kop, snuift de lucht van zijn hondenvacht op. Dat kutkonijn, hij is het weer vergeten. In gedachten ziet hij het voor zich op de bank, en hij barst in tranen uit.

Bomber begrijpt het niet en likt zijn tranen.

'Jij bent mijn vriend,' zegt Glenn, en hij drukt hem nog eens tegen zich aan, voelt zijn ribben meegeven. Hij opent het portier voor hem. Bomber springt en draait rondjes in de sneeuw, en niet alleen om aandacht te trekken. Glenn vindt het prachtig; zelf zou hij nooit zo gelukkig kunnen zijn.

Vanwege de zware sneeuwval kan hij de stad niet zien liggen; het is niet meer dan een gedempt licht in de wolken. Glenn draait de verwarming uit, de motor af. Bomber snuffelt rond in de buurt van de picknicktafel. Het is misschien vreemd van hem, denkt Glenn, maar hij wil niet dat Bomber hem ziet zoals hij Tara heeft moeten zien. Hij controleert of zijn portier niet op slot zit, zodat ze het niet hoeven open te breken, en legt de sleutels op zijn bijbel, opengeslagen bij Psalm 7. Als er onrecht kleeft aan mijn handen... Hij pakt zijn geweer onder de stoel uit, en daarbij drukt hij op de claxon.

'Wat een miskleun ben je toch,' zegt Glenn.

ELF

Aan het slot van ons avondje uit kuste ik Lila Raybern goede-
nacht. Ze kuste me harder terug dan ik verwacht had en deed
haar bril af om te voorkomen dat ze me in de ogen porde. We
stonden in de kou op de overloop. Mijn moeder was naar binnen
gegaan om ons een beetje privacy te gunnen, hoewel ik zeker
wist dat ze ons van achter het voorraam stond te bespieden. Lila
had groene keelpastilles gegeten en de scherpe, zuivere smaak
van haar mond bracht me helemaal in vervoering. Ik zei dat ik
haar de volgende dag zou opzoeken en zag haar over de sneeuw
naar haar eigen gebouw lopen. Ze zwaaide voordat ze naar binnen stapte. Ik besloot de ketting voor haar te gaan kopen.

Als ik muziekrepetitie had, ging ik daarna meteen door naar
de Burger Hut. Na achten, als het rustiger werd, belde ik vanuit de keuken naar Lila. Ik hielp meneer Philbin met afsluiten
en daarna gaf hij me een lift naar huis. Tegen die tijd lag mijn
moeder vaker wel dan niet in bed. Ik deed zelf de deur open,
schrokte wat Pop-Tarts naar binnen en keek tv, om daarna mijn
bed op te zoeken en aan Lila te denken, die ik de volgende ochtend weer te zien zou krijgen. We zaten nu naast elkaar in de
bus, zonder dat het ons moeite kostte Warren en Lily in de steek
te laten.

Op school had iedereen het over Annie en over hoe akelig
het allemaal was. Ik kon me niet herinneren dat ik Glenn op
de middag – of avond – van de moord in zijn bestelwagen had
zien langsrijden. De volgende dag las ik er pas over in de *Eagle*,

en toen besefte ik dat ik daar gedurende een paar minuten alleen met hem geweest was, even afgezien van de conciërge, die hem scheen te hebben gevonden. Mijn moeder was me pas laat komen ophalen. Ik stond daar in het licht van de hal naar de sneeuw te kijken, en intussen vroeg ik me af waar al die sirenes naartoe gingen, en waar de hond was die maar niet ophield met blaffen.

Ik heb dat aan niemand verteld, zelfs niet aan Lila. Als mij ernaar gevraagd werd, zei ik alleen dat Annie weleens op mij gepast had. Verder kenden we haar familie nauwelijks, zei ik. Thuis wilde mijn moeder er niet over praten, en toen het ter sprake kwam op het nieuws zette ze snel een ander kanaal op. De herdenkingsdienst was besloten; we kregen geen uitnodiging. Mijn moeder stuurde mevrouw Van Dorn een kaartje en ondertekende dat namens ons beiden, terwijl ze zich hardop afvroeg of mijn vader daar wel aan zou denken.

Bij mijn vader en Marcia was ik nog steeds niet gaan eten. We hadden een afspraak voor de zaterdag na onze laatste thuiswedstrijd. Het moest een geheim blijven. Mijn moeder had me verboden om bij Marcia langs te gaan of haar zelfs maar te spreken, maar daar liet mijn vader zich niet door weerhouden. Elke keer als hij me had meegenomen om met zijn Nova over het parkeerterrein rond te glibberen, zag ik haar bij hem thuis, waar ze zat te lezen, kalmpjes naar Brahms luisterde en voor ons beiden warme chocolademelk had klaarstaan. Mijn vader kuste haar aan de deur, wat ik niet zozeer schokkend vond, als iets wat niet bij hem paste. Ik kon maar niet wennen aan die tand van haar, of de manier waarop ze naar elkaar glimlachten, alsof ze een gesprek zonder woorden voerden. Als hij naast haar op de bank zat, vonden zijn handen die van haar en streelde hij haar vingers met zijn duim. Die attenties deden me denken aan Lila en hoe wij elkaar aanraakten, maar prettig vond ik het niet. Ik vroeg me hardop af hoe Tony Dorset en het universitaire footballteam uit Pittsburgh het ervan afbrachten, waarop hij zei dat hij maar eens een televisie voor me moest kopen, alsof die wedstrijd hem zelf niet interesseerde, wat niet waar was. Thuis hing hij op zaterdag en zondag altijd op de bank in de kelder rond, waar hij in de loop van de middag de complete opstelling van de amateur- en profteams in zijn hoofd prentte en een heel sixpack Iron City achteroversloeg. En sinds wanneer luisterde hij naar klassieke muziek? Hij deed dat allemaal voor haar, bedacht ik, precies zoals ik me had voorgenomen niet meer zo vaak stoned te worden, nu Lila te kennen had gegeven dat ze het maar niets vond. Zoals ik gesard werd door Warren, zo zou ik mijn vader zijn plotselinge ommezwaai willen inpeperen, maar ik wist dat hij het net zomin op prijs zou stellen als ik, hoe waar het ook was.

Mijn moeder liet zich ontvallen – tijdens het eten en in de auto, als ze tv keek en zich klaarmaakte voor haar werk – dat mijn vader in de war was, waarmee ze weleens leek te suggereren dat hij geestelijk niet in orde was en onder behandeling moest. Ik vertelde haar maar niet dat hij op mij een gelukkige indruk maakte. Ik was zo voorzichtig thuis nooit de naam Marcia te laten vallen, maar zo nu en dan flapte mijn moeder er iets uit in de trant van: 'Ze zal hem nooit trouwen. Ik ken vrouwen als zij, en ze zal hem nooit trouwen.'

Toen ze een keertje beneveld thuiskwam na een avondje stappen met haar vriendinnen, zei ze: 'Die vrouw van je vader deugt niet. Er bestaat een naam voor vrouwen zoals zij.'

Het was vrijdagavond en ik zat samen met Lila *Chiller Theatre* te kijken. We zeiden geen van beiden een woord. Mijn moeder liet haar schoenen aan een van haar handen bungelen; haar lippenstift was gevlekt en haar kapsel zat in de war, alsof ze gevochten had. Ze plofte naast ons op de bank en stak een sigaret op.

'Je vader ziet het niet eens. Hij wil het niet weten.' Ze boog zich over me heen en sprak tegen Lila alsof ze haar een goede raad wilde geven. 'Hij heeft me voor haar in de steek gelaten, wist je dat? En dat is de grootste fout van zijn leven, let maar eens op. Waar gaat die film over?'

Een paar minuten later zat ze naast me te slapen, met haar schoenen op schoot. Lila zei dat ze maar beter naar huis kon en hoewel de film nog niet eens halverwege was, probeerde ik haar niet tegen te houden. Ik liep met haar mee naar de deur. Mijn moeder snurkte en had haar benen nu op de bank uitgestrekt.

'Gaat het wel goed met haar?' vroeg Lila op de overloop, nadat ik haar een nachtkus had gegeven.

'Dat komt wel weer,' zei ik.

Maar het ging niet goed, en naarmate Kerstmis dichterbij kwam, begon ze steeds vaker te zeggen hoe ongelukkig ze was, wat ik niet wilde horen. Ze bad God, zei ze, dat ik geen evenbeeld van mijn vader zou worden. Ze zei dat iedereen wist wat voor vrouw zij was en wat voor vrouw Marcia Dolan was. Als ze mij niet had om voor te zorgen, zei ze, zou ze de stad verlaten en zich hier nooit vertonen, dat wist ik toch zeker wel? Als ze niet tegen me sprak, kon ik gelukkig zijn. Ik had Lila en verder had ik niets of niemand nodig. Ik luisterde naar mijn moeder met dezelfde scepsis waarmee ik eerder mijn vader had aangehoord, en als ik zeker wist dat ze goed en wel uit de kamer was, stak ik mijn middelvinger naar haar op.

'Waar ben je nou mee bezig?' vroeg Astrid over de telefoon. Mijn moeder belde haar nu om de paar dagen, ongeacht het tijdstip van de dag. 'Heb je dan helemaal niets gehoord van wat ik je gezegd heb?'

'Wat wil je dan dat ik doe?'

'Nou, om te beginnen, eens ophouden met alleen maar aan jezelf denken.'

Ik zei niets. Ze had gelijk, maar het was verkeerd van haar om te doen alsof het mijn schuld was.

'Wil je dat ik naar huis kom?' vroeg ze. 'Is het dat wat je wilt?'

Er viel een trans-Atlantische stilte waarin ik dacht aan mijn moeder, aan mijn vader en Marcia, aan Annie en haar dochtertje. Dokter Brady had me over het meisje aan de praat gekregen. Ik had nog steeds niet van haar gedroomd, maar in gedachten zag ik haar meerdere keren per dag in haar besmeurde sneeuw- pakje op het water drijven, en dan moest ik met mijn hoofd schudden om me van dat beeld te bevrijden. Ik zag haar weleens voor me als ik op mijn moeder zat te wachten, terwijl ik mijn twee chili dogs naar binnen propte. De afvoerpijp en het ijs. Het wantje dat langzaam naar de oppervlakte kwam. De sneeuw. Als ik klaar was met eten, voelde ik de uien in mijn keel branden en soms was de chili zo scherp dat mijn ogen ervan traanden. Ik liep naar buiten, waar de schemering was ingevallen en de mensen hun laatste inkopen deden. In de auto zei ik mijn moe- der niet hoe ik me voelde. Ik had niets gezegd tegen Astrid, al hoopte ik dat ze het wel wist.

'Ja.'

'Nou, dat gaat niet,' zei Astrid. 'Je zult het toch echt zelf moe- ten oplossen. Trouwens, op het moment is er toch niets wat ik voor je kan doen.'

Maar wat kon *ik* er dan aan doen, wilde ik haar nog vragen.

Ik kon het ontbijt klaarmaken. De volgende ochtend stond ik vroeg op; ik zette koffie, maakte gebakken eieren met geroos- terd brood voor mezelf, at die op, en al die tijd zat ik te wachten tot mijn moeder het zou ruiken en poolshoogte kwam nemen. Toen ik klaar was met eten, was haar deur nog steeds gesloten. Ik schonk koffie voor haar in, deed er de gepaste hoeveelheid melk bij, zette de beker op haar plaats en riep. Het was tien voor halfacht; normaal was ze dan al onder de douche geweest en had ze zich aangekleed. Ik klopte op haar deur en duwde die daarna open.

De jaloezieën waren naar beneden en de rode cijfers van haar wekker sprongen uit de duisternis naar voren. Ze lag nog in bed, maar sliep niet; ze zat half overeind tegen haar kussens. Haar armen lagen slap op de sprei en in een van haar handen klemde ze een papieren zakdoekje. Verfrommelde zakdoekjes lagen her en der naast het nachtkastje op de grond. Ze snoof en wierp me een hulpeloze blik toe, en ik probeerde niet boos te zijn.

'Ik ga niet werken vandaag,' zei ze. 'Ik voel me niet lekker.'

'Ik heb koffie gezet.'

'Dat is lief van je.'

'Wil je die hier?'

'Dat zou fijn zijn.'

Ik liep naar de keuken, kwam terug met de koffie en zette die op haar nachtkastje. Ze glimlachte, maar pakte de beker niet op.

'Je vindt het toch niet vervelend als ik vandaag thuisblijf?' vroeg ze.

'Nee,' zei ik.

'Arthur,' zei ze, maar daarna viel ze een tijdje stil. Ik stond daar in de schemering van de kamer. De koffie walmde. Er ging een hele minuut voorbij op de wekker.

'Ik ben gewoon heel moe,' zei ze. 'Ik hoop dat je daar begrip voor hebt.'

'Jawel,' zei ik.

'Het zal heus goed komen, maar op het moment ben ik gewoon doodop.'

Ik wist niet wat ik daarop moest zeggen.

'Ik moet mijn bus halen,' zei ik.

'Weet ik. Ga maar. Maak je geen zorgen om mij.'

'Je hoeft me niet te komen oppikken. Ik heb muziekrepetitie en daarna ga ik werken.'

'Dus je bent pas laat thuis.' Dat klonk als meer dan een teleurstelling voor haar. Het klonk als een beschuldiging.

'Rond de gebruikelijke tijd,' zei ik.

Ze draaide zich af, onverschillig. 'Ga maar. Straks kom je nog te laat.'

Buiten was het nog steeds donker. Lily was weer ziek. Lila vroeg waarom ik zo vroeg op de ochtend al boos was.

'Waarom denk je?' vroeg ik, om daarna mijn excuses aan te bieden.

'Het is al goed,' zei ze, en terwijl we naar de bushalte liepen, bedacht ik dat de verderfelijke invloed van mijn ouders zich zelfs al tot dit deel van mijn leven uitstrekte. Het voelde verkeerd om mijn moeder zo achter te laten, met de lampen uit en de jaloezieën dicht, maar het was mijn schuld niet. Dokter Brady had me toch zeker voorgehouden dat ik dat nooit mocht vergeten?

Toen ik die avond thuiskwam, lag mijn moeder te slapen. Ze had het licht in de keuken aan gelaten. Haar koffiebeker stond in de gootsteen, samen met een tweede bordje en een soeplepel. Ze had misschien ijs gegeten of cornflakes. Ik vroeg me af of ze de deur wel uit geweest was. Ik vroeg me af hoe lang dit nog zou duren.

De volgende ochtend was ze eerder op dan ik, maar in haar ochtendjas. Ik at mijn eieren en hield intussen de klok boven het aanrecht in de gaten. Ze zat tegenover me te roken, terwijl ze met haar andere hand de beker koffie koesterde. Ga je alsjeblieft aankleden, dacht ik. Alsjeblieft. Ze zag dat ik naar haar keek en daarna naar de klok, en ze slaakte een zucht.

Ik nam een hap van mijn geroosterd brood en sloeg mijn ogen niet meer op van het bord.

'Ik heb hier tijd voor nodig, Arthur. Gun je me die tijd?'

'Ja, hoor,' zei ik.

'Dank je.'

Ze nam haar beker mee naar het aanrecht. Ik ging door met eten en verbaasde me erover hoe gemakkelijk ik haar had opgegeven. Nu we hiermee klaar waren, was ik blij om er niet meer over te hoeven praten. Ik had de situatie getrotseerd; ik had gezegevierd. Maar toen ik diezelfde avond mijn spiegelbeeld zag in de frituurketel en mijn best deed om me geen voorstelling te maken van het wantje dat de afvoerpijp in werd gezogen, zag ik ineens mijn moeder voor me, die haar opgerookte sigaret onder de kraan hield en het natte stompje in de vuilnisbak gooide.

Op donderdag ging ze naar dokter Brady, en intussen keek ik hoe duur de gouden kettingen bij Milo Williams waren en grasduinde ik rond in de True Value, op zoek naar gereedschap dat mijn vader weleens nodig kon hebben. De lantaarnpalen waren versierd met reusachtige kerstklokken en kerstkaarsen van klatergoud. Thuis hadden we niet eens een boom, en ik ergerde me aan de gekleurde lampjes die de etalages van warenhuis Woolworth omringden alsof het een feesttent was. Omdat ik mijn moeder niet wilde laten wachten, deed ik mijn best om op tijd in de Hot Dog Shoppe te zijn, maar ze was nog niet naar beneden gekomen. Er hing een vettige, doordringende lucht. Ik had geen trek en bestelde een Slush Puppie met kersensmaak, en toen ze nog steeds niet was komen opdagen een 7Up. Tegen de tijd dat ze de deur openduwde, had ik die al bijna op. Ze had haar autohandschoenen aan. In een daarvan klemde ze een zakdoekje. Houdt het nu nooit eens op, dacht ik.

'Dat was precies wat ik nodig had, geloof ik,' zei ze in de auto, maar ze gaf geen uitleg. Om onverklaarbare redenen was ik jaloers op dokter Brady. Maar de volgende dag ging ze weer werken en ik bedankte hem in stilte.

Zaterdag was onze laatste thuiswedstrijd en de laatste keer dat we de tornado zouden proberen. Onderweg daarnaar toe vroeg mijn moeder of ik soms wilde dat ze bleef kijken. Ze was nog nooit naar een wedstrijd van ons geweest en had zich gekleed op een middagje winkelen.

'Nee,' zei ik, 'dat hoeft niet.'

'Als je wilt, dan blijf ik,' zei ze.

'Nee,' zei ik.

Was ze maar gebleven, want het lukte ons zowaar om de tornado goed uit te voeren. Toen we allemaal zwetend op onze voorbestemde plek waren uitgekomen, stond het publiek voor ons op en daarna dromden we in looppas het veld af. We liepen achter elkaar door de toegangspoort en meneer Chervenick deelde aan elk van ons schouderklopjes uit. Hij sprong tussen de rijen door, wuivend met zijn bladmuziek. 'Geweldig!' kraaide hij. 'Jullie zijn de ploeg die het gelukt is!' Onze voorstelling was voorbij, maar we marcheerden nog altijd op de maat over het parkeerterrein, tot in het sportcomplex waar we ons moesten omkleden. Onze kreten galmden in het rond door de lange, lege gangen. Toen we weer uit onze kleedkamers waren opgedoken en ons met natte haren op het basketbalveld hadden verzameld, sprak meneer Chervenick ons vanaf de open tribune toe.

'Ik ben heel trots op jullie. Sinds de afgelopen zomer hebben jullie allemaal geweldige vorderingen gemaakt, en ik prijs mezelf gelukkig dat ik de kans heb gehad met jullie te mogen samenwerken. Voor mij is dit een jaar om nooit te vergeten. Ik hoop dat voor jullie hetzelfde geldt.'

'Ja ja, zo kan-ie wel weer,' zei Warren naast me.

'Wees toch niet zo'n klootzak,' zei ik.

'Wat is er met jou aan de hand?' vroeg hij toen we driewerf hoera hadden geroepen voor onszelf. Wat moest ik daarop zeggen? Dat ik meneer Chervenick aardig vond, dat ik zou willen dat iedereen een beetje meer als hij was, ook al kraamde hij de grootste onzin uit?

'Niets,' zei ik, en omdat we vrienden waren, lieten we het daarbij.

Mijn moeder kwam aangereden met een boodschappentas van Sears op de achterbank. Ik vertelde haar over de tornado. Voor een kort moment was ze daarvan onder de indruk, om daarna te vragen wat mijn vader en ik voor plannen hadden voor de rest van de middag.

'Ik weet het niet,' loog ik.

'Hoe laat komt hij je ophalen?'

'Rond een uur of vier?' vroeg ik, hoewel we daar een duidelijke afspraak over gemaakt hadden. Ik wist zelfs al wat we gingen eten: zelfgemaakte pizza.

In afwachting van zijn komst ging ik thuis in de woonkamer zitten en keek ik naar een wedstrijd van Pittsburgh University, met het geluid zacht. Mijn vader was laat, iets wat vroeger ongebruikelijk voor hem was. Hij kwam tegenwoordig niet meer aan de deur, maar drukte op zijn claxon. Ik luisterde of ik het geronk van zijn Nova boven het wedstrijdverslag uit hoorde. Tegen het eind van de eerste kwart was de ploeg uit Pittsburgh al ver op de Navy Athletics uitgelopen. Tony Dorsett brak met gemak door de achterste verdedigingslinie heen en liet het puntenaantal snel oplopen. Halverwege de wedstrijd sloot mijn moeder de deur naar haar slaapkamer om haar cadeautjes te gaan inpakken, en ik liep naar het voorraam. De zon hing oranjekleurig tussen de bomen en schaduwen rekten zich uit over de sneeuw, in de richting van waar wij woonden. Boven me was de lucht nog helder, maar onder me begon het al te schemeren. Dit was het moment van de dag dat mijn vader een zak chips openscheurde, de dipsaus klaarzette, de scorekaart pakte die hij op zijn werk gekocht had en ging kijken hoe het ervoor stond met de teams waarop hij zijn ene dollar had ingezet. Op televisie nam Jim Lampley van ABC de top twintig door, precies zoals hij dat vroeger in ons oude huis deed. Ik keek in de koelkast, zocht de schappen af, nam een Pepsi en ging weer zitten.

'Wil je dat ik hem ga bellen?' vroeg mijn moeder. 'Het is bijna halfzes.'

'Ik weet het,' zei ik.

'Ik wil hem best bellen, hoor. Geen probleem. Hij zal toch op zijn minst zijn verplichtingen ten opzichte van jou moeten nakomen.'

'Goed,' zei ik. 'Bel maar.'

Ik richtte mijn blik weer op de televisie en deed alsof ik niet hoorde dat ze het nummer draaide. Pittsburgh had zijn wisselspelers al in het veld gebracht.

Met een klik legde mijn moeder de hoorn op het toestel.

'Er wordt niet opgenomen.'

Ik draaide mijn hoofd en keek haar aan. Ze pakte de hoorn weer op en probeerde het nog eens.

'Niets.' Ze haalde haar schouders op. 'Typisch iets voor je vader. Het spijt me, Arthur. Ik weet echt niet meer wat er met hem aan de hand is.'

'Het maakt me niet uit,' zei ik, wat nergens op sloeg.

'Mij maakt het wel uit, en het zou jou ook uit moeten maken.' Ze begon een heel verhaal en liep me achterna, door de gang naar mijn kamer. Ze bleef in mijn deuropening staan. Ik zette mijn stereo aan, ging op bed liggen en zette de koptelefoon op. The Who, *Quadrophenia*, kant 4. De naald van de pick-up volgde de glimmende aanloopgroef en het geruis zwol aan tot de opkomende en wegebbende klanken van de zee. Ik sloot mijn ogen en toen ik ze weer opendeed, had mijn moeder de deur dichtgedaan.

Na het eten probeerde ze hem weer te bellen. Ik kan me niet eens meer herinneren wat we gegeten hadden. Ik hoorde het draaien van de kiesschijf en concentreerde me op de tv. Twee brandweermannen die in een keuken stonden en een grap maakten over chili con carne. Mijn moeder bleef zwijgen. Chili die zo heet is dat hij geblust moet worden. Er klonk ingeblikt gelach.

'Niet thuis,' zei ze, en ik was boos op haar dat ze het zelfs maar geprobeerd had. Ik wachtte tot ze naar bed was en liep naar buiten om stoned te worden op de overloop. Op mijn kamer draaide ik het licht uit en zette mijn koptelefoon op, dit keer kant 1.

Op zondag, midden in een wedstrijd van de Pittsburgh Steelers, kreeg ze hem te pakken. Ze had tegen me verklaard dat ze weleens wilde weten of hij terug was van weg geweest. Ik deed alsof het me niet interesseerde. De kiesschijf draaide ratelend terug.

'Nou goed,' zei mijn moeder op luide toon in de keuken. 'We zaten gisteren op je te wachten.'

Zijn uitleg was kort.

'Denk je dat het je de komende zaterdag wel gaat lukken? Bedenk wel, dat is het laatste weekend voor de kerst.'

'Da's mooi, want je zoon zou je graag weer eens willen zien.'
Ze nam een diepe, tevreden trek van haar sigaret en terwijl ze
naar zijn reactie luisterde, meende ik haar te zien glimlachen.
Ze had er wel schik in.

'Jouw problemen laten me koud, Don. Ik heb genoeg aan die
van mezelf. Ik had je dat al veel eerder kunnen vertellen. Sterker
nog, ik heb het zelfs weleens geprobeerd. Dat zul je niet kunnen
ontkennen. Maar als ik eerlijk mag zijn, is het voor mij nogal ver
van mijn bed wie er al dan niet bij jou in bed ligt. Ik heb daar geen
boodschap aan. Ga haar nu niet gebruiken als excuus dat je Arthur niet bent komen opzoeken. Dan kun je niet maken, man.'

Ze had op een kruk voor het aanrecht gezeten, maar nu drukte ze haar peukje uit in de gootsteen en stond op om te gaan ijsberen.

'Wat een lulkoek,' zei ze, en ze moest lachen. 'Weet je wat ik
vind? Ik vind het net goed van haar. Kennelijk is ze toch niet zo'n
onnozel wicht als ik dacht.'

'Nee,' zei ze. 'Nee, Don. Nee. Dat is lulkoek en jij weet het. Je
kunt dit niet op mij gaan afschuiven. Dat kun je wel vergeten.'

Ze bleef ineens staan en stak een hand op alsof ze hem het
zwijgen wilde opleggen. 'Ha!' zei ze.

Ik sloop stilletjes weg naar mijn kamer. Ik kon haar door de
deur heen horen. Niet woord voor woord, maar genoeg. Ik ging
op bed liggen, keek naar mijn stereo en daarna naar de ijsbloe-
men aan de onderkant van de ruit. Ze liepen zigzag over het
raam alsof ze hechtingen waren, stekelig als prikkeldraad. Buiten dreef een enkele compacte wolk door de hoge blauwe lucht,
als een afgedwaalde ballon die de zon opzocht. Ik stelde me voor
hoe Foxwood er van boven uitzag: de miniatuurgebouwen, de
auto's en de bomen, de oprijlaan die uitkwam bij de bushalte aan
de provinciale weg, een weg die op zijn beurt de besneeuwde
velden doorkruiste, langs kleinere asfaltwegen die boerderijen,
caravanparken en autokerkhoven met elkaar verbonden, om
ten slotte de buitenwijken van Butler te bereiken, waar ik vroe-

ger woonde. Ik vroeg me af hoe het met ons oude huis ging, mijn vroegere kamer. Wie zouden daar nu wonen, en zouden ze nog iets voelen van mijn aanwezigheid? Ik nam aan van niet, maar in gedachten liep ik van de gang naar de keuken en de trap af naar de kelder, waar mijn vader naar dezelfde wedstrijd zat te kijken die ik zojuist in de steek had gelaten, en ik bedacht dat allemaal zo langzaam, met zoveel aandacht voor het kleinste detail, dat ik mijn moeder in de andere kamer niet meer hoorde.

'Dat was je vader,' zei ze toen ze binnenkwam. Ze stond ervan te kijken dat ik mijn koptelefoon niet op had. 'Hij biedt zijn excuses aan voor gisteren. Hij zegt dat hij graag een nieuwe afspraak met je wil maken voor het volgende weekend, en ik heb gezegd dat ik het best vind, als jij het tenminste wil. Wil je dat?'

'Ja, hoor,' zei ik.

'Begrijp wel dat dit allemaal niets te maken heeft met jou. Wees niet boos op hem. Hij maakt een moeilijke tijd door.' Ze zei dat op ernstige toon, alsof ze zich zorgen om hem maakte. Ik snapte niet waarom – tenminste, als ze blij was dat Marcia hem verlaten had, en dat was ze – en ik kwam tot de conclusie dat ze maar deed alsof. Ze deed het voor mij, hoewel dat nergens voor nodig was. Ik had er op dat moment geen behoefte aan dat ze hem vergaf.

Op maandag was ze eerder de deur uit dan ik. Het was de laatste schoolweek, wat betekende dat er proefwerken aan kwamen, gevolgd door een paar suffe feestjes. De repetities waren gestopt en ik stond in dubio: ging ik met de bus en Lila mee naar huis, of liep ik naar de Burger Hut om daar vroeg in te klokken? Mijn moeder kon er wel om lachen; ja, hoor, zei ze, als ze thuiskwam, wilde ze me best een lift geven naar mijn werk. Toen ik van de bushalte naar huis liep, besefte ik zo druk te zijn geweest dat ik Foxwood nog maar zelden bij daglicht zag. Rook steeg op van de daken. De afgebroken kapel vormde een bult onder de sneeuw. Toen we met zijn drieën bij de trap naar mijn appartement waren aangekomen, liep Lily gewoon door. In onze brievenbus vond ik een paar rode enveloppen met kerstkaarten en een handgeschreven brief waarop alleen 'Louise' stond. Er zat geen postzegel op en het handschrift was van mijn vader. Het was een dikke envelop. Ik verborg zijn brief onder op het stapeltje dat ik op het aanrecht legde.

Het was al bijna de kortste dag en terwijl Lila en ik op mijn bed lagen te zoenen, klom er een felle rechthoek van licht langs mijn slaapkamermuur omhoog. *Have you ever been*, vroeg Jimi Hendrix, *have you ever been to Electric Ladyland?* Lila's haar rook naar aardbeienshampoo; we wisselden een dot kauwgom met watermeloensmaak uit, maakten er een spelletje van om die voor elkaars tong te verstoppen. Ik bedacht dat ik daar wel altijd zou willen blijven.

Even voor vijven deden we de muziek uit, trokken we onze kleren recht, streken we de beddensprei glad en liepen we naar de woonkamer, in afwachting van het moment dat we de Country Squire hoorden aankomen. Mijn moeder kwam binnen, zei hallo tegen Lila en 'Geef me vijf minuutjes' tegen mij. Ze nam de post door, wierp een blik op de brief van mijn vader en liep naar de badkamer. Ik kuste Lila gedag bij de deur en keek haar na.

'Een mooi stel zijn jullie,' zei mijn moeder. 'Alsof jullie de enigen zijn die ooit verliefd op elkaar zijn geworden.'

Ja, wilde ik zeggen, eigenlijk was dat ook zo.

'Ik ben klaar,' zei ik.

Op de trap vroeg ze: 'Is je vader die brief hier zelf komen bezorgen?'

'Ik heb hem niet gezien.'

'En je zou het me vertellen als je hem wel gezien had?'

'Natuurlijk,' zei ik, in het defensief gedrongen.

'Dat wilde ik gewoon even weten,' zei mijn moeder.

Ik ging aan het werk en net als elke avond telde ik rond sluitingstijd mijn uren. Ik zag in gedachten hoe Lila het doosje openmaakte en helemaal sprakeloos was. Waarna ze mijn naam zou zeggen. Toen meneer Philbin me had thuisgebracht, zocht ik het licht achter haar raampje, maar ze sliep al. Ik vond het een prettig idee dat ze daar lag, warm, vredig en zonder bril, en ik wilde meteen mijn bed in, zodat ik aan haar kon denken.

Mijn moeder was op en zat tv te kijken met een glaasje erbij. Ze had de brief van mijn vader voor zich uitgespreid op de salontafel. Acht of negen bladzijden in zijn kriegelige handschrift. Mijn moeder zwaaide ermee om te laten zien dat de blaadjes aan beide kanten beschreven waren.

'Moet je dit zien,' zei ze. 'Het is je vader totaal in zijn bol geslagen.'

Ik wilde haar vragen wat erin stond, maar deed dat niet. Ik nam aan dat ze het zo ook wel zou vertellen.

'Hij is nu echt de weg kwijt. Hij zegt dat het hem spijt. Dat is een goeie! Het spijt hem!' Ze schudde haar hoofd en nam een lange haal van haar sigaret. Ik wierp een blik in de keuken om te zien of dit al haar tweede fles was.

Ze pakte een blaadje op en hield het vlak onder haar neus. 'Moet je horen: "Ik zie nu in dat het fout is wat ik jou heb aangedaan." En dat zegt hij tegen mij! Maar dat wist ik al! Waarom zou hij me dat nog moeten vertellen?' Ze wierp het blaadje op tafel. 'Nu houdt hij weer van me. Hij mist ons.' Ze sloeg haar armen over elkaar en beet op de nagel van haar duim. 'De klootzak!'

Ze nam een slok.

'Ik ga naar bed,' zei ik.

'Het spijt me, Arthur, het is niet mijn bedoeling jou hierin te betrekken. Ga lekker slapen. Ik ben op het moment gewoon pissig. Morgen zal het wel weer gaan.'

'Dan zie ik je morgen wel,' zei ik, en ze glimlachte om mijn grapje.

En de volgende dag was ze inderdaad weer in orde. Zij ging naar haar werk en ik naar school. Toen Lila en ik thuiskwamen, liepen we hand in hand, terwijl Lily liep te mokken. In onze brievenbus zat weer een brief van mijn vader.

Mijn moeder liet me deze brief niet zien en ze las er ook niets uit voor. Toen ik later die avond terugkwam, lagen ze beide op de koffietafel, netjes dichtgevouwen in hun envelop. Ze was kalm, op het vriendelijke af, en toen het journaal was afgelopen, stelde ze voor dat we allebei gingen slapen.

Op woensdag kwam weer een brief en op donderdag nog een. Die laatste maakte ze zelfs niet open, want we waren laat voor haar afspraak met dokter Brady. Ze stopte alle vier de brieven in haar handtas en we sprongen in de auto.

'Vind je het niet lastig dat je hem zaterdag te zien krijgt?' vroeg ze tijdens de rit.

'Nee, hoor.'

'Als je het moeilijk vindt, kun je dat gerust tegen me zeggen. Je kunt me altijd bellen, en dan kom ik je meteen halen.'

'Ik heb er geen probleem mee,' zei ik.

'Weet ik,' zei ze, 'weet ik.' We reden een tijdje verder zonder iets te zeggen, langs elegante boerderijen en aftandse stacaravans, en toen vroeg ze: 'Waarom doet hij me dit aan?'

Ik zei gedag voor de deur van de Hot Dog Shoppe, met een portefeuille die bol stond van de briefjes van twintig. Het was de kortste dag van het jaar; de lichtjes kleurden de opgehoopte sneeuw rozerood en geel. De winkelbediende van Milo Williams herkende me meteen. Hij schoof de achterwand van de vitrine open en haalde de blauwfluwelen doos tevoorschijn.

'Dat is hem,' zei ik, en terwijl hij er een cadeautje van maakte, bestudeerde ik het ene na het andere presenteerblad met lelijke verlovingsringen en trouwringen.

Mijn moeder zat op me te wachten in de Hot Dog Shoppe, waar ze een ellenlange hotdog met bruine mosterd naar binnen werkte. Ze had haar handschoenen uitgetrokken en ik zag haar twee ringen, een eenvoudige zilveren ring en een met een piepklein diamantje.

'We waren snel klaar vandaag,' verklaarde ze. 'En wat heb jij uitgegeven aan je Delilah?'

Toen ik haar het bedrag noemde, trok ze een grimas en schudde haar hoofd. 'Het is jouw geld.'

Vrijdag kwam er weer een brief, dit keer dunner. Ik nam de envelop mee naar binnen en probeerde tevergeefs iets te ontcijferen. Lila stelde voor om hem open te stomen; ik kon daar niet om lachen. Mijn moeder liep naar haar kamer om hem open te maken en toen ze later weer tevoorschijn kwam, zei ze niets.

'Ze klinkt beter,' zei Astrid aan de telefoon. 'Wat is er gaande?'

Op zaterdag zou mijn vader me om vijf uur komen ophalen. Om kwart voor vijf hoorden we het geratel van zijn oude Nova en hij toeterde even.

'Wees aardig tegen hem,' beval mijn moeder. 'Hij maakt een moeilijke tijd door. Wat je ook doet, begin niet over haar. Je weet wie ik bedoel.'

'Ja,' zei ik.

Ze liep niet mee naar de deur.

In de auto bood mijn vader zijn excuses aan en daarna viel hij stil. Hij zei niet dat ik achter het stuur kon gaan zitten. Ik had verwacht dat ik de weerslag zou zien van wat hij de afgelopen week had doorgemaakt, dat ik die aan zijn gezicht zou kunnen aflezen, maar hij was in niets veranderd. Hij leek nu meer op mijn vader dan toen hij met Marcia was, en dat leek me niet verkeerd.

'Hoe is het verder met je?' vroeg hij.

'Best,' zei ik.

'Spreek je je zus nog weleens?' vroeg hij.

'Gisteren nog. Het gaat best met haar.'

'Dat is mooi,' zei hij. 'Wat dacht je van pizza?'

'Pizza is goed.'

'Dan zal het pizza worden,' zei hij.

We gingen naar dezelfde tent waar we onze eerste zaterdag geweest waren. Het voorraam was met nepsneeuw bespoten en helemaal beslagen. De komende maandag was het Kerstmis en wij waren de enigen, afgezien van de vrouw achter de balie. Mijn vader gaf zijn bestelling door en we trokken allebei onze jas uit. We kregen onze drankjes – hij een Duke-bier, ik een Fanta met druivensmaak – en kozen een tafel aan het raam.

We spraken uitgebreid over The Steelers en kort over Annie. Hij kon niet precies vertellen wat er gebeurd was tussen haar en Glenn Marchand. Het was een raadsel en een tragedie. Mijn vader zei dat hij er vast meer over te horen kreeg als hij weer aan het werk ging. Hij was de afgelopen paar dagen thuis gebleven.

Ik zei niet dat ik zoiets al vermoed had.

'Dus,' zei hij, 'ik neem aan dat je het al gehoord hebt.'

'Wat?'

'Over Marcia.'

'Ach ja,' zei ik, hoewel dat feitelijk niet waar was. Niemand had mij iets verteld.

'Wat moet ik erover zeggen. Ik kan het je moeder maar niet duidelijk zien te maken.' Hij pakte de peperstrooier en nam die zorgvuldig op. 'Ik raakte verliefd.' Hij zette de strooier weer neer en keek terug naar mij. 'Klinkt simpel, toch?'

'Geen idee,' zei ik.

'Niemand die het gelooft. Ik kan het zelf niet eens meer geloven.' Hij ging achterover op zijn stoel zitten en keek naar de tegels aan het plafond alsof hij naar de sterren tuurde. 'Dat is het gekke ervan, dat het allemaal zomaar in het niet verdwijnt.'

'Grote pepperoni!' riep de vrouw, en toen hij zich omdraaide om op te staan en de pizza te gaan halen, slaakte ik een zucht.

'Ik weet dat ik je dit weleens eerder had mogen vragen,' zei hij terwijl we ons door de deegwaar heen werkten, 'maar wat wil je eigenlijk voor Kerstmis?'

'Cassettebandjes komen altijd van pas,' zei ik.

'En verder?'

'Och, ik weet het niet,' waarna ik vier of vijf dingen noemde.

Over hem spraken we niet meer, tot het moment dat hij zijn auto voor onze buitenlamp parkeerde. In plaats van mij te laten uitstappen, zette hij de motor uit en liep met me mee naar boven.

'Ik moet even met je moeder praten,' verklaarde hij, met de sleutels nog altijd in zijn hand.

Ik liet mezelf niet binnen, maar klopte aan en bleef samen met hem staan wachten.

Mijn moeder deed open.

'Wat doe jij hier?' vroeg ze mijn vader. Ze bleef de deur vasthouden en toen ik binnen was, maakte ze de spleet iets kleiner. Mijn vader stond op de overloop.

'Heb je mijn brieven gelezen?' vroeg hij.

Mijn moeder draaide haar hoofd om te kijken waar ik was. 'Arthur, ga naar je kamer. Dit is privé.'

Ik liep langzaam weg en liet mijn deur daarna op een kier staan. Ik zag alleen een klein stukje van mijn moeder en daarachter de schouder van mijn vader. Ze spraken zo zacht dat ik het niet kon verstaan en daarna stapte mijn moeder naar buiten en trok ze de deur achter zich dicht.

Ik opende mijn kamerdeur en stak mijn hoofd naar buiten. Stilte.

Na een minuut glipte ik de keuken in en stak mijn hoofd voorzichtig iets boven het kozijn van de voorruit uit.

Ze stonden zeker een meter bij elkaar vandaan. Mijn vader maakte brede gebaren en mijn moeder had haar armen om zich heen geslagen tegen de kou. Mijn vader sprak en viel toen stil, boog iets naar voren om haar in de ogen te kijken.

Mijn moeder zei één woord... 'Nee.'

Hij begon weer te praten, hief zijn handen in de lucht, probeerde haar tot andere gedachten te brengen.

'Nee,' zei ze, dit keer zo hard dat ik het ook hoorde, en daarna kwam een spervuur van woorden. Mijn vader stond te knikken en keek naar de sneeuw voor haar voeten, en toen ze klaar was, draaide hij zich om en liep de trap af.

Ik snelde terug naar mijn kamer en net toen mijn moeder naar binnen kwam, deed ik de deur dicht.

'Arthur?' riep ze. 'Hij is weg.'

Ik kwam mijn kamer uit en realiseerde me dat ik nog steeds mijn jas aan had.

'Heb je het naar je zin gehad?' vroeg mijn moeder.

'Ach ja,' zei ik, 'het ging best.'

Ik liet het licht uit op mijn kamer en dacht aan Kerstmis in ons oude huis. Ik herinnerde me de vuilniszak vol inpakpapier en hoe licht die was; we wierpen die buiten altijd als een rotsblok van ons af, alsof we Hercules waren. En de elektrische spoorstaafjes, waar je een schok van kreeg als je ze met je tong aanraakte. Naalden werden vertrapt in het tapijt; je moest daarna nog maanden schoenen dragen. In een schaal op de schoorsteenmantel lag een sinaasappel waar mijn moeder een heel doosje kruidnagels in had gestoken, met als gevolg dat de vrucht uitdroogde en inkromp als een verschrompeld doodshoofd. Er was voor ons allemaal een kous opgehangen, zelfs voor mijn vader, die zich leek te schamen dat hij zelfs maar iets kreeg. Ongelukkig genoeg viel zijn verjaardag op 27 december. Dat was oneerlijk; het draaide er altijd op uit dat hij er bekaaid vanaf kwam. Hij nam ons alle drie mee uit eten in Butler, meestal bij Natili. Een keer gingen we naar Pittsburgh, ergens in de binnenstad. Daar aten we vis.

Op een oudejaarsavond gingen mijn vader en moeder ergens dansen en ons lieten ze bij Annie achter. Haar vader kwam haar met zijn bestelwagen bij ons afzetten. Ze was nog niet bij ons binnen of we lieten haar al geen moment met rust. Ze ging in het halletje op de grond zitten om haar laarzen uit te trekken, snoot haar neus op de wc. Mijn moeder stoof in het rond, zoals gebruikelijk als ze ergens heen moest, legde uit welke zoutjes we mochten hebben, tot hoe laat we mochten opblijven, en ze gaf Annie een telefoonnummer waarop ze bereikbaar waren. Annie knikte en glimlachte; ze had dit allemaal al vaker meegemaakt.

'Maakt u zich geen zorgen,' zei ze. 'Jullie zullen heel gehoorzaam zijn, hè, jongens?'

Met zijn drieën keken we toe hoe mijn ouders in de Country Squire stapten en wegreden.

'Mogen we tot middernacht op blijven?' vroeg Astrid.

'Alsjeblieft?'

'Hoe laat zei jullie moeder dat jullie naar bed moesten?'

'Halfelf,' logen we, zo sip mogelijk.

'Is jullie moeder hier?' vroeg Annie.

'Nee.'

'Wie is hier de baas? Wie zegt wat er gebeuren gaat?'

'Jij!' schreeuwden we, nu al met het gevoel te hebben gewonnen.

'We zullen nog wel zien,' zei ze. 'Wat voor knabbels hebben jullie zin in?'

We keken tv, zaten aan weerszijden van haar en graaiden in de kom met chipitos die ze op schoot hield. Astrid mocht haar haren borstelen en daarna was het mijn beurt. We mochten Pepsi van haar drinken, zoveel als we wilden. We streden om haar aandacht en dreven de spot met elk tv-programma. Annie draaide haar pols om en keek hoe laat het was. We hadden al in bed moeten liggen.

'Goed,' zei ze toen de kom leeg was, 'welk spelletje hebben jullie zin in?'

'Monopoly!'

'Risk,' bracht Astrid in.

'Maar dat kan Arty nog niet spelen.'

'Life,' probeerde ik.

'Life is saai,' zei Astrid.

'Wat dachten jullie van Sorry or Trouble?'

'Nee,' zeiden we.

'Monopoly.'

'Goed,' zei Astrid, 'maar dan wil ik de bank zijn.'

We gingen ervoor op de grond zitten. Annie liep even naar boven om haar sigaretten te halen. Terwijl Astrid stelselmatig de lichtblauwe en lichtpaarse vakken op ons veroverde, keek ik naar Annie, die heel anders rookte dan onze moeder. Ze droeg donkerrode nagellak die ze ook weleens bij Astrid op de nagels streek, maar geen lippenstift. Er ontsnapte een beetje rook aan haar mond die ze daarna weer spiraalsgewijs in haar neus liet verdwijnen. Ze blies een klein kringetje rook door een grotere heen.

'Op deze manier is er niks aan. Jullie proberen het niet eens,' zei Astrid, en daarmee was het spelletje voorbij.

'In de diepvries zag ik ijs met een laagje chocola,' meldde Annie alsof het een groot geheim was, en we renden meteen naar boven. 'Maar eerst wil ik dat jullie je pyjama's aantrekken.'

Ze gaf ons elk een kom en een lepel en die moesten we meenemen naar de kelder, iets wat onze moeder nooit deed.

Guy Lombardo was op tv. Times Square stond vol mensen, achter lange houten schragen met de woorden: POLITIE. GEEN DOORGANG. We hadden nog vijf minuten te gaan en Annie zorgde ervoor dat we alle drie voorzien waren van een Pepsi. We telden af, zagen de bal van Times Square omlaag komen en gingen daarna juichend staan springen op de bank. Annie kuste ons en we klokten onze flesjes achterover zoals we dat van de tv kenden; we hielden ze ondersteboven totdat we moesten lachen en het prikkende schuim door onze neus naar buiten kwam.

'Oké,' zei ze, ' en nu naar bed, voordat jullie mama en papa thuiskomen.'

'Oooh,' protesteerden we.

'Naar boven jullie.'

Astrid was te oud om voorgelezen te worden. Ze had haar barbies en een dikke lappenpop om haar gezelschap te houden. Terwijl Annie haar instopte, lag ik in bed te wachten; ik hoorde het bed opveren en daarna haar voetstappen.

'Vanavond houden we het kort,' zei ze in de deuropening.

Ik wilde een verhaal uit mijn favoriete boek, *Charlotte's Web*.

'Te lang.' Ze nam het boek van me over en slaakte een zucht, ging op de rand van het bed zitten en draaide haar voeten op de matras. Ze rook naar babypoeder en sigaretten, gemengd met een zweem van de petroleumkachel bij haar thuis, en als ze met een arm over me heen reikte om de bladzijde om te slaan, ving ik een doordringende, plantaardige vleug op van haar deodorant.

Toen ze klaar was, mocht ik het boek bij me houden, en ze trok de lakens op tot onder mijn kin. Ik begon al naar nog een verhaal te vragen, maar ze legde een vinger op mijn lippen.

'Sssst. Nu gaan slapen.'

Ze wilde weggaan.

'Gelukkig nieuwjaar,' zei ik, om te zorgen dat ze langer bleef.

Ze lachte om mijn vernuft, kwam terug en boog zich over me heen, zodat haar rokerige, zoetgeurende haar als een gordijn over mijn gezicht viel, en ze kuste me op mijn voorhoofd.

'Gelukkig nieuwjaar,' zei ze.

Ik lag nu in hetzelfde bed, maar in een ander huis, en ik vroeg me af waarom ik haar nog niet eerder gemist had.

De dag voor Kerstmis moest mijn moeder werken. Het zou geen drukke dag worden, zei ze. Veel kinderen gingen met de feestdagen naar huis en ze was blij dat ze de achterblijvers gezelschap kon houden. Ze zouden er een feestje van maken met cadeautjes; het was beslist geen treurige aangelegenheid. Ze zou zo vroeg mogelijk naar huis komen.

Ik wist dat allemaal al eerder en ik had Lila gevraagd om 's middags langs te komen. We zaten op mijn bed te praten. Ik had mijn cadeau voor haar achter de stereo verstopt, en toen ik opstond om de andere kant van de plaat op te zetten, verborg ik het stiekem in mijn hand. Ik kuste haar en liet het pakje achter haar op bed vallen. Ze zakte achterover en voelde iets onder haar rug.

'Maar ik heb mijn cadeau voor jou niet bij me,' zei ze.

Tijdens het uitpakken moest ik me inhouden om haar niet te gaan helpen.

'Ooh,' zei ze, en 'Ooh.' Ze nam de ketting uit het doosje. 'Wat mooi is die.' Ze hield hem om haar nek. 'Doe eens om.'

Ik morrelde aan het minuscule sluithaakje, maar kreeg het voor elkaar. Ze draaide zich naar me toe, kuste me en we gingen liggen.

We hadden onze hemden al uit en onze broeken losgeknoopt toen ik buiten een auto hoorde die vaart minderde en stopte. We verstarden allebei van schrik en keken naar de voordeur. Een autoportier werd dichtgeslagen en er liep iemand de trap op.

Ik zag de beha van Lila liggen en wierp haar die toe, trok mijn hemd over mijn hoofd, sprong van het bed en sloot de deur. Lila had ook al haar hemd aan; haar haren zaten in de war, en ik nam aan dat hetzelfde gold voor die van mij. Ik streek ze met beide handen plat en wachtte tot mijn moeder de sleutel in het slot zou steken.

De voetstappen klonken nu weer langzaam zachter en gingen over de trap omlaag. Het portier werd weer dichtgeslagen en de auto opgestart.

Ik holde naar het voorraam en zag nog net op tijd de Nova wegrijden. Weer een brief, dacht ik.

'Het is mijn vader maar,' riep ik naar Lila.

Terwijl ze haar haren borstelde, kwam ze mijn kamer uit gelopen, ging op de bank zitten en zette de tv aan. De ketting stond haar geweldig.

Ik trok mijn schoenen aan en ging naar buiten om te kijken of hij een brief had achtergelaten. Op de overloop stond een reusachtige zwarte vuilniszak, tot de nok toe gevuld met kerstcadeaus.

Ik zeulde hem mee naar binnen.

'Tjonge,' zei Lila. Ik zei dat hij al die cadeaus waarschijnlijk in één dag gekocht had. 'Tjonge,' zei ze nog eens.

Mijn moeder zei niets toen ze het zag. Ze was laat. Het was al na zessen en donker en het sneeuwde. Ik had me zorgen om haar gemaakt. Ze stopte in de deuropening en deed haar handschoenen uit. Ze trok aan de zak, maar kreeg er geen beweging in.

'Arthur, kom eens helpen.'

Ik kwam erbij staan, greep de zak vast en sjouwde die samen met haar naar buiten.

'Dank je,' zei ze, en ze gebaarde dat ik naar binnen kon gaan. Ze deed de deur achter ons dicht, hing haar jas op en trok haar schoenen uit. 'Heb je al gegeten?' vroeg ze, en toen ik zei dat ik op haar gewacht had, begon ze met veel kabaal aan de voorbereiding van de maaltijd.

Ze stopte even om een glaasje scotch voor zichzelf in te schenken.

'Wat een heerlijke dag was dit,' zei ze met een sneer, en schonk er daarna nog een in. 'Mijn god, wat ben ik gek op de feestdagen.'

Later die avond, toen we naar *It's a Wonderful Life* zaten te kijken, belde mijn vader. Mijn moeder was aan haar negende of tiende borrel bezig en maakte ruzie met de televisie. Ze negeerde de telefoon.

Ik nam op met: 'Gelukkig kerstfeest.'

'Gelukkig kerstfeest, Arty,' zei hij.

'Is hij dat?' vroeg mijn moeder. 'Is het die fantastische vader van je?' Ze wees met een vinger naar mij, ten teken dat ik de hoorn aan haar moest geven.

Dat deed ik.

'Hé,' zei ze, 'wat denk je nou eigenlijk te bereiken met die verrekte zak kerstcadeaus?'

'Weet je wat ik voor jou heb?' vroeg ze. 'Niets. Helemaal niets, godverdomme. Of nee, nee, wacht. De scheiding, dat is het. Dat is mijn cadeau aan jou. Dus geniet ervan. Stop die maar onder die verdomde kerstboom van je en geniet ervan.'

Ik liep naar mijn kamer en zette mijn koptelefoon op. Ik probeerde aan Lila te denken, maar ik zag alleen het dochtertje van Annie voor me in het water, en daarna Annie zelf.

Al bij het tweede liedje duwde mijn moeder de deur open.

Ze stond te waggelen in de deuropening. Ze had gehuild en geen moeite gedaan om haar tranen te drogen. Ze kwam binnen, ging op het bed zitten en boog haar hoofd. Ze nam mijn hand en hield die tegen haar wang.

'Ik hoop dat je begrijpt wat er daarnet gebeurde,' zei ze, 'en waarom het zo moet zijn.'

En ik dacht dat ik het wel en niet kon begrijpen.

'Arthur.'

'Zo ongeveer,' zei ik, en dat was geen uitvlucht. Want hoewel het nu al met me gebeurde, zag ik niet in hoe ik ooit een hekel zou kunnen krijgen aan de mensen van wie ik hield. Maar op hetzelfde moment kon ik niets doen om het te voorkomen, en dat zou nog een hele lange tijd zo blijven.

Ook verschenen bij Uitgeverij Cossee

Robert Penn Warren
All the King's Men
of de ondergang van Willie Stark
Roman
Vertaling Gerda Baardman, Lidwien Biekmann en Kitty Pouwels
Gebonden met leeslint, 480 blz.

In de jaren dertig wordt de slimme boerenzoon en plattelands-
advocaat Willie Stark gekozen tot gouverneur van Louisiana.
Met mooie beloftes heeft hij 'de gewone man' achter zich weten
te scharen. Een groep van invloedrijke zakenlieden steunde
hem in eerste instantie omdat zij dachten hem te kunnen gebruiken. Maar Stark gaat zijn eigen gang. Met zijn bodyguard
Sugar Boy, de journalist Jack Burden (die het verhaal vertelt) en
met zijn onwrikbare secretaresse Sadie Burke – mensen die hij
vertrouwt en op zijn beurt schaamteloos gebruikt – bindt hij de
strijd aan tegen de rijke gevestigde *upper class*.

De rijken willen hun privileges niet verliezen. Maar de charis-
matische politicus komt zijn beloftes aan het volk na. Een nieuw
ziekenhuis voor iedereen, minder belasting voor de armen, be-
tere opleidingen, meer werkgelegenheid. Om zijn doel te kunnen bereiken speelt hij alle spelletjes van corruptie en verraad
mee, en wordt ten slotte senator.

Met hulp van de invloedrijke rechter Irwin proberen zijn
vijanden de nieuwkomer Willie Stark pootje te lichten en hem
af te zetten. Daarom geeft Stark aan journalist Jack de opdracht
te zoeken of iets uit het verleden tegen de rechter gebruikt kan
worden. Maar deze opdracht loopt voor Jack uit op een tragedie.

All the King's Men is een klassieker en geldt als een van de indrukwekkendste romans over grote thema's als hartstochtelijke liefde, vriendschap en de corruptie van de macht.

'*All the King's Men* is fascinerende literatuur, spannend, sfeerrijk en net zo'n compromisloze Amerikaanse roman als *De vanger in het koren* van J.D. Salinger. Het is een liefdesgeschiedenis en een politieke roman tegelijk.' – **** Jan Hendrik Bakker in het *AD*

'Wie *All the King's Men* leest, weet waar een schrijfster als Annie Proulx de mosterd haalt. Wie de roman niet leest, onthoudt zichzelf een unicum: een spannende politieke roman met de poëtische kracht van een klassiek epos.' – Pieter Steinz in *NRC Handelsblad*

Meer over Stewart O'Nan
en de boeken van Uitgeverij Cossee
vindt u op onze website www.cossee.com
en op www.stewart-onan.com